JANE HARVEY-BERRICK

EXPLOSIVA
BOMBSHELL

Traduzido por Caroline Sales

1ª Edição

2019

Direção Editorial:	**Preparação de texto:**
Roberta Teixeira	Marta Fagundes
Gerente Editorial:	**Revisão:**
Anastacia Cabo	Artemia Souza
Tradução:	**Arte de Capa:**
Caroline Sales	Sybil Wilson/Pop Kitty Design
Modelos:	**Adaptação de Capa:**
Gergo Jonas e Ellie Ruewell	Bianca Santana
Fotógrafo:	**Diagramação:**
GG Gold	Carol Dias

Copyright © Jane Harvey-Berrick, 2019
Copyright © The Gift Box, 2019

Todos os direitos reservados.
Nenhuma parte do conteúdo desse livro poderá ser reproduzida em qualquer meio ou forma – impresso, digital, áudio ou visual – sem a expressa autorização da editora sob penas criminais e ações civis.
Esta é uma obra de ficção. Nomes, personagens, lugares e acontecimentos descritos são produtos da imaginação da autora. Qualquer semelhança com nomes, datas ou acontecimentos reais é mera coincidência.

Este livro segue as regras da Nova Ortografia da Língua Portuguesa.

CIP-BRASIL. CATALOGAÇÃO NA PUBLICAÇÃO
SINDICATO NACIONAL DOS EDITORES DE LIVROS, RJ
Vanessa Mafra Xavier Salgado - Bibliotecária - CRB-7/6644

H271e
  Harvey-Berrick, Jane
    Explosiva : bombshell / Jane Harvey-Berrick ; traduzido por Caroline Sales. - 1. ed. - Rio de Janeiro : The Gift Box, 2019.
  244 p.

  Tradução de: Bombshell
  ISBN 978-85-52923-76-3

  1. Ficção inglesa. I. Sales, Caroline. II. Título.

19-56668
        CDD: 823
        CDU: 82-3(410.1)

Aos homens e mulheres que trabalham para desativar campos minados em antigas áreas de guerra ao redor do mundo.

NOTA SOBRE ESTE LIVRO

Explosiva pode ser lido como um livro único, porque ele trata de uma nova mocinha (heroína), em um novo país com situações novas.

Mas é também a continuação de Explosivo: Tick Tock, então se você o ler primeiro, eu acredito que terá um entendimento melhor de o porquê James ser como é, bem como Clay e Zada – dois de meus personagens secundários favoritos.

PRÓLOGO

JAMES

A primeira vez que eu tentei me matar, eu falhei.

Obviamente.

A arma falhou. Eu continuei puxando o gatilho e nada acontecia, apenas cliques vazios e uma frustração cósmica.

Mas na próxima vez eu farei certo, sem erros. Eu já planejei tudo. Há uma garrafa de uísque irlandês de 25 anos com meu nome nela, um punhado de pílulas para dormir e uma sacola plástica para minha cabeça. Será um final tranquilo, calmo. O que é bastante irônico e nada parecido com a maneira como vivi minha vida.

Então com tudo certo, a última coisa que quero é encontrar uma razão para viver.

CAPÍTULO 1

JAMES

O pub era escuro e sujo, com um persistente aroma de bife e torta de rins e um carpete pegajoso de décadas de cerveja derramada.

Não havia muitos pubs antigos como esse sobrando em Londres. Mas se você conhecesse algumas ruas em áreas pobres, ainda poderia encontrá-los. Eu já estava frequentando esse lugar há um mês, e antes dele, havia sido uma espelunca diferente, numa parte diferente de Londres – lugares diferentes para mergulhar em um estupor alcoólico, atrasando o dia em que eu tomaria a decisão de morrer. Era quieto e ninguém me incomodava. Eles não tocavam música, não havia máquinas caça-níqueis ou mesas de sinuca, apenas um alvo de dardos pregado à parede. Você deveria trazer seus próprios dardos, mas eu jamais havia visto ninguém jogar.

Durante o dia, os caras mais velhos se apoiavam no balcão do bar, bebendo cervejas pretas e liam *a coluna de esportes* antes de decidirem em quais cavalos ou times de futebol apostar. Depois do trabalho, algumas pessoas mais novas chegavam para beber cerveja importada e, quase antes de fecharem, a verdadeira vida noturna surgia, com personagens obscuros fazendo negócios no beco escuro do lado de fora.

Eu estava contente em me sentar, assistir e encher a cara, bebericando meu nono ou décimo uísque do dia. Nem mesmo isso era o suficiente para preencher o vazio dentro de mim ou para anestesiar a dor: uísque era bem menos perigoso que mulheres. Além disso, minha tolerância para álcool já estava no ponto em que seria difícil me anestesiar. Mesmo assim, eu já não era capaz de dormir à noite há algum tempo. Desmaiar era a única opção. O truque era ficar sóbrio o suficiente para voltar para meu apartamento, mas não sóbrio o bastante para me lembrar de como cheguei. Talvez uma noite eu bebesse o suficiente para entrar em coma e não acordaria mais. Ou assim eu esperava.

A porta do *The Nag's Head* se abriu novamente, trazendo uma explosão gelada pelo pub, fazendo os velhos resmungarem e fazerem cara feia.

Por hábito, olhei para cima com os olhos turvos e cansados. Então olhei novamente.

O recém-chegado caminhou até mim tirando seu gorro e desenrolando um cachecol longo de seu pescoço.

— Olá, James. Eu perguntaria como você está, mas posso ver com meus próprios olhos. Você está péssimo.

Eu ainda estava sentado com a boca entreaberta quando Clay se sentou no lugar oposto a mim, um pequeno sorriso triste em sua face.

A última vez em que eu o havia visto, ele estava em uma cama de hospital aguardando por sua terceira ou quarta cirurgia, porque ele havia perdido a perna direita em um ferimento causado por uma explosão. Dezoito meses depois, ele parecia estar bem e saudável, e caminhava facilmente com uma prótese.

Não que você pudesse dizer que ele não tinha ambas as pernas – eu só sabia por que estava presente quando o ferimento aconteceu.

Eu fechei minha mente para a memória e levei o copo de uísque aos lábios.

A mão de Clay se fechou em meu pulso.

— Esse não é o caminho, irmão —, ele disse gentilmente. — Ela não ia querer isso. Vê-lo desse jeito, cara, partiria o coração dela.

— Não posso partir o coração de alguém que já está morta — eu resmunguei, então virei o uísque em um único gole.

Clay não falou nada, ele só me observou. Seu rosto solene.

Eu tinha duas perguntas martelando para sair, mas eu não conseguia reunir a energia necessária para fazê-las. Se ele quisesse me dizer como me encontrou e por que estava aqui, bem, ele o faria eventualmente.

Além disso, eu suspeitava que já soubesse o *como*: só o nosso amigo assustador, Smith, teria as conexões para me encontrar quando eu realmente não queria ser encontrado.

Logo, só restava o *porquê*.

Levantei meu copo vazio.

— Compra uma bebida para um velho soldado? — Sorri ironicamente para ele.

— Claro — disse ele facilmente, e foi para o bar.

Ele levou o que pareceram anos para ser servido, mas quando retornou estava carregando duas xícaras de café.

— Eu não estou muito para bebidas fortes esses dias. — Ele sorriu, sorvendo um bocado de café fraco e morno e então estremeceu.

O *The Nag's Head* era um pub bem ruim e servia cerveja péssima, mas

EXPLOSIVA

9

o café deles era ainda pior.

Sua reação me fez sorrir, algo que eu não fazia há muito tempo.

Eu não queria café – eu queria continuar a beber até que eu parasse de pensar, mas levantei os olhos, encontrando os de Clay.

— Você viajou o longo caminho de Ohio até aqui para me irritar, então deve ser sério. Você precisa de dinheiro, conselho ou um álibi? Porque estou quebrado, dou péssimos conselhos e sequer seria capaz de dar um álibi a uma freira.

Ele sorriu e tomou um gole de café, apenas balançando a cabeça enquanto seu olhar pousou sobre minha barba desalinhada, roupas sujas e as botas de exército surradas.

— Como está a perna? — murmurei finalmente.

— Você sabe, eu me perguntei sobre isso — ele disse pensativo. — Você acha que eles a cremaram? Ou talvez a enterraram? Parece estranho que minha perna possa ter tido um funeral sem mim.

Eu o olhei boquiaberto.

— Oh, você está escutando. Ótimo, só estava checando. Bem, eu vou lhe dizer, irmão, foi uma longa jornada para chegar até aqui. — Ele olhou em volta do pub, franzindo a testa. — Apesar de que, preciso te falar, na minha cabeça nosso reencontro seria em um lugar com mais classe.

— Não é romântico o suficiente para você? — perguntei com a boca cheia.

Seus olhos escuros brilharam divertidos.

— Agora que você mencionou — ele disse alegremente —, esse lugar é um buraco de merda. — Então sua expressão se tornou séria novamente. — Por que você está aqui mesmo, James?

Minha mente ainda estava turva, mas eu tinha certeza de que aquela era a *minha* fala.

— Eu ia lhe perguntar a mesma coisa.

Ele pareceu considerar sua resposta, recostando-se em seu assento e me estudando.

— Eu quero lhe oferecer um trabalho.

Eu cuspi café na mesa, então enxuguei a boca com a manga da camisa.

— Seu senso de humor não melhorou, Clay.

Ele me deu um meio sorriso.

— Oh, eu não sei. Talvez você seja a piada, irmão.

— Sim, com certeza eu sou — eu rosnei. — Maldita piada cósmica, uma piada interestelar. Sim, eu sou mesmo a piada.

Ele fez uma careta.

— Eu não quis dizer isso. Veja bem, eu tenho uma proposta genuína e viajei várias milhas, então pelo menos me dê a cortesia de uma resposta verdadeira.

Eu me engasguei com outro gole de café enquanto fazia uma careta para ele.

— Ah, é? Quem você quer que eu mate? — bufei com minha própria piada.

Ele suspirou.

— Ofereceram-me um emprego para trabalhar para o Fundo Halo. Você sabe o que eles fazem, certo?

Ele queria trabalhar para uma das maiores instituições de caridade de limpeza de minas terrestres do mundo? Esse foi um pensamento para me trazer de volta à sobriedade.

— Sim, eu sei o que eles fazem. Limpam tudo depois que a guerra acaba: bombas, minas terrestres, munições de grande calibre – todos os escombros das batalhas perdidas.

Eu me lembrei de quando era criança e assistia à Princesa Diana na TV, vestindo um colete tático militar e um capacete enquanto ela caminhava por uma estrada em Angola; sinais de 'PERIGO' em ambos os lados, e depois passava horas conversando com crianças que haviam perdido membros quando pisaram em minas terrestres.

Eu tinha oito anos de idade e já sabia que o mundo era um lugar fodido.

Clay assentiu.

— É isso mesmo. Eu serei o supervisor, executando a logística local, mas precisarei de um operador da Brigada Antibombas EODs como gerente do projeto para ensinar aos locais como procurar e destruir munições deixadas para trás.

Eu o encarei enquanto sacudia a cabeça.

— Eu não sou o homem certo. Você precisa de alguém que se preocupe o suficiente para fazer o trabalho direito. Precisa de alguém que se importe, companheiro.

Seu olhar esfriou apesar de ainda permanecer com um pequeno sorriso.

— Um Técnico de Munição suicida? Eu pensei que esse seria o trabalho perfeito para você, James. Já que não se importa se irá viver ou morrer, por que não fazer o bem antes?

Fazer o bem.

As palavras ecoaram pelo meu cérebro.

Ela teria querido *fazer o bem.* Aquela-que-não-deve-ser-nomeada.

Terminei o café nojento e encarei Clay.

— Vou pensar no assunto.

Ele sorriu abertamente.

— É bom o suficiente, irmão. Bom o suficiente.

EXPLOSIVA

CAPÍTULO 2

JAMES

Deitei-me em meu colchão, os olhos secos e a cabeça doendo.

Eu não havia dormido, só fiquei levemente sóbrio durante a longa noite de muitos pensamentos e todas as memórias dolorosas que vieram à tona por ter visto Clay.

Qual era o ponto daquilo tudo? Eu odiava quem eu era, quem eu havia me tornado. E também odiava o fato de não ter coragem para terminar tudo. Todo dia quando acordava, eu pensava que hoje seria o dia. Mas no instante em que eu desmaiava à noite no colchão imundo, nessa casa de merda, eu havia vivido mais um dia. Não que alguém pudesse chamar aquilo de viver: eu estava existindo.

Como eu disse, qual era o ponto?

Peguei a garrafa ao lado do colchão, mas estava vazia. Eu devo ter terminado durante a noite. Eu não conseguia me lembrar.

Rolando, eu me levantei usando a parede para me apoiar e então cambaleei para o banheiro anexo nojento. Ele não havia sido limpo em anos, possivelmente décadas, mas eu não me importava. Era uma competição para o que cheirava pior: a privada, o chuveiro fodido, ou eu.

Minha urina estava da cor de ferrugem, o que significava que eu estava desidratado. Havia uma satisfação sombria na ideia de que eu estava me matando lentamente com a bebida. Mais rápido seria melhor.

Pancadas fortes na porta da frente machucaram o meu cérebro, mas apesar de todas as células cinzentas que eu estava assassinando nos últimos 15 meses, eu tinha uma boa ideia de quem estava fazendo todo aquele barulho, então ignorei. Quando a porta da frente foi aberta com o som da madeira se estilhaçando, suspirei e voltei para meu quarto para me deitar sobre o colchão, esperando pelo inevitável.

Ouvi os passos pesados de Clay subindo as escadas, notando uma leve irregularidade em seu andar. Eu fechei os olhos, lembrando-me novamente do momento em que vi a explosão, o rasgar e o sangue em minhas mãos, meus ouvidos zumbindo. Eu podia ver o pânico no rosto dela, sentir o gosto de seu medo, sentir a inutilidade fervendo dentro de mim, enquanto o tempo se esgotava, a inevitabilidade da contagem regressiva dos segundos – depois, chamas e ruídos, o fedor de queimado circulando pelo ar e...

Ele chutou duas outras portas antes de a minha ser batida contra a parede, fazendo cair lascas de tinta do teto, a minha mente escorregou e foi arrastada de volta ao presente.

— Este lugar está um baita lixo, James.

— É, ele é apropriado para mim — eu disse cansado, deprimido por não ter conseguido encontrar outra garrafa de uísque na qual me afogar. — Bom, você me encontrou. E agora?

Ele não respondeu, mas o escutei pisar ao redor do meu quarto, então abri um olho, observando sem interesse enquanto ele jogava as poucas roupas que eu possuía na minha antiga mochila do Exército, esvaziando gavetas e...

— Não toque nisso! — eu disse bruscamente, sentando-me ereto, de repente muito acordado e sóbrio.

Ele pausou, sua mão pairando sobre uma caixa de sapatos que eu mantinha escondida no final do meu guarda-roupas.

— Faça-me parar — ele disse com um desafio em sua voz.

Fúria explodiu dentro de mim, atravessando o escudo da dormência e eu me joguei para cima dele. Ele tropeçou, meu peso o lançando para trás, mas então recuperou seu equilíbrio e me nocauteou com um soco.

Deitei-me no chão sem fôlego, minha mandíbula latejando em agonia enquanto eu senti meu rosto começar a inchar.

— Ah, maldição — disse Clay, inclinando-se sobre mim e me oferecendo a mão.

Eu ignorei o braço estendido e fiquei de joelhos, puxando a caixa de sapatos preciosa em minha direção enquanto me curvava sobre ela protetoramente. Eu não me importava com muita coisa, mas ninguém tocava aquela caixa.

Eu tirei a tampa, apenas para checar, apenas para ver, e encarei o pequeno quadrado de seda dobrada. Meus dedos tremiam enquanto o acariciava, tendo o menor dos consolos naquela sensação, sabendo que ele

EXPLOSIVA

estava seguro.

— É dela? — Clay perguntou suavemente.

Eu assenti, minha garganta se fechando enquanto eu sufocava a emoção.

Toquei o material dobrado mais uma vez antes de tampar a caixa, secando meus olhos com raiva.

Clay tocou meu ombro.

— Vamos, irmão. Amira não ia querer isso para você.

Ouvir o nome dela me fez tremer, meu corpo machucado e minha mente partida tremendo por inteiro. Mas Clay não havia terminado.

— Ela não ia querer vê-lo vivendo desse jeito. — Ele hesitou. — Olhe, Zada está em Londres comigo e ela realmente gostaria de ver você.

Eu balancei a cabeça. Eu não estava bem para ver ninguém, especialmente a mulher que deveria ter sido minha cunhada.

Olhei de relance para a mão de Clay descansando sobre o meu ombro e parei. Ele estava usando uma aliança de platina.

— Você e Zada?

Ele sorriu e assentiu.

— Você foi convidado para o casamento.

Eu não sabia, não checava meus e-mails há meses.

— Parabéns — eu disse lentamente. — Ela é uma ótima garota. Ela é... ótima.

Os olhos dele se acenderam.

— É, ela é. Eu sou um filho da mãe sortudo.

Ele então pegou minha mochila e tomou minha caixa de sapatos, colocando-a debaixo de seu braço.

— Ei! — gritei, tropeçando. — Ei!

Ele já estava saindo pela porta e a meio caminho das escadas quando segui pesadamente atrás dele. Tropecei nos últimos três degraus e caí de joelhos com as mãos no chão ao final da escada, cansado e irritado.

— *Me dê* a droga da minha caixa! — gritei atrás dele enquanto Clay caminhava pela rua.

— Venha pegar! — disse por sobre seu ombro.

Furioso, eu me levantei e manquei pela rua atrás dele, sibilando como um velho fumante acabado.

Após algumas centenas de metros, quando ficou claro que eu não conseguiria alcançá-lo, ele teve pena de mim.

Minha cabeça latejava e todo meu corpo doía. Todos na calçada me olhavam e se afastavam de mim, evitando o sujeito sem teto assustador que viam.

Quando paramos na estrada principal, Clay chamou um táxi preto, deixando a porta aberta para mim enquanto ele entrava. O motorista não pareceu muito feliz em me ter como passageiro também, mas Clay não dava a mínima, somente o olhou feio até que o homem se voltou para o seu volante.

Hesitando, eu me apoiei na porta, sem fôlego e com dor, olhando a caixa de sapatos no banco ao lado de Clay.

— Onde você está indo?

— Você se importa?

Eu lambi meus lábios rachados e entrei no carro.

Sentindo-me um merda, tentei tocar a caixa, mas Clay a moveu para perto de si, com uma expressão de sobreaviso. Eu então me joguei no assento de vinil, fechando os olhos. Clay também não falou e eu estava quase dormindo quando chegamos ao lado de fora de um grande hotel econômico.

Clay pagou ao motorista enquanto fiquei olhando desconfiado para o exterior de vidro e concreto. Eu não pertencia àquele lugar, com pessoas decentes. Mas Clay me apressou para dentro, passando rapidamente pela recepção e para dentro do elevador.

Passando seu cartão, nós subimos até o décimo segundo andar e Clay marchou comigo ao longo do corredor, abrindo a porta para um pequeno quarto de solteiro.

Ele jogou minha mochila na cama, então cuidadosamente colocou minha caixa de sapatos ao lado dela. Eu a toquei rapidamente, evitando o seu olhar. Tocá-la ajudava.

— Vá se limpar — ele disse e fechou a porta.

Eu me afundei na cama, muito exausto para me manter bravo. Eu tinha duas escolhas: pegar minhas coisas e ir embora, sabendo que Clay não viria atrás de mim novamente. Ou, eu poderia ficar.

Eu queria ir embora. O peso da esperança de Clay era muito grande, suas expectativas muito impossíveis, mas eu estava cansado de meus próprios pensamentos. Cansado pra caramba. E a cama era macia, o quarto claro e limpo.

Então notei que havia duas sacolas de plástico sobre o colchão. Abri uma delas cautelosamente e vi um par de calças jeans masculinas, duas ca-

EXPLOSIVA

misas e várias camisetas. A outra sacola continha meias e cuecas, um pacote de lâminas de barbear descartáveis, outros artigos de higiene pessoal e uma escova de dentes.

Passei a língua sobre meus dentes, estremecendo com a camada de sujeira e me perguntando o quão mal eu cheirava. Eu havia me tornado imune ao cheiro há muito tempo, mas algo na clareza deste hotel me deixou envergonhado.

Tirando as botas, entrei no banheiro minúsculo. Ficando cada vez mais fraco, liguei o chuveiro, maravilhando-me com a água quente que jorrava.

Tomar a decisão de ficar não foi tão difícil depois disso. Comprado pelo preço de uma chuveirada quente – eu era um encontro barato.

Tirei toda a roupa e fiquei debaixo da água, e minhas lágrimas poderiam se misturar com aquele fluxo de água constante, ninguém saberia.

Quando finalmente saí, encolhi-me com o anel de espuma cinzenta que havia se instalado no chão. Então com as energias renovadas, enchi a banheira e coloquei uma boa quantia de xampu jogando todas as minhas roupas sujas e as que recebi mochila dentro. Eu não me lembrava da última vez em que havia lavado minhas roupas.

Ou a última vez que me importara.

Limpando o vapor do espelho, raspei a barba espessa e então passei a lâmina sobre meu escalpo.

Eu parecia abatido e, mesmo através da névoa de vapor, vi o vazio em meus olhos. Meu corpo estava muito magro e eu podia ver minhas costelas o suficiente para contá-las. Mas por trás da sujeira e da falta de esperança, comecei a me reconhecer.

Escovei meus dentes quatro vezes, surpreendendo-me em sentir prazer em estar limpo.

Quando me virei para ver como estava a roupa suja, a água da banheira estava cinza com sujeira acumulada. Eu esfreguei as roupas com força e foi preciso três enxaguadas até a água sair limpa. O esforço para pendurar as roupas encharcadas no trilho da cortina do chuveiro foi tão grande, que ao terminar, desabei no chão do banheiro, sem fôlego e suando álcool.

Minhas mãos também tremiam. Esse foi o período mais longo que estive sem beber em meses. Reconhecendo que o desejo desesperado aumentava a necessidade, bebi um pouco da água da torneira, mas vomitei quase instantaneamente.

Meu estômago doía e parecia que havia uma gangue de motociclistas acelerando em minha cabeça.

Mas Clay havia pensado nisso também e eu encontrei uma caixa de biscoito cream cracker e um pacote de ibuprofeno no meio das sacolas em minha cama.

Engoli quatro pílulas e consegui comer alguns biscoitos também.

Deitei-me na cama, olhando para o teto que parecia rodar e rodar.

Ficar sóbrio de uma vez seria uma merda.

Engraçado como nunca me ocorreu tentar achar uma bebida.

Se Clay pensava que eu era digno de ser salvo, talvez eu não fosse uma causa perdida. A questão era: eu queria ser salvo?

Foram precisos três dias para o álcool ser expurgado do meu corpo. Três dias de merda, tremores e suores, pele coçando, coração acelerado e alucinações que me assustaram para valer. Eu sonhei que estava de volta à nossa cabana na floresta, respirando o cheiro dos pinheiros e do nosso suor no clima úmido de verão. Aqueles sonhos eram bons até o final, sempre o mesmo final, o sangue dela em minhas mãos e eu gritando até vomitar.

Clay ia e vinha trazendo comida que ficava intocada, mais ibuprofeno para as dores de cabeça lancinantes, que me faziam pensar que meu cérebro estava derretendo.

Mas no quarto dia, acordei com um pouco mais de clareza e um traço a mais de humanidade. Minha cabeça doía com uma pulsação lenta, mas, definitivamente, estava me sentindo como eu mesmo, o que não era necessariamente uma coisa boa. A clareza trazia à tona memórias dolorosas e, sem a dormência para me ajudar a lidar, eu estava uma bagunça ansiosa e confusa.

Eu não conseguia explicar a razão de eu continuar tentando me desintoxicar e ficar limpo. Eu não entendia minha própria motivação. Talvez porque Clay a quisesse; talvez porque Zada esperava para me ver e eu sabia que não poderia deixá-la me ver da forma como estava.

A porta do quarto se abriu e Clay entrou, um grande sorriso em seu rosto.

— Ele anda, ele fala, ele é quase humano!

— Vá se foder — resmunguei sem muito calor.

— Você está aparentando estar bem melhor, irmão. Acha que consegue encarar um pouco de café da manhã?

Eu lhe lancei um olhar irônico.

— Não um café da manhã inglês completo, mas talvez um pouco de torrada e café. — Ele assentiu.

— E Zada? Está pronto para vê-la?

EXPLOSIVA

Respirei profundamente, minha mandíbula se apertando.

— Eu quero vê-la — eu disse devagar —, mas também estou com medo. Sem ofensa.

Ele suspirou.

— Sem problemas. Eu entendo. Mas ela realmente quer ver você. Você é importante para ela. Zada quer sentir essa conexão com você – pelo amor a Amira.

Uma intensa dor pulsou dentro do meu peito quando Clay disse seu nome. Dor e culpa, e um vazio infinito em saber que ela estava morta – que não a impedi, não a salvei.

Clay descansou a mão em meu ombro.

— É tão ruim que você sequer consegue ouvir o nome dela?

— É só que faz um tempo — murmurei.

Ele hesitou, seus lábios pressionados.

— Você quer conversar sobre isso?

Balancei a cabeça, engolindo em seco.

— James, irmão... ela se importava com você, você sabe disso, certo? Ela não ia querer *isto* pra você.

— Eu vou ficar bem. Eu só… eu vou ficar bem.

Ele me deixou viver com a mentira e não comentou mais a fundo.

Tomei banho e fiz a barba o mais rápido que pude, considerando que minhas mãos ainda tremiam levemente, e me vesti com o jeans novo e uma das camisas que Clay comprou para mim. O único calçado eram meus velhos coturnos, mas os limpei o melhor que pude e poli com cuspe.

Clay riu.

— Cara, eu não faço isso desde o Treinamento do Exército. Meu antigo sargento de treinamento conseguia achar um grão de poeira a passos de distância. Ele era um filho da mãe malvado.

Eu o olhei, divertido.

— 'Filho da mãe'? Que linguagem pesada, Clay.

Ele riu.

— É isso aí, estou tentando deixar de falar palavrões além de beber. Vivendo uma vida limpa ultimamente, amigo. Você deveria tentar.

Houve uma longa pausa e eu assenti.

— Talvez eu tente.

Ele estendeu sua mão, me puxando da cama para um abraço apertado.

— Eu senti sua falta, James. Prometa que você não vai desaparecer novamente.

Tentei dizer algo engraçado ou idiota – dizer a ele que ele era um maricas –, mas não consegui. A sinceridade deu poder às suas palavras, e eu as senti.

— Eu não posso prometer — eu disse, finalmente. — Mas vou tentar.

— Está bom o suficiente por hora — retrucou com um leve sorriso.

E então pela primeira vez em quatro dias, deixei o quarto de hotel.

Zada nos esperava em uma mesa de café da manhã. Ela estava exatamente do mesmo jeito, exceto por estar usando óculos ao ler um jornal.

E Deus, ela parecia tanto com a irmã, tanto com Amira. Os mesmos belos olhos escuros, a mesma pele em tom caramelo, as mesmas mãos delgadas. Mas foi a visão de seu *hijab*[1] que me fez parar subitamente. Era o mesmo.

Eram as mesmas cores, mesma estampa, o mesmo que o quadrado de seda que eu mantive dobrado na minha caixa de sapatos.

Congelei no meio do caminho.

— Ah, cara... — disse Clay baixinho. — Eu devia ter pensado nisso.

O sorriso de boas-vindas de Zada desapareceu e suas mãos voaram para o lenço em sua cabeça.

— Isso? Oh, James, sinto muito! Eu deveria ter pensado... Minha mãe deu um para cada uma de nós. Eu o uso o tempo todo para me sentir próxima a Amira, mas não pensei...

Meu coração sacudiu dolorosamente, mas forcei um sorriso fraco.

— Tudo bem, sem problemas... é bom ver você, Zada. — Eu estava mentindo. Era uma dor dos infernos. — Ah, hum, parabéns. Pelo casamento.

Seus olhos dispararam nervosamente para Clay e ele segurou sua mão.

— Obrigada — ela sussurrou.

Depois da saudação mais estranha do mundo, nos sentamos e até Clay parecia ter perdido a fala.

Eu poderia ter beijado a garçonete quando ela apareceu com os cardápios.

Ambos, Clay e Zada, pediram o café da manhã vegetariano completo.

— Apenas torradas, por favor, e café.

A garçonete saiu com nossos pedidos e nós olhamos uns para os outros.

O sorriso de Zada se contorceu.

---

1   Lenço com o qual as Muçulmanas cobrem a cabeça.

EXPLOSIVA

— Você sabia que uma vez Amira tentou ser líder de torcida?

Eu balancei a cabeça. Havia tantas coisas que eu não sabia.

Zada deu uma risada vazia.

— Meu Alá, que desastre! Ela era tão desajeitada, sabe? Ela derrubou uma pirâmide de seis líderes de torcida quando sua cambalhota deu errado. Um fiasco no colegial. Nunca a deixaram esquecer.

Suas palavras causaram uma punhalada aguda de dor em meu peito enquanto eu me lembrava do momento em que Amira tropeçou em sua burca2, e eu a peguei no colo, ajeitando o pequeno corpo junto ao meu. A dor daquela memória era intensa e inconscientemente esfreguei a tatuagem sobre o meu coração, meu memorial particular para ela.

Levantei os olhos e vi Clay e Zada me observando com olhares preocupados.

— Talvez eu não devesse ter dito nada... — Zada começou, sua voz caindo para um sussurro.

— Não — eu discordei de uma só vez. — Conte-me tudo. Eu quero saber.

E assim ela o fez – as coisas boas, as coisas tristes, as engraçadas –, todos aqueles pequenos momentos que compõem uma vida. Todos os momentos em que eu não estava lá.

A dor da perda me rasgou o coração novamente. Deveria ser Amira me contando sobre suas histórias de ensino médio, me fazendo rir de sua tentativa desajeitada de ser uma líder de torcida, mas nós nunca tivemos a chance.

Nós nunca tivemos tempo.

E agora, nós nunca teríamos.

Ocorreu-me que nunca conheci a Amira de Zada, aquela que ria abertamente. Doía pensar que nunca a conheci despreocupada, ou livre da tristeza que a sobrecarregava. Nosso relacionamento havia sido construído em dúvidas e forjado em fogo. Será que já tivemos alguma chance?

— Ela amava trabalhar no pronto-socorro — disse Zada, sua voz agora mais forte. — Amava o desafio, a adrenalina de nunca saber o que aconteceria e a correria.

Ela me olhou diretamente.

— Isso é algo que vocês têm... tinham... em comum. Talvez tenha sido por isso que ela... você sabe... se voluntariou em primeiro lugar. Talvez tenha sido por isso que ela foi para a Síria. — Seu tom suavizou com a incerteza, como se fosse uma pergunta. — Talvez ela fosse viciada... à intensidade.

---

2 Vestimenta que cobre completamente o corpo das Muçulmanas.

Seria verdade? Seria isso que nós vimos um no outro?

Nós nos sentamos em silêncio, o café esfriando na minha frente.

Foi Zada quem falou primeiro. Sem preâmbulos – ela simplesmente começou dizendo o que claramente estava esperando para dizer:

— Eu quero que você aceite esse trabalho com Clay. Eu quero que você o mantenha seguro.

— Zada... — Clay começou. — Deixe o homem beber o café dele primeiro.

— Desculpe-me — ela disse, olhando para mim e depois de volta para ele —, mas isso estava em minha cabeça há semanas. Você diz que James é o melhor, então ninguém mais servirá. Eu não posso perdê-lo também, Clay. Eu te amo.

A expressão dele se suavizou e ele encarou sua esposa, e tive que desviar o olhar. Ver o amor deles tão óbvio, tão fácil, me rasgou por inteiro. Eu até olhei para baixo, no meu peito, meio que esperando ver sangue jorrando pela minha camisa.

Mas não, minhas piores feridas estavam por dentro.

As palavras de Zada ficaram embebidas em mim e eu me peguei falando firmemente.

— Eu aceitarei — eu disse. — Irei com Clay. Eu o manterei a salvo – ou morrerei tentando.

Clay riu, apreensivamente.

— Espero que não chegue a tanto.

— Obrigada — disse Zada seriamente.

Ela então se inclinou sobre a mesa e apertou minha mão. Eu assenti desconfortavelmente e enfiei a mão debaixo da mesa.

Houve uma longa pausa, coberta de tensão. Engoli em seco e limpei a garganta.

— Então, qual é o plano?

A expressão de Clay clareou e Zada voltou ao seu assento.

— O que você sabe sobre Nagorno Karabakh?

Busquei em minhas memórias, mas me veio um branco.

— Georgia? — tentei adivinhar. — Ucrânia?

Definitivamente soava como um lugar no antigo bloco Soviético.

— Quase — replicou Clay. — É um território disputado no lado ocidental do Azerbaijão, em sua maioria, áreas montanhosas ou florestais: Rússia ao norte, Irã ao sul. Eles tiveram quase três décadas de lutas desde

EXPLOSIVA

antes mesmo da independência da União Soviética em 1991. O território foi tratado como um osso entre uma matilha de cães, com soldados da Armênia, Azerbaijão, Georgia e Chechênia, todos entrando na briga. Junte alguns mercenários curdos e guerrilheiros islâmicos, e bem, você pode imaginar.

— Porra. — Olhei para Zada. — Hum, sinto muito.

— Sim, eu sei — disse Clay, ignorando meu tropeço verbal. — O Fundo Halo trabalha lá de vez em quando desde o ano 2000 recolhendo minas de milhares de hectares, mas Nagorno ainda tem um dos maiores índices de incidentes de minas terrestres e bombas não explodidas por cabeça no mundo. James, um quarto das vítimas são crianças.

Seus lábios se afinaram enquanto ele citou as estatísticas e Zada estava visivelmente chateada.

Segurei um suspiro.

Clay era um cara bom, era ótimo, mas ele também era um idealista. E como ele conseguiu ser assim após 11 anos como Fuzileiro Naval dos EUA, eu nunca saberei. Ele pensou que voaria pelo mundo para fazer dele um lugar mais seguro, e talvez ele o fizesse, mas eu conhecia ex-militares de carreira que haviam assumido esses trabalhos em organizações não-governamentais e descobriram que tinham poucos recursos com uma abordagem razoavelmente perigosa de saúde e segurança. Espero que não seja esse o caso.

Clay precisava de mim mais do que ele sabia. E eu não tinha nada melhor para fazer com a minha vida.

Eu não tinha nada mesmo.

— Quando nós partimos?

CAPÍTULO 3

ARABELLA

Dois meses depois...

Eu me inclinei sobre a mesa do sargento de polícia, minha cabeça rodando. Deus, eu estava bêbada. Perdi as contas de quantas taças de champanhe eu virei.

— Nome?

— O quê?

— Qual é o seu nome, amor?

— É Harry. — Sorriu ironicamente meu melhor amigo Alastair, seus olhos vidrados enquanto descansava à vontade no desconfortável assento de plástico ao meu lado.

— Não é realmente Harry — eu disse, dando um sorriso confidencial. — Ele está só sendo bobo.

O policial suspirou, parecendo entediado.

— Nome?

— Arabella Forsythe — eu disse, embora provavelmente soasse mais como *'Ar'bell Forzuth.'*

Eu estava acabada, totalmente bêbada. E não havia como conseguir dizer meu nome completo.

— A Honorável Senhorita Lady Arabella Elizabeth Roecaster Forsythe. — Sorriu Alastair, piscando para mim.

— Ah, sim. Eu sempre me esqueço dessa parte. — Eu sorri. — Tão grande.

Confie em Alastair. Ele nunca conseguiu manter um segredo.

O policial esfregou sua bochecha cansado.

— Seja bem-vinda à delegacia de Paddington, sua senhoria. Esvazie o conteúdo de seus bolsos aqui.

E ele bateu em uma bandeja de plástico na minha frente. Suspirei.

Ah, bem. Pelo menos ele não acharia nenhuma cocaína em mim porque o último saquinho havia desaparecido no meu nariz há algumas horas.

Não era a primeira vez que eu havia sido presa. Mas era tão entediante acordar com ressaca em uma cela de delegacia.

Fechei os olhos ao pensar em enfrentar meu pai quando ele viesse pagar minha fiança pela manhã. Não que eu realmente esperasse que ele viesse em pessoa. Ele mandaria um de seus *minions*.[3]

Dei uma risadinha ao imaginar um pequeno personagem de desenho amarelo aparecendo com o cartão de crédito do meu pai. A risadinha se transformou em um riso forte, e Alastair me olhou enojado quando arrotei alto.

Ainda assim, uma estadia noturna, cortesia da Polícia Metropolitana de Londres, era preferível a lidar com meu pai. Infinitamente preferível.

Eu dormi surpreendentemente bem no colchão fino, encaroçado e com uma mancha suspeita. Embora fosse mais como um desmaio do que um descanso real com o elemento REM[4]. Mas acordar foi tão horrível quanto eu esperava. A cabeça latejava e a língua tinha gosto de excrementos de uma gaiola de papagaio. Eu não tinha um espelho, mas se tivesse, sabia por experiência própria, que a maquiagem estaria borrada, fazendo minha aparência rivalizar à de uma prostituta de Hackney. Meu cabelo estava achatado de um lado e pendendo frouxamente, emaranhado do outro. Tentei penteá-lo com os dedos, mas os nós puxaram meu couro cabeludo, enviando uma dor afiada pelo meu corpo desidratado.

Graças a Deus não havia um espelho – eu já havia sofrido a indignidade de fazer xixi no vaso nojento sem assento.

Meus pés doíam, e eu me dei conta de que havia usado meus saltos Jimmy Choo de doze centímetros e meio a noite toda. Eu os tirei com um estremecimento e depois suspirei enquanto os pobres dedos inchados se encontraram com o chão frio. Eu os mexi com prazer. Eram realmente as pequenas coisas que contavam. Eu deveria saber, porque a maioria das pessoas pensava que eu era podre de rica.

Riqueza significava algo diferente para uma família como a minha. Era simplesmente para ser acumulada para que você pudesse passar para seus herdeiros e assegurar a linhagem. Nós fazíamos parte da autoridade de

---

3   Uma referência ao desenho Meu Malvado Favorito

4   Sigla para Rapid Eye Moviment – Aquele sono agitado onde a pessoa movimenta os olhos sem parar.

etiqueta Debrett´s[5] desde sempre. Sério, minha árvore genealógica remontava novecentos anos atrás, talvez mais, se alguém se desse o trabalho de pesquisar. Provavelmente tínhamos algum sangue real também, se o lado errado dos lençóis contasse.

Eu havia sido criada em um castelo, Castelo Roecaster em Dorset, mas não sou rica. Não, todo o dinheiro e propriedades eram passados para o filho mais velho, meu irmão, Sinclair. Sempre foi assim. Eu não penso muito sobre isso, para ser honesta. Cresci sabendo que seria assim. E além do mais, se a tradição dizia que tudo fosse dividido para todos os filhos igualmente, o castelo e seus jardins já teriam ido embora há muito tempo, vendidos para o Fundo Nacional para ser mais uma casa estatal para visitação pública.

Bom, nós fazíamos isso também. Você sabe, deixar as classes comuns visitarem o castelo e seus jardins em dias designados ao longo do ano, vender os chás cremosos e um guia que escrevi entre meu primeiro e segundo anos de faculdade. Mas nos dias em que estávamos fechados para o público britânico, o castelo era o meu parquinho – eu poderia me perder por horas, vagando pelos pomares e os jardins formais, flutuando como um fantasma pelos 124 quartos, sem incluir os vastos porões lotados de poeira, ou as celas geladas, como masmorras.

Mas rica, não. Quando – ou se – eu me casasse, poderia esperar herdar mais de 50.000 libras e isso era tudo. Não era o suficiente para comprar sequer um apartamento de um quarto em Londres.

Era irritante que eu não pudesse ter nada enquanto não me casasse com algum Rupert superprivilegiado.

Não, eu não tinha um noivo chamado Rupert – era só como o meu círculo chamava os idiotas de Eton, que iam para o treinamento oficial de Sandhurst porque suas famílias haviam sido militares desde antes do nascimento de Lord Nelson, no século XVIII. Se você procurasse no Dicionário Oxford, encontraria algo assim:

Rupert, (substantivo). Gíria militar para um oficial, especialmente um de classe alta, bom, mas turvo e totalmente desprovido de habilidade ou senso.

Papai planejava me manter dependente e amarrada às alças de seu avental até que eu me casasse com um homem desses. Era positivamente feudal.

Ninguém disse que isso ia acontecer se eu decidisse não me casar – era simplesmente assumido que eu me casaria.

---

5   **Manual de etiqueta britânico**

EXPLOSIVA

Esfreguei os olhos e olhei para meus dedos escurecidos pelo delineador e maquiagem esfumada que eu estava usando na noite passada.

Estremecendo, arranquei os cílios postiços e os joguei fora bem a tempo de a porta da cela se abrir.

— Hora de ir, Senhorita Forsythe — disse o sargento da portaria.

— Sério? Eu esperava uma xícara de chá primeiro, estou morrendo de sede.

Ele não pareceu me achar divertida, então enfiei meus pobres e abusados pés de volta nos meus sapatos de tortura e fui batendo-os pelo corredor, passando por outras celas com ocupantes barulhentos.

Eu me perguntei o quanto eu teria que puxar o saco de papai para sair da minha última enrascada. Em quantos bailes de caridade chatos ele me faria ir como penitência? Era um pensamento para deixar alguém sóbrio.

Meu estômago se agitou em protesto quando vi o homem em pessoa de pé esperando por mim e a pouca cor que eu tinha fugiu do meu rosto.

— Arabella.

Aquelas quatro sílabas estavam repletas de nojo e desapontamento. Eu já havia ouvido o mesmo tom vindo dele mil vezes, então não era nada novo. Forcei-me a permanecer encurvada, lutando contra a vontade de endireitar a coluna.

— Olá, papai! — eu disse com um sorriso falso.

Não foi um sorriso correspondido.

— Você foi longe demais dessa vez — ele afirmou friamente. — Embriaguez e desordem, urinou em lugar público.

Soava muito pior do que era, e me perguntei vagamente com o que ele iria me ameaçar dessa vez: perda da mesada, servidão na propriedade da família, acompanhar um de seus amigos banqueiros em alguma festa de acionistas tediosa...

Ele acenou com a cabeça para os policiais, agradecendo-os pelo seu tempo e se desculpando pelo meu comportamento apavorante. Ele também prometeu um cheque gordo para a Associação Nacional de Policiais Aposentados.

E foi isso. Fim da história. Todos os crimes varridos para debaixo do tapete do bom nome de família, criação e de uma carteira gorda.

Ele me segurou pelo topo do braço e eu marchei para fora da delegacia.

— Eu posso andar — eu disse num estalo.

— Pode? — ele perguntou friamente. — Parece que até algo tão simples como andar está além das suas míseras capacidades, Arabella.

Fiz uma careta. Ele já havia me dito que eu era idiota tantas vezes que era fácil acreditar nele.

— Eu não sou uma criança — murmurei petulantemente.

— Não. Você simplesmente insiste em agir como uma criança pequena fazendo birra. Bom, eu já me cansei.

Puxei o braço de seu agarre.

— Eu também, papai!

Stevens, o motorista, abriu a porta do carro para mim.

— Obrigada — murmurei enquanto deslizava para o interior revestido em couro caríssimo. Meu pai não falou comigo durante todo o caminho para casa, quinze minutos sombrios nos quais fui deixada a contemplar meus vários pecados e a ponderar meu castigo.

Mas quando o Rolls Royce Silver Ghost deslizou suavemente até a entrada do pórtico, ele finalmente falou:

— Nós conversaremos sobre isso mais tarde.

Ele sequer olhou para mim. Bem, essa seria mais uma conversa divertida na qual ele me trataria como uma criança e eu prometeria que não aconteceria novamente.

Mas ele não havia acabado.

— E Arabella, se você insiste em se vestir como uma prostituta, tente não se vestir como uma prostituta barata.

A vergonha queimou em meu peito e abri a porta antes que Stevens tivesse sequer estacionado o carro. Chutei os sapatos para fora no corredor opulento de nossa casa de Londres e subi as escadas correndo.

Meu estômago se encheu de náusea, e quando vi meu reflexo no grande espelho, soube que meu pai estava certo. Eu parecia uma mulher barata. Barata, usada e triste.

Não, não deixaria que ele fizesse isso comigo novamente. Eu era melhor do que isso.

Liguei para Alastair tentando descobrir para onde ele havia desaparecido na noite passada.

— Você chegou bem em casa. — Ele bocejou.

— Não, eu fui sequestrada. Mas eles eram legais. Eles fizeram chá para mim e recarregaram meu telefone. Acho que eles estão me trazendo um sanduíche de bacon.

— Mande um para mim. — Bocejou novamente.

Revirei meus olhos.

— Olha, eu preciso falar com você, porque...

EXPLOSIVA

— Ai, Deus, não são nem dez da manhã. É muito cedo! *Me ligue* mais tarde. — E ele desligou antes que eu tivesse a chance de falar.

Típico.

Eu estava cansada de homens me cortando. Eu precisava encontrar amigos melhores. Entrei no banheiro da minha suíte e tirei o vestido de puta, jogando 1.200 libras em cetim na lixeira. Eu sabia que jamais usaria aquele vestido novamente – eu não conseguia sequer olhar para ele.

O chuveiro era meu amigo: o jorro da água quente acalmou a tristeza e aliviou minhas dores.

A água quente não acabou. Papai nunca deixaria isso acontecer. A água quente era interminável junto com os cômodos em nossas casas e o dinheiro gasto em posses. A única coisa em falta era o carinho. *Pobre menina rica.*

Enrolei-me em uma toalha grossa, quente pelo toalheiro aquecido, e tropecei até o meu quarto, apertando os olhos para o brilho do sol invernal no mundo além da minha janela. Peguei o controle remoto e as grossas cortinas de veludo se juntaram silenciosamente. Escuridão abençoada.

Eu só estava adormecida por alguns minutos quando uma batida suave à porta me acordou.

Ignorei pelo máximo que pude, mas quem quer que estivesse perturbando meu sono da beleza não ia embora.

— O quê? — rosnei, minha voz abafada pelo travesseiro.

A porta se abriu e a luz foi acesa me fazendo gemer.

— Seu pai quer vê-la, Lady Arabella — disse a Sra. Danvers.

O nome dela não era realmente Sra. Danvers, mas era como eu a imaginava. Ela atendia por 'Brown'. Eu acho que ela tinha um nome próprio, mas embora ela trabalhasse para minha família há doze anos, eu nunca ouvi ninguém a chamando por nada além de 'Brown'.

Bom, exceto por mim. Eu também a chamava de 'Vaca Chefe'. Ela puxava tanto o saco do meu pai que eu me surpreendia que ela pudesse andar livremente.

— Ele está em seu escritório.

— *Tá*, tanto faz. Apague a luz quando sair.

Ela se foi, deixando a luz acesa.

Viu? *Vaca.*

Eu gostaria de poder dizer que ignorei meu aviso de cinco minutos e voltei a dormir, mas não o fiz. Eu gostaria de dizer que não tinha medo do meu pai, mas tinha.

Seu temperamento era lendário e você não gostaria de ser o destinatário disso. Meu estômago se apertou nervosamente.

Talvez dar uma festa para duzentas pessoas no restaurante em Mayfair do qual ele era dono, e ter feito uma pequenina conta de bar tenha esgotado seu limite. E ser pega fazendo xixi no beco junto a alguns dos meus amigos homens...

Ele não ia querer aquilo para sua princesa preciosa. *Hum, minha voz sarcástica soava melhor do que minha voz normal.*

Vesti-me rapidamente. Ninguém mantinha Sir Reginald Forsythe, Conde de Roecaster, esperando. Especialmente sua filha caçula, sua problemática e imprudente filha.

Deslizei para dentro do escritório o mais silenciosamente possível, tentando me misturar ao papel de parede pintado à mão.

Não funcionou. Até mesmo de costas para mim, olhando para a tela de seu computador, driblando números, ele sabia que eu estava lá.

Ele se virou para me encarar, cruzando uma perna por cima de suas calças de lã caras. Ele me examinou vagarosamente e me contorci sob sua avaliação fria.

— Arabella.

— Sou eu! — eu disse brilhantemente.

— Você sempre foi uma decepção.

Uau, direto na jugular.

— Expondo esta família ao ridículo em público.

Como ele estava factualmente correto, mantive minha boca fechada.

— Graças a Deus sua mãe morreu antes que você pudesse decepcioná-la também.

Eu me encolhi, sentindo o corte de sua repugnância cirúrgica.

— Você falhou em tudo que já tentou: escola, universidade, e até se formar, embora como você ter conseguido ser expulsa daquilo ainda me surpreenda.

— Se pelo menos você me deixasse arrumar um emprego, papai... — eu comecei bravamente.

— Eu estou falando! — ele rugiu, seu rosto ficando roxo. — Você não fala quando eu estiver falando! Quando eu terminar de falar, é quando você fala!

— Desculpe, papai.

— Pelo menos Deus lhe deu um pouco de beleza, porque Ele não lhe

EXPLOSIVA

deu um cérebro.

Chicoteada por suas palavras, fiquei em silêncio.

— Amanhã de manhã eu partirei em uma viagem de negócios. Você irá comigo já que obviamente não é capaz de ser deixada sozinha sem supervisão constante. Eu disse a Brown para fazer as suas malas. O carro sairá às cinco. Da manhã.

Ele se virou para sua mesa e eu estava dispensada.

Eu sabia, por amarga experiência, que não havia sentido em discutir com ele. Eu não fazia ideia de para onde ele ia em suas viagens de negócios, mas meu pai tinha seus dedos em vários ramos de atividade. Poderia ser em Xangai ou Nova York, Sydney ou Vanuatu.

Mas no final, não era nenhum desses lugares.

CAPÍTULO 4

ARABELLA

Uma chuva congelante caiu sobre mim enquanto eu descia as escadas do pequeno avião, vislumbrando as montanhas cobertas de neve à distância. Curvando os ombros, corri para me abrigar no prédio dos desembarques.

Era o nosso terceiro aeroporto do dia e eu tinha somente uma pequena noção de onde estávamos. Ninguém falou comigo exceto as comissárias de bordo, e havia um limite de chá e café que eu poderia beber a bordo sem me arrepender.

Nos últimos nove dias, segui meu pai em reuniões de negócios entediantes em vários cantos do mundo: Namíbia, Chile, Sibéria, Cazaquistão e agora aqui. Ele estava comprando campos de carvão em uma época em que outros homens de negócios estavam se voltando para energia verde. Ele acreditava que com os chineses abrindo uma nova estação movida a carvão por semana, sua demanda para combustíveis fósseis logo superaria a própria produção nacional. E quando isso acontecesse, ele estaria pronto para fornecer.

Não que o *Papai Querido* tenha falado comigo diretamente, ele só me apresentava para as pessoas com as quais estava fazendo negócios, mostrando a afeição paterna apropriada antes de me dispensar para um quarto de hotel sem graça. Ele também havia tirado meus cartões de crédito, então ir às compras estava fora de cogitação.

Eu estava completamente entediada, mas não havia como escapar. Ao invés disso, assistia a muitos programas horríveis de TV, legendados, ou nadava em piscinas minúsculas, ou até malhava apaticamente nas academias gastas dos hotéis. Meu pai se certificou de que eu não tivesse uma chance para beber nada mais forte do que café, ou às vezes uma única taça de vinho nas raras ocasiões em que era convidada para jantar com ele, tudo cuidadosamente supervisionado, claro. Porque eu não era confiável. Eu era uma decepção e desejava que pudesse me sentir indiferente.

Era um castigo sutil: proximidade a um pai sem qualquer resquício de amor que eu pudesse ter esperado. *'Esperança'* e *'meu pai'* não eram palavras que eu tenha unido em uma frase desde que eu tinha sete anos.

Hoje, nós havíamos voado para a Armênia, um país que eu vagamente já havia ouvido falar (mas não conseguia encontrar em um mapa), embora eu tenha aprendido que havia cordões de carvão inexplorados dentro das florestas do outro lado da fronteira com o Azerbaijão (que eu teria que aprender a soletrar) e apenas o pequeno problema de o campo estar cheio de minas terrestres de uma guerra anos antes.

O *Papai Querido* estava aqui para doar para uma instituição de caridade que limpava os países devastados por minas terrestres de guerras. E tudo era dedutível do imposto de renda.

Quanta coincidência que havia minas de carvão para saquear também.

Embora não estivesse completamente certa de onde *'aqui'* era, desde que pousamos em um grande aeroporto – algum lugar que eu não conseguia ler o nome porque o sistema de escrita não era familiar. Não se parecia com nada que eu já houvesse visto antes. Isso fez eu me sentir muito pequena, muito insignificante.

Depois nós havíamos dirigido por mais de seis horas, passando ao longo de um lago azul antes de subir sem parar pelas montanhas, passando por um mosteiro esquecido há tempos, serpenteando por curvas perigosas que me fizeram fechar os olhos, uma jornada torturante, dolorosa em seu silêncio, até que o cenário se alargou em áreas agrícolas e nós chegamos ao nosso destino: metade edifícios estranhos de estilo Alpino, metade monólitos de concreto soviéticos feios.

Nosso motorista, um tipo eslavo silencioso com olhos impiedosos, nos levou a um hotel moderno, todo cromado e de vidro, mas pequeno em comparação com outros hotéis mais cosmopolitas em outras cidades do mundo, e com apenas 33 quartos.

Minha bagagem e eu fomos acompanhadas para uma grande e moderna suíte com uma cama de casal, mas fiquei um pouco desconcertada ao ver que as toalhas haviam sido astuciosamente torcidas em formato de cisnes, com pétalas de rosas espalhadas pelos lençóis impecáveis.

O rapaz que me acompanhou até ali pareceu muito orgulhoso dos cisnes, então sorri educadamente e deixei alguns dólares na mesa de café para ele. Ao longo da última semana eu havia aprendido que os funcionários de hotel preferiam dólares americanos à moeda local.

Sentei-me na cama e dois dos cisnes desabaram, o gesto romântico desmoronando, o que me pareceu apropriado. No entanto, puxei meu celular para ligar para Alastair. O filho da mãe não havia retornado uma mensagem de texto sequer desde que viajei, mas eu estava tão entediada e solitária que estava disposta a ignorar suas inadequações e dar a ele uma nova chance. Ele supostamente era meu melhor amigo.

Ele finalmente atendeu depois que as primeiras três ligações foram parar na caixa postal.

— Que inferno, Harry — ele resmungou. — Você está me perseguindo?

— Não seja um idiota maior do que já é, Alastair. — Suspirei. — Estou presa no meio do nada com ninguém para conversar, exceto os parceiros de negócios obscuros do papai.

— Bem, eu não sei o que você espera que eu faça a respeito. — Reclamou. — Eu não deveria falar com você e, além disso — ele sibilou, abaixando a voz —, estou entretendo uma vadiazinha que acabei de conhecer e você está me atrapalhando.

Minha cabeça girou com tantas novas informações.

Alastair e eu nos conhecíamos desde sempre embora nós nunca tenhamos tido nada oficial. Nem gostaríamos de ter, mas nós éramos os acompanhantes um do outro em todos os casamentos dessa temporada e ele não era ruim de cama. Eu pensei que... não tinha certeza do que havia pensado.

— O que você quer dizer com você não pode falar comigo?

Ele suspirou teatralmente.

— Harry, querida, o seu querido papai pagou minha conta do bar no Claridge's e no Annabel's e me deu alguns milhares para ir transar com outra pessoa. Aparentemente, eu a estou levando para o mau caminho e você é burra demais para perceber. Ele não te contou?

Engoli o insulto junto com a dor.

— Você é um grande bastardo, Alastair.

— Eu sei. É por isso que você me ama. Mas agora seja uma boa garota e me deixe em paz; estou tentando transar.

Ele desligou, e fiquei encarando meu telefone silencioso.

Eu tinha 26 anos e meu próprio pai estava pagando meus amigos para se afastarem de mim.

Eu não achava que podia chegar mais ao fundo do poço.

EXPLOSIVA

O jantar daquela noite foi sombrio. Eu estava bem-vestida, usando um peça da coleção de Alexander McQueen, mas percebi que fora um desperdício total, já que dos cumprimentos breves, ninguém conversou comigo a não ser para perguntar o que achei da sopa (em uma tigela decorada com uma folha de hortelã); o que achei da *Dolma*[6] (no meu prato, picada); se eu provaria a massa local de *Pakhlava*[7] saturada em xarope (provavelmente não – é preciso observar o físico e tentar não vomitar na mesa de jantar). Graças a Deus eu não havia provado o *Ayran*, uma caneca espumada de cerveja cheia de uma bebida de iogurte frio misturada com sal.

Eu sorri obedientemente e encarei saudosamente as garrafas de vinho que os homens bebiam, mas papai havia lhes informado que eu não bebia, então era isso.

Eu era especialista em conversa fiada – toda garota da minha classe social e educação era, mas a única maneira que eu podia castigar meu pai era permanecendo o mais taciturna possível sem de fato ser mal-educada. Era o único resquício de controle que eu tinha na vida. Se ele me tratava como uma criança, eu me comportaria como uma petulante.

Ainda não entendia por que ele havia me trazido nessa viagem. Se queria acabar com minha bebedeira, que me enviasse para a reabilitação em Primrose Hill. Pelo menos estaria com amigos.

Papai não havia me dito nada a respeito de seus planos em andamento, então eu não tinha ideia de quanto tempo estaria fora, ou para onde seguiríamos dali. Mas durante o jantar, consegui vislumbrar alguns trechos, tais como a informação de que iríamos para as montanhas no próximo dia e que ainda havia neve nos terrenos mais altos.

Entendia agora porque a Sra. Danvers havia colocado meu equipamento de Esqui na mala, embora a vaca idiota tenha esquecido minhas botas de esquiar, então agora eu teria que comprar um novo par – eu certamente não alugaria nenhum. Deus sabe o tipo de pés suados que usavam botas alugadas, e essa era uma das razões que eu me recusava a ir jogar boliche. Eu me arrepiava toda só em pensar.

Irritava-me que a empregada sabia mais sobre os planos de papai do que eu. Aposto que ela gostou de saber que tinha esse poder sobre mim.

---

6   **Prato típico de vegetal recheado de origem dos países oriundos do império Otomano.**

7   **Doce recheado com massa folheada de origem dos países oriundos do império Otomano.**

Nunca havia ouvido falar de um resort de Esqui no Azerbaijão, mas suponho que os antigos comunistas tinham que esquiar em algum lugar além de Klosters.

Eu amava estar nas encostas com neve recém-caída e o ar da montanha limpo e cortante. O Ski fora da pista era o meu tipo favorito.

Talvez essa viagem estivesse melhorando afinal de contas.

Então na manhã seguinte, vesti um macacão rosa e coral com uma jaqueta combinando e desfilei até o carro.

— Bom dia, Ivan! — cantarolei para o eslavo ranzinza.

O nome dele não era Ivan, mas isso pareceu irritá-lo, então eu o chamava assim toda vez que o via.

Meu humor caiu quando papai apareceu.

Ele olhou para os meus trajes e entrou no carro sem uma palavra e iniciamos mais uma longa e silenciosa viagem.

A paisagem começou a se fechar, as encostas cobertas por pinheiros imponentes que bloqueavam a luz. Vi pilhas de neve suja nas laterais da estrada e vislumbres do branco brilhante nos picos distantes, até que finalmente nos aproximamos de um feio galpão de cabanas parecidas com prisões.

Arame farpado circulava as cabanas, fazendo-as parecer com um campo de prisioneiros siberiano. Só faltavam as metralhadoras.

Um homem negro alto vestindo jeans, botas pesadas e uma jaqueta de inverno veio atravessando o pátio enlameado do lado de fora dos prédios de blocos de concretos desolados. Ele parecia alguém que já havia pertencido às forças armadas, ex-militar e caminhou até nós, estendendo sua mão para o meu pai.

De uma maneira incongruente, um pirulito de cor amarelo-ácido estava saindo do bolso de sua jaqueta.

— É um prazer conhecê-lo, senhor. Sua doação generosa nos permitirá continuar nosso trabalho nos próximos muitos meses que virão.

Agora eu entendia. Essa devia ser a base para um daqueles lugares de minas terrestres, qualquer que fossem seus nomes. Embora isso fosse muito mais esquálido e cinzento do que os vídeos que eu havia visto da Princesa Diana usando armadura de guerra sob o brilhante sol africano.

Enquanto papai absorvia as palavras, ditas com um sotaque americano, eu ansiava para dizer a esse homem que as doações de meu pai não eram generosas ou altruístas – eram somente um pagamento ao governo do Azerbaijão, um acordo tácito de que meu pai estaria à frente para explo-

EXPLOSIVA

rar o carvão abaixo dos nossos pés.

— E esta deve ser a Senhorita Arabella Forsythe — disse o homem com um sorriso amigável. — Estamos honrados com a sua presença. Nós certamente precisamos de todos os voluntários que conseguirmos. Eu sou Clay Williams, Chefe de Operações. — Sorri educadamente, perguntando-me se esse americano estava me confundindo com outra pessoa.

— Minha filha é uma verdadeira humanitária — papai respondeu com um sorriso reptiliano.

Suas palavras eram desconcertantes e nós apertamos as mãos em silêncio. Era também a primeira vez que um dos companheiros de negócios do meu pai sabia meu nome com antecedência. Uma sensação desconfortável passou sobre mim, uma sensação de pavor que eu não conseguia identificar.

— As acomodações são limitadas — disse Clay, seu sorriso mais irônico agora. — Mas as boas-vindas são calorosas. Peço desculpas por minha esposa não estar aqui para recebê-la. Ela está no vilarejo ajudando no centro de saúde. Você a verá mais tarde. Deixe-me levar suas malas.

O pânico flamejou sobre mim.

— Papai? Ficaremos aqui?

O sorriso de Clay sumiu inteiramente, seu olhar questionador passando entre nós. Mas papai falou primeiro:

— Sim, Arabella, você ficará aqui. O Sr. Williams pediu voluntários e eu voluntariei *você*. Você se fará útil e trabalhará para ele nos próximos três meses.

— Três meses! — eu gritei. — Nem pensar! Eu não farei isso!

Meu pai pegou-me pelo braço e me puxou para fora do alcance dos ouvidos alheios.

— Você achou que o seu castigo seria vagabundear, acompanhando-me a algumas reuniões de negócios? Você acha que isso compensa a conta de trinta e sete mil libras que você acumulou no restaurante? As contas com os negociantes em toda Londres? A vergonha que você trouxe à nossa família? Você acha que vou tolerar lhe buscar na cadeia novamente? Não! Não é o suficiente, Arabella. Você será voluntária aqui, onde ninguém a conhece ou se conecte a você. Você fará isso. Você não envergonhará a família nunca mais. Você está me ouvindo? *Você está me ouvindo?* — ele sibilou, me chacoalhando até que meus dentes bateram.

— Papai, por favor! Eu prometo…

— Suas promessas não significam nada — ele disse friamente, largando meu braço de forma abrupta.

Seu temperamento mudou da água para o vinho em segundos, uma habilidade que usava para desequilibrar seus oponentes. Sempre funcionava comigo.

Engoli em seco e o encarei.

— Por que você me odeia tanto?

Seu lábio se levantou em um sorriso de escárnio.

— Não seja melodramática, Arabella. Está abaixo de você. Reabilitação não funcionou, talvez isso funcione.

Ele se virou e voltou para o carro onde minha bagagem Louis Vuitton já estava sendo empilhada na lama.

— Williams — ele disse ao homem que nos cumprimentou —, esperarei o relatório semanal sobre o progresso da liberação.

A expressão calorosa de Clay havia desaparecido.

— E quanto a sua filha, senhor?

Papai retornou o olhar, dispensando-o com um aceno de cabeça.

— Apenas se ela fizer merda.

E então ele foi embora.

Não vou chorar. Não vou chorar.

E não chorei. Eu tinha anos de experiência em parecer indiferente às raivas vulcânicas do meu pai, mas era humilhante ter um estranho de testemunha.

Clay gritou algo para duas mulheres que estavam paradas observando, naturalmente, enquanto crianças de olhos amendoados brincavam em volta delas.

Olhando para mim brevemente, elas pegaram minha bagagem e a carregaram em direção a um dos blocos de concreto.

Clay fez uma careta e enfiou as mãos em seus bolsos.

— Então, suponho que não foi ideia sua ser voluntária aqui?

— O que o faz pensar assim? — eu disse amargamente. — Estou *encantada* em estar aqui. Positivamente admirada.

Ele suspirou.

— Olha, eu sei que a situação não é ideal, mas nós realmente podemos aproveitar a sua ajuda. Os recursos são limitados e cada par de mãos faz o trabalho mais seguro e rápido. — Quando não respondi, ele assentiu em silêncio. — Vamos lá acomodar você.

Eu o segui, meu macacão *Fusalp* de 900 libras já pesado com a lama que se grudava ao tecido. Meus pés se arrastaram, tão pesados quanto meu coração.

Como diabos conseguiria ficar presa aqui por três meses?

EXPLOSIVA

Mas o pior estava por vir.

O quarto que Clay me mostrou era mais como uma cela do que quaisquer celas nas quais já estive na vida. Havia uma estreita cama montável encostada contra a parede, com cobertores cinza escuro empilhados por cima; uma linha de pregos em uma parede estava decorada com cabides plásticos abandonados. E era isso.

— Eu sei que não parece muito — Clay anunciou com admirável contrição —, mas nós pensamos que você estaria mais confortável em seu próprio quarto. As outras mulheres vivem em um alojamento.

— Então, isso aqui é tipo um suíte presidencial? — eu disse, sentindo-me à beira da histeria. O tremor em minha voz era um indicativo disso.

Clay sorriu, seus dentes brancos e retos brilhando à luz do crepúsculo.

— Nunca pensei assim, mas a partir de agora esse será meu pensamento. — Ele riu. — Há um banheiro ao final do corredor, mas não espere muito dos chuveiros, a água nunca fica realmente quente. — Ele deu de ombros, desculpando-se. — Olha, eu sei que você não quer estar aqui, mas pode acabar se surpreendendo.

A gratidão me deixou sem palavras.

— Obrigada — murmurei, sentindo-me humilde pela bondade desse estranho.

— Ótimo! — ele disse, batendo palmas, o alívio óbvio em sua voz. — O jantar será em trinta minutos. Você só tem tempo para desfazer as malas. Você irá conhecer Zada e Turul lá.

Dei-lhe um olhar questionador que ele entendeu imediatamente.

— Zada é minha esposa. Ela é uma enfermeira pediátrica treinada, então trabalha como voluntária na clínica do vilarejo, mas como eu disse, ela estará de volta logo. Turul é o nosso faz-tudo local e ele é o único lá no momento que fala um inglês passável. Mas amanhã você conhecerá meu amigo James. Ele é o operador de EOD's lá – nosso especialista em descarte de bombas. — E nós temos Yadigar, o intérprete. Eles trabalharão noite adentro em um local remoto, mas estarão de volta em 24 horas. — Sorriu.

— Eles estarão ansiosos para voltar para esse luxo todo.

Uma risada assustada escapou e o sorriso de Clay se alargou.

— Vejo você mais tarde, Senhorita Arabella.

— Você pode me chamar de Harry — eu disse.

— Harry? Sério?

— É como meus amigos me chamam — eu disse, de repente tímida.

— Vejo você mais tarde, Harry.

Depois que Clay saiu, sentei-me no colchão encaroçado, sentindo dor e raiva tomando conta de mim. Eu não podia acreditar que papai havia feito isso comigo. Racionalmente, eu sabia que era a responsável, mas a punição não deveria ser de acordo com o crime? Tudo que sempre quis era ter permissão para arrumar um emprego e viver minha própria vida.

Acho que devia ter tido cuidado com o que desejei.

Suspirando, comecei a desfazer as malas, mas me dei conta rapidamente que as roupas de grife estavam extremamente fora do lugar aqui.

Lágrimas quentes queimaram meus olhos, mas eu *não* iria me render a isso. Se meu pai pensava que isso iria me desfazer, ele provavelmente estava certo, mas eu tentaria, tentaria, e tentaria de novo, provar que ele estava errado.

Tirei o telefone do bolso, mas como suspeitei, não havia sinal.

Eu não tinha nada, não tinha ninguém. Eu era ninguém.

Remoí a angústia por vinte minutos. Eu achava que era justo o suficiente, mas depois disso comecei a ficar entediada. Tirei as botas de grife com solados escorregadios e procurei por algo em minha mala até achar um par antigo de Uggs que a Sra. Danvers jogou dentro. Em breve as botas Uggs estariam tão enlameadas e nojentas quanto tudo por aqui, mas sapatilhas que seriam divinas em Kensington High Street não funcionariam nesse lugar.

Procurando mais a fundo, encontrei um suéter de jogar cricket que peguei do meu irmão e vesti sob a jaqueta de esqui, então me aventurei para fora, e para dentro da minha nova vida.

Apesar de não ser tarde, o sol já estava se pondo e o ar estava frio, o cheiro de madeira queimando pairando sobre a quietude. Senti o cheiro das latrinas antes de vê-las. Eu não poderia agraciá-las com a palavra 'banheiros' como Clay havia feito. Elas eram nojentas, básicas e congelantes. Fiz xixi rapidamente e lavei as mãos em uma água tão fria que tinha certeza de que havia sido neve alguns minutos atrás.

Uma mulher com um lenço colorido na cabeça e pele de cor caramelo se aproximou de mim, seu sorriso cuidadoso.

— Você deve ser Harry. Eu sou Zada, a esposa de Clay. Vim dizer-lhe que o jantar está pronto.

Assim como Clay, ela tinha um sotaque americano, mas enquanto o dele era caloroso, o dela era cauteloso e senti que teria que ganhar sua confiança.

EXPLOSIVA

— Obrigada, estou faminta. Poderia comer um cavalo. — E então me perguntei se eles comiam cavalos no Azerbaijão. Eu não tinha a mínima ideia. — Bom, talvez não um cavalo de verdade...—

— Ensopado de vegetais e ensopado de carne — ela disse. — Nós fazemos muitos ensopados, é o mais fácil de fazer para trinta pessoas e uma cozinha pequena. E o pão de massa fina local, feito em forno *tandur*[8]. — Ela deu de ombros. — Você vai se acostumar.

— Há quanto tempo você está aqui? — perguntei, mais para ser educada do que realmente interessada.

— Há quase nove semanas.

— E quanto tempo você acha que ficará aqui?

— Os chefes disseram a Clay que de três a quatro meses, mas James acha que pode levar seis meses entre ambos os locais.

Ela deu de ombros como se isso não importasse.

Estava tudo bem, eu não me importava. Só perguntei para ter algo para falar, e nós ficamos em silêncio novamente.

O refeitório era uma cabana longa de concreto que formava a coluna vertebral da pequena comunidade. Longas mesas de cavalete com bancos forravam o salão, e o ar estava permeado pelo cheiro da comida temperada.

Vinte mulheres e muitas crianças pequenas já estavam em fila em frente às cubas do ensopado que Zada havia mencionado e o meu estômago roncou com fome.

— Nós mesmos nos servimos — disse Zada, dando-me um olhar desafiador como se eu estivesse esperando ser servida em uma bandeja de prata.

Sorri com firmeza e entrei na fila com as outras mulheres. Eu me perguntei onde Clay estava e por que essa comunidade parecia ser composta de mulheres e nenhum homem.

Fiquei aliviada quando o vi entrar no refeitório, sua personalidade acolhedora fazendo o lugar parecer menos sombrio.

— Oi, baby — ele disse, plantando um beijo nos lábios de Zada, sua afeição maior do que as palavras mansas. — Você encontrou Harry, isso é bom — Ele sorriu para mim como se nós tivéssemos nos comprometido a ser melhores amigas para sempre. — Como foi hoje? — ele perguntou, virando-se para sua esposa.

Os lábios dela se afinaram.

---

8   É um forno, tradicionalmente feito na forma de uma ânfora de barro de grandes dimensões, parcialmente enterrado.

JANE HARVEY-BERRICK

— Melhor, eu acho. Mas é difícil... Eles têm tão pouco.

Clay olhou para mim, seu rosto brilhando de orgulho.

— Eu lhe disse que Zada é uma enfermeira pediátrica. Bom, ela é voluntária em um centro de saúde local e comanda uma aula na escola, duas vezes por semana, ensinando inglês às crianças. Isso é algo que você se interessaria em ajudar?

Contive um arrepio.

— Isso não está exatamente dentro das minhas habilidades — respondi com honestidade.

Para mim, crianças tinham o charme de serial killers.

— O que *está* dentro das suas habilidades? — perguntou Zada secamente.

— Oh, eu sou péssima em tudo. — Eu ri. — Não sou capaz de ferver água sem queimá-la.

— Nós vamos descobrir algo — disse Clay, gentil.

— Quais tipos de trabalho você já fez?

Minha resposta foi infundida de vergonha.

— Eu nunca trabalhei — eu disse, mas falei com desenvoltura.

Nunca os deixe ver sua dor.

Ela trocou um olhar com Clay. Eu não precisava de um diploma em comunicações para entender o que ela pensava de mim.

— Talvez eu pudesse ajudar no escritório? — ofereci timidamente, perguntando-me se eles tinham um escritório.

Clay sorriu largamente.

— Agora sim! Lidar com a papelada é minha coisa menos favorita, e James é ainda pior nisso do que eu. — Ele sorriu para mim. — Já viu o filme *Guerra ao Terror*?

— Uau, sim, eu já vi! É incrível!

— Bom, o que fazemos não é nada como no filme. Ali só tem a fumaça de Hollywood – literalmente. O que fazemos é devagar e cuidadoso, perigoso em alguns momentos, e ainda há uma tonelada de documentos que vêm depois. Para fazer o terreno seguro novamente, nós precisamos manter registros precisos de quais áreas são minadas *exatamente* e quais foram liberadas. Faça besteira, e é mais uma criança morta, um amigo que perde um pé ou ambas as pernas. — Seu sorriso amigável sumiu e seus olhos escuros ficaram duros. — A papelada é uma chatice, mas é uma dor necessária.

Eu me perguntei no que diabos eu havia acabado de me voluntariar.

Nós chegamos ao começo da fila e nos foi dada uma tigela de plástico

EXPLOSIVA

41

e um pedaço de pão duro.

— O ensopado à esquerda é de carne, provavelmente cabra — disse Clay. — O da direita é de vegetais.

— Você é vegetariano?

— Não, só estou ficando cansado de uma dieta só de carnes, apesar de ser permitido.

— Oh! — eu disse estupidamente. — Certo. Você é muçulmano?

— Zada e eu somos sunitas — ele disse, abaixando levemente seu tom de voz. A Armênia é um país abertamente cristão, assim como Nagorno, mas nosso time foi recrutado no Azerbaijão, e eles são em sua maioria muçulmanos xiitas. Nós respeitamos todas as crenças.

Pisquei, tentando me lembrar de qualquer coisa que eu sabia sobre os diferentes ramos do islamismo, mas nada me veio à mente.

— Eu não acho que Arabella entenda as diferenças — Zada disse.

Sua voz era educada, mas os olhos afiados contavam uma história diferente.

Obviamente, eu sabia que havia lutas no Afeganistão e na Síria recentemente, mas não havia prestado atenção aos detalhes políticos. Eu nunca me preocupei sobre isso antes, mas o comentário contundente de Zada fez eu me sentir ignorante e inadequada.

Ah, bem. Eu estava acostumada a isso.

Seguindo os dois, optei pelo ensopado vegetariano ao invés do de carne, de aparência duvidosa e de origem indeterminada. Mas o ensopado era surpreendentemente saboroso e o tomei rapidamente, molhando o pão com o que restou.

— Com fome? — perguntou Clay, levantando uma sobrancelha.

Eu ri levemente.

— Eu pulei o café da manhã e não parei para almoçar.

— As pessoas não pulam refeições aqui — disse Zada.

Eu não sabia ao certo o que responder, então fiquei em silêncio. Eu definitivamente tinha a impressão de que ela não gostava de mim. No entanto, estava acostumada a isso – outras mulheres raramente gostavam de mim. Mas aqui eu ficaria dependente dela, já que ela era uma das poucas pessoas que falava inglês.

Um homem gigante que carregava duas tigelas de ensopado se juntou a nós, embora elas parecessem xícaras de chá em suas mãos musculosas. Eu estava hipnotizada por seu enorme bigode, as pontas se curvando como os de um vilão de pantomina.

— Essa é a princesa inglesa? — perguntou em um sotaque carregado, um brilho suavizando seus olhos.

— Não, acho que não — respondi. — E agora que Meghan Markle tirou o Príncipe Harry do mercado, eu nunca serei.

Ele gargalhou profundamente, e até Zada abriu um sorriso.

Esse era Turul, o faz tudo, o que provavelmente significava que ele sabia quem precisaria ser subornado. Sim, eu de fato ouvi algumas das reuniões do papai.

— Qual língua falam os locais? — perguntei, não me preocupando em esconder minha ignorância.

Não havia razão em fingir que eu sabia de alguma coisa. Pelo menos aqui eu poderia ter dúvidas, sem que meu pai gritasse comigo.

— A maioria fala armênio ou azeri — explicou Turul. — O inglês está começando a ser ensinado em algumas escolas agora, mas poucos o falam. Ninguém tão bem quanto eu.

Sua voz era severa, mas orgulhosa ao dizê-lo. Eu era capaz de pedir uma taça de champanhe em francês e alemão, mas nada mais que isso. Mais uma vez eu me senti inadequada.

Era claro que Clay e Zada estavam se esforçando para aprender, e ao longo do jantar eles tiveram uma lição improvisada com Turul.

Olá era *Barev*, e *Adeus* era *Hajoghutyun*. *Aproveite sua refeição* era *Bari akh. orzh.ak.*

Eu tentei pegar algumas palavras, mas estava cansada e a depressão pesava sobre mim novamente.

Como conseguiria aguentar três meses nesse lugar estranho sem uma âncora?

EXPLOSIVA

CAPÍTULO 6

JAMES

Minha equipe estava exausta, mas nós tínhamos um pouco menos de um quilômetro de terra pesada para caminhar antes de chegar ao nosso transporte; talvez mais uma hora dolorosa de procura por minas também. Não era uma tarefa que poderia ser apressada.

Havia sido um dia inteiro de trabalho duro, algumas vezes abrindo caminho através de montes de neve até os joelhos, o que nos atrasou ainda mais. Mas agora, com a luz desaparecendo e as condições piorando a cada minuto, a ameaça aumentava gradualmente.

Era a vez de Ohana e Maral usarem os *Vallons*, os detectores de metais que nos diriam se uma mina estivesse enterrada na trilha estreita. Eu mantinha um olhar atento a ambos, certificando-me de que suas varreduras fossem arcos cruzados e de que estavam cobrindo todo o chão. Mas há uma hora, Ohana havia diminuindo ainda mais seu ritmo, atrasando o time que seguia, então eu havia assumido, balançando o *Vallon* em arcos amplos pelo caminho, trabalhando paralelamente a Maral.

Era um trabalho entediante e cansativo, prestar atenção aos fones de ouvido para ouvir o bipe característico — concentrar-se, depois de tanto, era difícil.

Se você pisasse em uma mina, perder um membro seria o dano colateral mínimo. Não era como nos filmes onde o oficial de descarte de bombas heroico substituía o peso de um homem com uma grande rocha.

Havia duas formas de desarmar uma mina de forma segura: explodi-la com uma pequena carga; ou o segundo, método mais perigoso, era colocar um alfinete no buraco de segurança do gatilho e depois remover o detonador manualmente — então você teria uma mina inofensiva que poderia ser facilmente transportada.

Pilhas de neve lamacentas puxavam nossas botas e não era fácil nos manter paralelos por conta das mudas que surgiam ao nosso redor, ou dos pedregulhos que tentavam nos fazer tropeçar, mas era importante trabalhar em conjunto, porque se os arcos não se cruzassem, aquele poderia ser o ponto em que uma mina havia sido plantada. E então alguém, um da minha equipe, poderia pisar nela e ficar aleijado em um spray de sangue e osso.

Eu nunca mais queria ver aquilo novamente.

Sabia que nunca diminuiria minha culpa quando pensasse naquele dia na Times Square onde todas as nossas vidas mudaram para sempre. O dia em que eu havia encontrado Amira amordaçada e algemada com um colete suicida amarrado ao corpo. O dia em que segurei sua vida em minhas mãos e implorei a um Deus no qual eu não acreditava para salvar a todos nós.

Nós sobrevivemos, embora Clay tenha perdido uma perna.

Mas ele nunca reclamava, mesmo quando sua prótese lhe causava dor, ou quando o frio ou a altitude alteravam o suprimento de sangue em seu coto. Ele tinha Zada para cuidar dele e não precisava de um desgraçado temperamental como eu o incomodando.

As equipes aqui amavam Clay e seu vício em balas doces capazes de apodrecer os dentes. Inferno, todo mundo que o conhecia amava o idiota maluco. Até mesmo eu. E eu odiava quase todo mundo. Mas para balancear as coisas, ninguém aqui gostava de mim, mas respeitavam que era bom no que fazia. E isso era o suficiente. Cada dia eu tinha que acreditar que nós estávamos salvando vidas.

Ao mesmo tempo, não podia evitar me perguntar por que diabos alguém se incomodaria em colocar minas em uma parte do mundo tão esquecida por Deus, mas novamente, Deus havia se esquecido de mim há muito tempo, assim como desse lugar. Isso não me fazia especial.

Eu definitivamente havia abalado os protocolos de saúde e segurança desde que chegara aqui, reescrevendo o manual, por assim dizer. Eu não perderia mais ninguém, não no meu comando.

Mas mudar o status quo através de força bruta não gerou muitos amigos.

Varrer.

Identificar.

Expor.

Extrair.

Esse era o mantra que tentei implementar em minha equipe.

Meu *Vallon* apitou e levantei a mão para que todos parassem. Silêncio

EXPLOSIVA

45

tomou conta da floresta e escutei atentamente o sinal sonoro nos meus fones de ouvido.

Trabalhar na neve tornava tudo mais difícil. Não apenas mascarava a paisagem, mas os equipamentos eram menos confiáveis com um bocado de neve entre eles e as minas; muito mais difícil de se conseguir um sinal da terra.

Significava que mais trabalho teria que ser feito à mão.

Precisávamos de um *Gauss*, um detector de metais que podia trabalhar em profundidades maiores. Estava na lista de desejos que eu havia dado a Clay. Nós precisávamos dele, mas não o tínhamos. Uma das muitas coisas que teriam deixado o trabalho mais seguro.

Ao invés disso, deitei-me de bruços e cavei pela camada de neve com uma espátula de plástico. Uma de metal poderia potencialmente armar um dispositivo.

Deitar-se sobre a neve era congelante pra caralho, o gelo frio e molhado se infiltrava em minhas roupas, mas era mais seguro desse jeito. Forças explosivas iam para cima, então estar sob o nível do chão era a forma com que trabalhávamos; além disso, eu deveria usar apenas minha mão esquerda, assim, se o dispositivo fosse acionado, eu perderia apenas uma mão.

Quando estava treinando, costumava pensar sobre como essas regras haviam sido criadas; as pessoas que haviam aprendido lições da maneira mais difícil e mortal.

Cuidadosamente, raspei a neve com a mão esquerda enquanto meus dedos começaram a ficar dormentes, até que encontrei um objeto redondo em forma de tigela e soltei um grunhido satisfeito. Era um velho MON-100 russo, um de vários que nós havíamos encontrado nessa viagem.

Era uma mina antipessoal, o que significava que foi desenvolvida para ferir ou matar por fragmentação e tinha 2kg de explosivos dentro dela. Bichinho grande.

Também era um tipo de mina direcional, por isso ela nunca deveria ser abordada de frente, sempre pela parte traseira ou lateral.

Ohana me entregou uma vara fina com uma bandeira vermelha afixada, um sinal para ficar longe até que nós pudéssemos voltar e lidar com a filha da mãe desagradável. Não só isso, mas as bandeiras eram uma maneira de vermos se havia um padrão na forma em que as minas foram posicionadas.

Pelo menos eu não tinha que arriscar minha vida a neutralizando hoje; mais tarde, nós a explodiríamos para valer. Mas não hoje.

Maral estava prestes a pisar em frente quando meu sexto sentido me disse que algo não estava certo.

— Espere! — gritei.

Maral deu um pequeno sobressalto e congelou no local, mal ousando respirar, seus olhos se movendo ao redor.

Eu me aproximei dela, cobrindo o chão com o *Vallon*.

Havia outro dispositivo aqui. Eu sabia, eu só não conseguia encontrá-lo.

Eu troquei o equipamento por um detector de metais manual e menor. Eu queria que nós tivéssemos a versão que eu havia usado no Exército, um *Hoodlum*, mas os americanos nos haviam doado os *Garmins*, então usei o que me foi dado.

O tempo passou e ignorei as inquietantes reclamações atrás de mim, do resto da equipe; todos estavam cansados e com frio e acho que eu era a única coisa entre eles e um ônibus quente de volta às barricadas. Talvez eu estivesse errado. Não, eu nunca estava errado – não sobre isso.

Passei a vida adulta ouvindo meus instintos.

Lentamente levantei os olhos, procurando pela folhagem ao nosso redor.

E então o localizei, nas árvores – um elo de descarga subindo diretamente acima da cabeça de Maral... e uma outra mina antipessoal. Mais um passo e ela teria sido morta junto com pelo menos mais três pessoas.

Apontei colocando meu dedo nos lábios. O rosto dela empalideceu quando inclinou a cabeça para cima e murmurou algo que poderia ter sido uma oração.

Tremendo, ela se agachou e então correu de lado engatinhando até que estivesse fora da zona de perigo.

Lágrimas silenciosas de choque, pela quase explosão, vazaram de seus olhos, mas eu não tinha tempo para aquilo. Estendi a mão para outra bandeira vermelha e em seguida a enrolei em volta de um pequeno galho para que ficasse pendurada perto do dispositivo, mas não perto o suficiente para tocá-lo, mesmo se o vento aumentasse.

Normalmente eu neutralizaria esses UXOs[9] ali mesmo – quem não gosta de fogos de artifícios? Mas precisava passar as habilidades para os outros para que pudessem continuar o trabalho quando eu fosse embora. Para isso, eu precisava de boa-luz e um lugar onde pudesse mostrar e ensinar com segurança – nunca durante uma Tarefa.

O alívio tomou conta de nós, enquanto circulávamos a área, passando pelas pequenas flâmulas, avançando junto com a fadiga à medida que o crepúsculo descia.

---

9   **Munição não detonada**

EXPLOSIVA

— James-*syr* —disse Yadigar, o intérprete de sinais, batendo no meu ombro. — O ônibus está logo acima daquela elevação, abaixo da linha das árvores. Nós beberemos *Xirdalan* e dormiremos em nossas camas esta noite. — Ele pausou, abaixando a voz: —Talvez Maral lhe mostre seus agradecimentos mais tarde na cama. — Ele sacudiu as sobrancelhas grossas como um vilão cafajeste de algum musical.

Ele já havia feito isso antes, tentado me fazer sair com uma das mulheres da equipe, o que era irritante e pouco profissional. Mas não havia como explicar isso para ele. Comecei a me perguntar se ele ganhava dinheiro extra sendo um cafetão. Era uma teoria que eu ainda não havia testado, mas se deparasse com alguma evidência...

Apenas balancei a cabeça, minha expressão inflexível.

Eu não tinha intenção alguma de beber e não havia tocado em álcool desde a noite em que Clay me encontrou no *Nag's Head* há mais de dois meses. Além disso, *Xirdalan*, a cerveja local, era uma *lager* leve de cor e gosto de urina. Mas era barata e, portanto, popular.

Yad sabia que eu não chegava perto da cerveja e ficava no *chai*, o chá preto doce local que todo mundo bebia, mas havia momentos em que eu ainda ansiava pelo alívio entorpecedor do álcool. Yad tinha certeza de que eu me entregaria algum dia. Eu tinha certeza de que ele estava certo.

Estávamos todos ansiosos para retornar ao complexo essa noite. Trabalho exigente e dormir mal não eram uma combinação ideal, especialmente em temperaturas abaixo de zero, então a ideia de chuveiros tépidos e nossas próprias camas era algo para o qual todos estávamos prontos.

Mesmo assim, estar de volta à base significava estar em torno de Zada. Eu ainda tinha sentimentos mistos sobre isso. Estava ficando mais fácil. Nunca fácil, mas menos doloroso.

Eu estava quase superando o choque do quão ela parecia e soava como Amira, mas pelo menos as personalidades delas eram totalmente diferentes: Amira havia sido impetuosa e emocional; Zada era mais difícil de se zangar, mais propensa a pensar antes de agir.

Toda noite, no jantar, ela falava e eu ouvia. Gradualmente ela me contou todas as coisas sobre Amira que eu não sabia antes: como ela era quando criança, como era no ensino médio e como enfermeira, como era antes da morte de Karam, o irmão delas, e como ela deixara de ser a pessoa que era, vivendo o luto.

Eu havia conhecido Amira em um momento atemorizante e, sem

sombra de dúvidas, intenso. Será que poderíamos ter tido um relacionamento comum?

Eu sorri ironicamente – não havia nada de comum em minha vida.

Afastei o pensamento, balançando o *Vallon* pelas jardas restantes que levavam ao ônibus e soltando o pacote de baterias com um suspiro.

Mais uma missão completada. Minas localizadas: 23. Mortes/lesões: 0.

Liberados da concentração, a equipe se tornou mais barulhenta, rindo e falando entre eles, me deixando com meus pensamentos enquanto me acomodava em um assento à frente do ônibus. Os outros integrantes se aglomeraram no fundo.

— Um bom dia, James-*syr* — disse Yadigar enquanto passava por mim para se juntar aos outros.

— Sim, uma vitória para os mocinhos — eu concordei.

Ele sorriu abertamente com isso.

— Eu sou um mocinho!

Era uma viagem de cinco horas ao longo de curvas acentuadas e despenhadeiros, até que chegássemos ao QG, mas estávamos acostumados. Nós já havíamos passado por grandes áreas da estrada, trilhas e caminhos ao redor do complexo, então agora tínhamos que viajar mais para longe. Clay achava que tínhamos mais duas semanas de trabalho antes de sermos forçados a mover a base. E isso significava que nem todos da equipe viajariam conosco. Em sua maioria eram mulheres com famílias que faziam esse trabalho difícil e perigoso, porque ele pagava bem em comparação aos empregos mal pagos na indústria petrolífera em declínio, que era o único trabalho alternativo.

Alguns viajariam conosco, preparados para não verem suas famílias durante os próximos quatro meses porque essa era a única maneira que poderiam ganhar o dinheiro para alimentá-los. Mas quando nós nos realocássemos, teríamos que recrutar pelo menos mais quatro membros, talvez mais, o que significava perder um tempo precioso os treinando.

O tempo não era importante para mim, claro, mas com um orçamento apertado para fazer o trabalho, Clay estava em uma crise de tempo. O Fundo Halo era uma instituição de caridade, mas muito de seu financiamento vinha da ONU, que nunca tinha o suficiente para funcionar e negócios que só eram generosos, porque isso limpava a terra de minas e UXOs a um preço reduzido. Eu desprezava as pessoas que economizavam em recursos, que nos davam cinco pessoas quando precisávamos de dez, que pensavam que as pessoas locais eram dispensáveis, porque eram mão-de-obra barata– mulheres que limpavam

EXPLOSIVA

49

as minas terrestres para viver eram muito banais. Sim, muito dispensáveis.

Desgraçados.

Fechei os olhos e resvalei para um sono desconfortável com sonhos violentos.

Acordei subitamente quando ouvi gritos, perguntando-me se nós estávamos sob ataque e Yadigar sacudiu meu ombro com tanta força que quase caí do assento do ônibus.

— Que porra foi essa? — rosnei, virando-me para ele com raiva.

Seu rosto estava cuidadosamente neutro, escondendo seus verdadeiros sentimentos, seu desdém.

— Você estava gritando, James-*syr*. Muito. Você assusta as mulheres.

Esfreguei os olhos, tentando afastar fadiga, e desviei o olhar para minhas botas para que não tivesse que ver o desprezo em sua expressão.

— Ah, caralho. Desculpe-me, Yad — balbuciei.

— Você está bem? Você quer cerveja? Eu tenho!

Dei um olhar furioso de relance até que se retirou apressadamente de volta para seu assento.

Ele sabia as regras – sem álcool em uma Tarefa. Era muito arriscado. Se eu o reportasse a Clay, ele estaria fora do time instantaneamente. Mas nós havíamos vasculhado a área atrás de falantes de inglês competentes e eles eram difíceis de encontrar. Você não podia contentar-se com menos quando as vidas das pessoas dependiam disso.

Esfreguei o rosto novamente e olhei em volta; olhos curiosos se desviaram assim que encontraram os meus. Era uma das razões pelas quais as pessoas se mantinham longe – porque eu as assustava pra caralho.

Melhor não cair no sono novamente. Era o porquê de eu ter um quarto só para mim no complexo.

Ao nos aproximarmos da complexo de construções feias que eu atualmente chamava de lar, uma onda de cansaço me abateu. Era sempre a mesma coisa ao final de uma operação, o alívio de sobreviver a mais uma, o abandono de toda a consciência, toda a tensão da responsabilidade de não fazer ninguém ser morto.

Porém antes que pudesse fazer qualquer coisa, eu precisava me reportar a Clay e decidir o que fazer a respeito de Yad.

Arrastei meu traseiro cansado para o prédio pré-fabricado que era o escritório do Fundo e parei.

Por que nós queremos o que não podemos ter?

Esse foi meu primeiro pensamento quando a mulher entrou na cabana pré-fabricada à minha frente.

Meu segundo pensamento foi, *que porra ela está fazendo em um pedaço de merda infestado de pulgas como este?*

Eu estava no fim do mundo, um dos territórios mais perigosos e corruptos da antiga União Soviética, e ela estava usando um traje de esqui rosa luminoso, com o cabelo loiro caindo sobre seus ombros.

Estou alucinando? Teria eu ficado completamente louco?

Mas se não, o que diabos ela estava fazendo no meio de um país de minas terrestres, com a Rússia ao norte, Irã ao sul e o inferno na Terra por todo lado?

Eu sabia o que estava fazendo aqui.

Penitência. Eu estava fazendo penitência.

Mas essa mulher?

Minha cabeça começou a girar quando a vi, e se eu fosse um personagem de desenho animado, minha língua estaria caída em cima das minhas botas enlameadas.

Ela era deslumbrante. Não havia outra palavra para descrevê-la. Uma verdadeira explosão. Cintura fina, seios bonitos, quadris arredondados e longas, longas pernas. Seu cabelo batia na cintura, curvando-se em ondas loiras e sedosas. Parecia irreal contra o pano de fundo de lama e cinza.

No entanto, quando ela se virou e seus olhos me flagraram a encarando, não havia nenhuma luz de triunfo, nenhum reconhecimento de que ela era o presente de Deus para o homem. Ao invés disso, as íris azuis estavam sem emoção. Seu olhar pincelou minhas roupas manchadas de sujeira de cima a baixo, sem interesse, sua expressão de resignação cansada e um isolamento impenetrável, intocável.

Havia algo antigo em seus olhos, algo que dizia que ela já havia visto o suficiente, apesar de ela não poder ter mais de 25 anos. Pela primeira vez em um longo tempo, eu queria entender, queria saber o que ela havia visto, o que havia vivenciando – e esse era um pensamento assustador. Eu não gostava de ser surpreendido, assim como não gostava de sentir culpa – isso fazia com que eu ficasse irritado. Eu deveria ficar bem longe dela.

Mas entendi, de verdade. Ela era o tipo de mulher pelo qual homens lutavam. Ela provavelmente começava guerras. Ela era uma maldita Helena de Tróia.

E você sabe o que aconteceu com os troianos...

EXPLOSIVA

CAPÍTULO 7

ARABELLA

Meu instinto foi dar um passo para trás, mas ao invés disso, me mantive firme e olhei para frente, encontrando o olhar zangado do estranho.

Com a cabeça raspada e olhos ardentes, ele parecia perigoso, como se uma violência vulcânica estivesse enroscada dentro dele esperando para ser liberada.

Mas após alguns segundos, seus olhos congelaram e não pude manter seu olhar intenso por mais tempo, então deixei o meu olhar percorrer seu corpo. Havia uma faixa de lama em sua testa e suas roupas estavam imundas, mas funcionais. Então meus olhos se arregalaram quando repousaram sobre a arma presa ao seu quadril.

As únicas armas que eu já havia estado por perto eram espingardas quando nós tínhamos uma caçada a faisões na propriedade da família – mas não revólveres. Não pistolas negras e com aparências mortais.

Quem era esse homem?

Seria ele um dos mercenários que Clay havia me alertado a respeito? Um daqueles homens com lealdade a ninguém a não ser ao maior lance? Ou seria ele um bandido, um dos muitos que assombravam essas montanhas, vitimizando os fracos e desprotegidos por comida, roupas e armas?

Engoli em seco, inquieta, e eu poderia ter chorado de alívio quando vi Clay atravessar o complexo enlameado em direção a mim.

— Fala, James! — ele gritou, acenando um pirulito verde brilhante. — Você está de volta mais cedo do que eu esperava. Como foi? Acabei de ver Yad. Ele diz que você salvou a vida de Maral hoje. Bom trabalho, irmão.

Irmão?

Eu os encarei surpresa. A pele de Clay era escura, quase ébano, mas esse homem tinha uma palidez pouco saudável, sua pele era esbranquiçada com olheiras profundas, quase disfarçando os bons genes que o haviam abençoado com um rosto forte, bonito e com olhos um tanto inquietantes de um azul pálido.

Claro! Ele o havia chamado de 'James' — eu só estava muito agitada para entender tudo. Esse era o colega de trabalho de Clay, o único que falava inglês no campo que eu ainda não havia encontrado.

— Você já conheceu Harry? — Clay continuou.

O homem voltou seu olhar azul pálido para Clay.

— Quem?

Clay riu, virando a cabeça para trás, seus olhos se enrugando em diversão.

— Sim, me desculpe sobre isso. É melhor eu fazer as apresentações direito. Arabella, esse é o meu amigo e parceiro James Spears, nosso operador de EODs e Gerente de Projetos. James, essa é Arabella Forsythe, nossa nova voluntária, também conhecida como Harry.

O olhar feroz do homem voltou-se para mim, mas não amoleceu. Pelo contrário, seu olhar endureceu.

— Ela? Ela não vai durar cinco minutos.

Que mal-educado!

Irritada, eu também estava surpresa pelo seu sotaque inglês – eu esperava que ele fosse americano como Clay e Zada. Eu diria que ele fazia parte da classe trabalhadora, provavelmente Home Counties. Aquele sotaque estuário estava em todo lugar esses dias. Não que eu me importasse, mas sabia que assim que abrisse minha boca, eu confirmaria tudo que ele já pensava sobre mim ao ver-me em minha roupa de esqui num tom rosa chique.

"Era impossível para um inglês abrir a boca sem fazer algum outro inglês odiá-lo ou desprezá-lo". *George Bernard Shaw* colocou essa fala em Pigmaleão há mais de cem anos, mas ainda era a verdade hoje em dia. Eu me perguntei se era o mesmo na América. Talvez.

Não que eu desprezasse James pelo seu sotaque ou criação, mas estava certa o bastante pelo seu comportamento de que ele não retornaria o favor.

— Cara, você pode deixar de ser um idiota por um minuto inteiro e dizer oi para a dama? — Clay franziu a testa. — Ela viajou um longo caminho para trabalhar conosco.

De má-vontade, o homem me estudou devagar, depois estendeu uma mão imunda, as unhas negras de sujeira, sua expressão desafiadora.

Apertei sua mão cautelosamente, forçando-me a não procurar por um lenço de papel.

— Encantada em conhecê-lo, Sr. Spears — cumprimentei, meu sota-

EXPLOSIVA

que de cristal lapidado garantindo que eu satisfaria suas baixas expectativas.

— Igualmente, Srta. Forsythe — devolveu.

Sua voz era rasa e sem emoção, mas ainda, de alguma forma, embebida de sarcasmo.

Clay sorriu, seus olhos se movendo entre nós.

— Vá fazer seu relatório, James. Mostre a Harry onde nós arquivamos as cópias eletrônicas e as cópias físicas. Ela nos ajudará a organizar o escritório um pouco melhor. Pode muito bem começar agora. Então ambos podem vir para o jantar. Ensopado novamente... Nham, nham, nham...

Ele deu um tapa no ombro de James, então ambos assistimos silenciosamente enquanto Clay se afastava, chupando seu pirulito, cumprimentando um grupo de mulheres desgrenhadas que provavelmente estiveram com James na chamada *Tarefa*.

Elas pareciam tão cansadas e sujas quanto ele. Eu não podia começar a imaginar como era o trabalho que tinham que desempenhar. Eu tinha muito a aprender.

Sem falar nada, James virou-se e andei na ponta dos pés atrás dele, escolhendo meu caminho através da lama, de volta ao escritório do qual havia acabado de sair. Ele parou em um tubo de água que tinha um balde ao lado e começou a lavar as mãos na água gélida, quebrando o gelo primeiro.

Aquilo me fez congelar só de olhar para ele.

— Você vai me observar enquanto esfrego minhas unhas? — perguntou sem olhar para cima.

Pulei, surpresa que ele tenha se dirigido a mim diretamente.

— Sim, é fascinante —falei, determinada a destruí-lo com sorrisos.

Ele grunhiu, secou as mãos em suas calças enlameadas e abriu a porta do escritório. Eu estava surpresa e satisfeita que ele a segurou para mim.

— Obrigada, James.

Ele não respondeu, mas não esperava que o fizesse.

No escritório, ele tirou seu casaco pesado e puxou o cachecol sujo de lama que estivera usando.

Seu cabelo era raspado a quase nada — mais do que o curto militar, só um milímetro de cabelo cobria sua cabeça, como uma penugem. Não havia muitos homens que conseguiam manter o visual sem parecerem bandidos, mas para minha irritação, ele ficava bonito.

Eu me sentei, quieta, olhando em volta do escritório empoeirado enquanto ele digitava seu relatório com dois dedos. Havia um mapa gigante na parede, coberto de alfinetes coloridos. Eu olhei mais de perto e me dei conta de que era um mapa das minas terrestres na área – algumas limpas, outras ainda a se tornarem seguras. Um arrepio percorreu meu corpo e meus olhos voltaram-se para James.

Ele podia ser um bocado grosseiro, mas ele salvava vidas. E eu? Apesar de todo o meu esmalte, apesar de toda minha educação em escolas caríssimas, eu era inútil. Eu não tinha um propósito.

Suspirando, virei-me para os arquivos. Essa manhã, Clay havia me mostrado onde os registros dos funcionários eram mantidos, mas estava uma bagunça confusa porque alguns estavam em inglês e outros em armênio. Pelo menos eu achava que era essa a língua. Clay disse que alguns dos locais falavam azeri. De qualquer forma, para mim era uma massa impenetrável de rabiscos.

Dei-me conta de que James não estava mais digitando, então girei a cadeira para olhar para ele.

Seus lábios estavam pressionados juntos em uma linha fina como se a minha mera presença o irritasse.

— Acabou? — perguntei alegremente.

— Este relatório é enviado por e-mail ao escritório central e copiado para o contato do governo, então salvo no registro do dia aqui... — Ele apontou para uma pasta na tela intitulada '*Registro do Dia*'. — Você imprime uma cópia física e a arquiva.

Observei cuidadosamente enquanto a impressora antiga rodava e reclamava, até que finalmente cuspiu duas folhas de papel.

James as prendeu com um clipe, empurrou o documento para dentro da pasta de papelão e a jogou em sua mesa.

Ele fez uma careta novamente e cada palavra que falou soava como se tivesse sido arrancada dele.

— A energia falha aqui regularmente. Há um gerador reserva, mas nós não conseguimos óleo regularmente para que funcione, então é crucial que cada vez que você crie ou altere um documento, você o salve nesse *flashdrive*.

— E então ele apontou para um prato raso contendo um pendrive USB.

— Há um backup automático gravado, mas nós não queremos contar com isso. — Ele deu de ombros. — Tecnologia velha.

— Por que vocês não os mandam para o iCloud? — perguntei, tentando ser prestativa.

— Montanhas.

EXPLOSIVA

— Perdão?

Eu podia quase ouvi-lo ranger os dentes em irritação com a minha confusão.

— Nós estamos rodeados por montanhas. Não há WiFi ou sinal de telefone, só um telefone via satélite para comunicações de emergência.

— Ah — eu disse estupidamente —, mas você estava enviando e-mails?

Ele inspirou profundamente e então expirou devagar, e eu me encolhi, reconhecendo os sinais de alguém se segurando para manter seu temperamento.

— Eles estão na Caixa de Saída no momento. Quando Clay tiver a chance, ele leva o laptop para o vilarejo, entra no banco de dados SAMNU e AAMDO, e envia as comunicações de uma só vez.

— Certo, entendi. Um... SAMNU? E o outro?

Ele fechou os olhos, suas narinas inflando levemente, mas quando falou, até foi civilizado.

— Serviço de Ação Contra Minas das Nações Unidas e a Autoridade de Auditoria da Mão-de-obra de Defesa da OTAN. Nós recebemos algum financiamento da ONU, então parte do trabalho é nos reportar a eles. Esse relatório — acenou com a pasta de Registro do Dia para mim — diz os números e tipos de minas que nós encontramos a cada 100 metros, a profundidade na qual as encontramos, como as neutralizamos, e se era ou não um campo minado para atrapalhar ou esconder a área.

Eu pisquei para ele.

— Essa é provavelmente uma pergunta idiota, mas não seriam todos os campos minados para atrapalhar?

Ele olhou para o teto como se estivesse em busca de paciência divina. Quando finalmente falou, foi devagar e claramente:

— Um campo minado para 'atrapalhar' significa que as minas são espaçadas irregularmente; isso as faz mais difíceis de serem encontradas... e significativamente mais perigosas.

— Ah, faz sentido — eu disse estranhamente.

Ele ignorou meu comentário e me perguntei se deveria estar anotando.

— O SAMNU se reporta ao Grupo de Coordenação Interagências sobre Ação Contra Minas — ele continuou. — Eles precisam saber quais áreas nós identificamos e quais já liberamos.

— Okay, outra pergunta idiota: por que os governos não pagam para que as minas sejam liberadas?

— É o que deveria ser, não é? Políticas, custo — ele zombou. —

Quatro-quintos de toda liberação de minas ao redor do mundo são feitos pela Halo ou Mines Advisory Group, e ambas são instituições de caridade britânicas. Nós temos o conhecimento.

Ele levantou-se tão de repente que acabei arrastando a cadeira de rodinhas e colidi com os arquivos.

Ele me lançou um olhar de desprezo e saiu do escritório.

Aquilo só me irritou.

Pulei para cima, esfregando o ponto da cabeça que havia batido contra as gavetas de metal e corri atrás dele, escorregando e deslizando pela lama.

— Espere! — gritei, mas ele me ignorou. — Espere uma droga de minuto, sim?!

Ele girou nos calcanhares, seu rosto tenso de raiva.

— O quê?

Eu parei rispidamente, respirando com dificuldade.— Eu acho que nós começamos com o pé esquerdo — falei sem fôlego. — De alguma forma eu pareço ter lhe incomodado, mas como tudo que fiz foi dizer 'olá' e, você sabe, respirar, estou perdida. Talvez você pudesse me esclarecer?

Cruzei os braços e o encarei.

Por um segundo ele pareceu ter ficado perplexo, um lampejo de surpresa naqueles olhos glaciais. Mas ele deu de ombros.

— Eu não estou tratando você diferente de qualquer outra pessoa — ele disse relutantemente.

— Então você é rude e grosseiro com todo mundo?

Ele inclinou a cabeça para um lado, considerando minha pergunta. Então assentiu com um aceno breve.

— Sim.

Ele se virou e foi embora.

Inacreditável!

EXPLOSIVA

CAPÍTULO 8

JAMES

Aquela mulher era irritante. As perguntas dela estavam me impedindo de tomar banho, comer e dormir – meus três objetivos atuais. Só fechei os olhos por quatro horas nas últimas 48 horas e eu tinha certeza absoluta de que não havia dormido nessas horas também.

Não estava mentindo quando disse que tratava a todos da mesma forma. Clay aguentava meu comportamento imbecil porque ele sentia pena de mim e eu era bom no meu trabalho; Zada porque compartilhava o mesmo sentimento do marido e também entendia.

Ela já havia suportado uma quantidade incrível de perdas em sua vida – seu irmão e depois sua irmã. Eu às vezes me perguntava se ela me aguentava por causa de Amira, porque eu amava sua irmã e ela sabia disso. Nós compartilhávamos a mesma perda — nós entendíamos.

Todos os outros só ignoravam; ignoravam a mim, e eu estava bem com isso. Não estava aqui para fazer amigos, e sim para manter Clay longe de merdas perigosas e treinar as equipes que se seguiam, para mantê-las o mais seguras possível. Eu era dispensável.

Essa mulher parecia mais uma *socialite* do que uma assistente de trabalho humanitário, e ainda assim ela havia sido a única pessoa que me desafiou a respeito – e o fez nos primeiros trinta minutos em que me conheceu também. Bem impressionante. Mas, como eu disse, irritante.

Destranquei a porta do meu quarto e peguei roupas limpas, então me dei conta, tarde demais, de que eu havia arrastado lama sobre o linóleo descascado. Praguejando baixo, caminhei de volta para o tubo de água para limpar as botas; em seguida me dirigi aos boxes masculinos, finalmente conseguindo lavar o suor e a sujeira dos últimos dias, desejando que a água fosse quente e abundante, quando na realidade era tépida com um limite de dois minutos por pessoa.

Minha mente repetiu as tarefas do dia. Aquela quase explosão com Maral foi por pouco. Eu não parecia ser capaz de fazer a equipe perceber que a triagem de ameaças não era só linear. Você tinha que procurar acima, abaixo, olhar o todo e fazer uma busca de 360°. Talvez o que aconteceu hoje tivesse, finalmente, os conscientizado disso. Eu definitivamente precisava criar mais treinamentos, mas nós sempre estávamos com pouco tempo e pouca mão-de-obra. Tremendo no cubículo frio de concreto, vesti-me rapidamente e joguei as roupas sujas na máquina de lavar vazia. Eu tinha 38 minutos para que a lavagem completasse um ciclo. Era necessário que eu voltasse para buscar, ou meu kit misteriosamente desaparecia. Eu sabia que eram meus colegas de trabalho, mas não tinha certeza se era antipatia ou pobreza que os levavam a roubar. Provavelmente os dois. Mas não podia me dar ao luxo de perder mais um conjunto de roupas. Então, durante 38 minutos eu precisava jantar, pegar as roupas molhadas e pendurá-las no meu quarto, para somente assim poder trancar a porta antes do abençoado esquecimento do sono. Ou não.

Eu não conseguia me lembrar da última vez que eu havia dormido seis horas seguidas sem a ajuda de álcool.

O jantar era o mesmo ensopado de sempre, mas dessa vez havia três pessoas sentadas em nossa mesa quando cheguei. Eu não sabia por que aquilo me surpreendeu – onde mais a novata se sentaria?

Eu me servi de uma tigela de ensopado e deslizei para um assento vazio sem falar. Zada uma vez disse que eu comia minha comida como se estivesse com raiva dela. O que quer que isso significasse.

Endureci imediatamente quando ela se levantou e me abraçou.

— Esse é por Maral — ela disse, seus olhos escuros brilhando de emoção. — Ela tem cinco filhos. Ela agradece por ter salvado sua vida.

Acariciei o ombro de Zada, sem jeito, agradecido quando ela se afastou. Do outro lado do refeitório Maral assentiu gravemente, depois se levantou e começou a bater palmas. As mulheres na mesa dela fizeram o mesmo e logo todo o refeitório se encheu de aplausos barulhentos e os gritos de Yad.

Eu odiei. Odiei o reconhecimento, a idealização deles do que eu contribuí. Eu estava fazendo meu trabalho. Ninguém se feriu. Era o suficiente. Isso era... demais.

Mantive a cabeça baixa, concentrado apenas na comida e ignorando a

EXPLOSIVA

59

todos, e senti alívio imediato quando tudo se aquietou ao redor. Eu estava no limite, esperando que a novata perguntasse o que eu havia feito, mas ela não o fez. Ao invés disso, ela se virou para Clay e Zada.

— Será que esse frio permanecerá por muito tempo? — ela perguntou.

Sim, seja britânica e fale sobre o tempo.

Agradecido pela mudança de assunto, comecei a relaxar, concentrando-me em enfiar ensopado e pão na minha boca o mais rápido possível. Eu estava faminto, como se os dias vazios e os meses sem fim pudessem ser preenchidos com comida. Eles não podiam. Não podiam ser preenchidos por nada, somente obliterados com álcool.

Mas eu havia parado de beber, minha força estava retornando, isso eu sabia, e o grito ensurdecedor em minha mente para me matar com uísque estava um pouco mais quieto agora, um pouco menos exigente.

— As montanhas se mantêm frias o ano todo — Clay respondeu. — E as equipes de Tarefas avançarão mais fundo nelas nas próximas semanas. Depois disso, na primavera, nós cobriremos a terra que é mais agrícola nas planícies abertas, então o clima será temperado, ameno e enevoado – como o verão britânico, não é mesmo, James?

Grunhi, não querendo ser atraído para a conversa.

— Eu sentirei falta de trabalhar no centro de saúde e de ensinar inglês na escola. — Suspirou Zada. — Mas talvez eu consiga encontrar algo para fazer na nossa próxima base.

— Você encontrará, querida — Clay disse com afeição, plantando um beijo no topo da cabeça, recoberta pelo lenço. — Você sempre encontra.

Raspei o último pedaço de pão em volta da tigela e então afastei minha cadeira deixando o refeitório; senti os olhos da mulher queimando minhas costas, suas perguntas não-feitas pairando no silêncio.

O ciclo da máquina de lavar ainda levaria doze minutos, e agachei à frente da porta de vidro, sem realmente ver as roupas que giravam. Eu podia sentir, no entanto, só não tinha certeza do que era. Como se algo houvesse acordado, algo que não sabia que ainda estava vivo dentro de mim. Estava cansado demais para resolver isso, então observei as roupas girarem cada vez mais rápido, hipnotizantes, minha vida no ciclo final.

Clay havia me dito que ficaria com o Fundo por mais alguns anos ainda, mas ele e Zada estavam tentando ter um bebê e quando isso acontecesse, ele a enviaria de volta aos EUA.

O cara precisava ter sua cabeça examinada se achava que ela iria sem ele. Eu não sabia nada sobre relacionamentos, mas até mesmo eu podia dizer que estar separados não funcionaria para eles. Eles permaneceriam juntos, não importa o que houvesse. O lembrete de que Amira não havia ficado era um gosto amargo em minha boca, temperado com tristeza e silêncio.

Eu não havia realmente conhecido Zada antes, exceto como a irmã mais nova de Amira. Não sabia nada sobre sua vida, suas esperanças e sonhos. O que eu sabia é que ela estava prosperando aqui, amando o desafio de seu trabalho, tentando organizar ajuda médica onde era necessária, e ensinando na escola. Não conseguia imaginá-la retornando aos Estados Unidos sozinha. Mas talvez ter um filho mudasse tudo aquilo. Era o que você fazia quando amava alguém mais do que a si próprio – você os coloca em primeiro lugar. Pelo menos era o que haviam me dito.

A máquina de lavar roupas apitou e retirei a braçada de roupas úmidas que esfriaram rapidamente no ar frígido; só então caminhei de volta ao meu quarto, meus passos se arrastando de cansaço.

Amanhã era outro dia.

Infelizmente.

EXPLOSIVA

CAPÍTULO 9

ARABELLA

Acompanhei a partida súbita de James com olhos atônitos.

— Ele é sempre tão...

— Triste? — Zada terminou.

Na verdade, eu queria dizer 'rude', mas estava procurando por uma alternativa mais diplomática. O que Zada disse me surpreendeu: eu não estava sentindo vibrações tristes vindo dele. Ressentimento, sim. Amargura, definitivamente. Fúria, com certeza.

Mesmo que eu soubesse que não deveria perguntar tudo o que me vinha à mente, acabei cedendo à curiosidade.

— Por que ele é triste? — perguntei.

Zada suspirou, seu olhar encontrando o meu, curioso.

— É uma longa história — ela disse.

— É a história de James, querida — Clay acrescentou, olhando para a esposa.

— É a nossa história também — ela repreendeu gentilmente.

— Sim, você tem razão — concordou com um longo suspiro, melancolia em sua expressão enquanto olhava para a porta pela qual James havia passado.

— Eu não quero me intrometer— menti.

— A resposta curta é que James estava apaixonado pela minha irmã — disse Zada em voz baixa. — O nome dela era Amira. Ela era uma enfermeira de pronto-socorro. Ela é a razão de eu ter querido fazer enfermagem. Minha irmã era sete anos mais velha que eu, e a quem sempre admirei — Ela pausou, seus olhos cheios de lágrimas. — Os dois se conheceram quando trabalharam juntos, mas... — Zada piscou com força, respirando fundo enquanto Clay segurava sua mão. — Amira morreu há 18 meses e desde então James tem estado... — Ela procurou por uma palavra, então encolheu um pouco os ombros. — Despedaçado.

Clay se inclinou, os olhos cheios de emoção.

— Eu sei que ele parece ser um idiota, mas o homem passou por muita coisa. Espero que estando aqui, trabalhando, ajudando, que ele possa... eu não sei... se encontrar novamente. — Ele olhou para sua esposa, com um amor profundo brilhando no olhar. — Amira não iria querer esse... vazio... para ele.

— Então se você puder dar uma colher de chá a ele... — Clay terminou. — Além do mais, meu irmão é bom em seu trabalho. Ele salvou minha vida.

Minhas sobrancelhas se levantaram.

— Ele salvou? Sério?

— Sim, sério.

Clay enrolou a perna da calça para revelar a prótese mecânica.

— Eu ganhei isso aqui de presente, mas sem James eu estaria morto a essa hora.

Fiquei totalmente surpresa.

— Eu não fazia ideia! Você anda muito bem.

Senti as bochechas ficarem vermelhas. Essa era a coisa errada a dizer?

Clay não pareceu ofendido; ele simplesmente assentiu.

— Sim, bem, eu tive que aprender novamente, mas essa garota aqui — e ele sorriu para sua esposa —, essa mulher me impulsionou tanto, me fazendo prosseguir quando eu queria desistir. Você é totalmente um sargento de treinamento, querida.

— E você não se esqueça disso — ela disse, levantando as sobrancelhas. E então seu sorriso morreu. — Então quando James está sendo rude, como agora há pouco, apenas releve.. É o que nós fazemos. Ele é um homem bom, você verá.

Já estava reavaliando minha opinião sobre ele. Não podia imaginar como era perder o amor da sua vida, como era tê-lo arrancado de você. Mas eu o invejava um pouco, também. Eu nunca havia me apaixonado. E nunca havia sido amada. Bem, talvez minha mãe tenha me amado, mas eu era muito nova para me lembrar. Eu gostava de pensar que ela me amou.

Eu queria perguntar sobre a irmã de Zada, mas senti que não era o momento, com as emoções deles ainda cruas.

— Como James salvou aquela mulher, Maral, hoje?

Não era a pergunta que eu realmente queria fazer.

EXPLOSIVA

— Ele a impediu de entrar em uma mina terrestre — Clay respondeu.
— Do jeito que Yad contou, todos estavam cansados e queriam continuar para voltar ao ônibus, mas James teve esse sexto sentido e ele sabia, apenas sabia, que havia algo a mais lá. Então ele fez uma busca na área e encontrou uma MON-100 pendurada em uma maldita árvore. Um passo à frente e Maral teria entrado direto na área. — A expressão de Clay era séria. — Se ela tivesse, a mina a teria matado, bem como metade da equipe, além de ferir os outros. James salvou muitas vidas hoje. Ele é bom *assim* no que faz.

Escutei a história, boquiaberta. Era tão inimaginável, estar tão perto da morte diariamente.

— Ai, meu Deus! Isso é... uau, eu não sei o que dizer! Eu realmente não sei! Isso... é... acontece o tempo todo?

Clay sacudiu a cabeça.

— Felizmente, não. Mas sempre é uma possibilidade. É por isso que o trabalho é tão estressante. Nós treinamos as equipes o máximo que conseguimos, dado o prazo que temos, mas o treinamento de James não tem comparação. Ele fez parte do Exército Britânico por 11 anos; treinou por sete anos para ser um operador de descarte de bombas de alto risco.

— Você pode muito bem contar tudo a ela — disse Zada em voz baixa.

Clay suspirou e assentiu.

— Você ouviu falar da bomba na Times Square há dois anos?

Vasculhei minha memória, vagamente me lembrando de algo sobre uma bomba que havia explodido na Times Square, mas que poderia ter sido muito pior.

— Sim, minha memória é vaga, mas me lembro de ver algo nos noticiários — eu disse hesitante. — Uma mulher foi sequestrada e colocada em um colete suicida. É isso, não é? Dois soldados fora de serviço a resgataram. Um deles se feriu, eu acho.

— Basicamente, sim. — Clay deu um sorriso forçado enquanto Zada estendeu a mão e segurou a dele. — A mulher era a irmã de Zada, Amira, e os dois soldados fora de serviço eram eu e James. Ele era o que estava com o traje antibomba. — Deu de ombros. — Ele salvou todas as nossas vidas naquele dia.

Meu cérebro lutou para processar o que Clay havia dito, e quando finalmente conseguiu, me senti humilde só de sentar-me no mesmo refeitório que essas pessoas. Da próxima vez que eu visse James, definitivamente seria com novos olhos. Senti-me envergonhada de quão crítica eu havia sido.

— Eu sinto tanto!

Minhas palavras eram inadequadas, mas era tudo o que conseguia pensar em dizer.

As pessoas me julgavam o tempo todo como uma vagabunda loira, insípida – claro, nesse caso específico, elas não estavam erradas. Não que eu fosse completamente burra, o que quer que seja que o querido e velho papai tenha dito. E a única razão de não ter recebido meu diploma em Comunicação, tinha a ver com o pequeno problema de ter dito ao *chanceler* da Universidade que ele era uma maravilha sem escrúpulos, após beber duas garrafas de Taittinger, mas *juro* que senti sua mão na minha bunda e não na borda da mesa como ele alegou. Mesmo assim, ser mandada embora uma semana antes da formatura não me rendeu nenhuma estrelinha. História da minha vida.

Deus, tudo aquilo parecia tão trivial comparado com o que eu havia encontrado nesse canto esquecido do mundo. Nem sabia por que essa terra era minada – alguma guerra distante da qual eu nunca ouvi falar, mas por que e quando, quem ou como, eu não fazia ideia. A melhor coisa que eu podia fazer era ficar com a boca fechada e me fazer útil.

Mas e se o papai não voltasse para me buscar? Arrepiei só de pensar. Não, não havia razão para entrar em pânico – Clay e Zada me ajudariam, eu tinha certeza disso. Talvez James também. Era isso que ele fazia, não era? Ajudava pessoas!

Eu só desejava não ter mais a necessidade de que as pessoas gostassem de mim. Isso me trazia tantos problemas, todas as vezes. Eu faria basicamente qualquer coisa se isso significasse ganhar os sorrisos e risos das pessoas. Patética, eu sei. E não precisava de psicanálise para explicar o porquê – eu tinha problemas de abandono e problemas paternos aos montes.

A raiva me inundou assim como acontecia toda vez que pensava no meu pai me deixando aqui. Ele quis me punir. Bem, não seria um castigo se me transformasse em algo melhor? Se eu voltasse para casa mais forte?

Talvez James fosse um filho da mãe miserável, mas ele tinha uma boa razão para isso e, mesmo assim, estava aqui ajudando as pessoas. Eu faria como ele: afogaria minhas tristezas e trivialidades egoístas ajudando os outros. Pelo menos eu poderia tentar.

Naquela noite, enroscada na minha cama desconfortável num quarto que mais se parecia a uma cela de concreto, prometi a mim mesma que faria

EXPLOSIVA

melhor, que eu *seria* melhor.

Acordar no dia seguinte para a realidade de chuveiros frios, pisos de concreto e um montão de ensopado 'com sustância' como café da manhã não havia se tornado mais fácil, mas uma nova determinação para tirar proveito da situação me fez tirar o traseiro da cama, entrar na fila para o lavatório, na fila para o chuveiro, sorrir agradavelmente para as outras mulheres que, obviamente, estavam falando de mim, e me fazer útil.

Eu não vi Clay ou James no café da manhã. Eu já sabia que Zada havia saído cedo para pegar uma carona com Turul, descendo as montanhas até o vilarejo, o que me deixou sozinha no café da manhã com a outra única pessoa que falava inglês, o homem grande como um urso a quem todos chamavam de 'Yad'.

— Ah, a princesa inglesa! — ele disse com um sorriso largo. — Turul me falou sobre você.

Franzi os olhos para ele, perguntando-me se aquilo foi um cumprimento amigável ou sarcasmo. Decidi dar o benefício da dúvida e me sentei à sua frente com a tigela de ensopado, encarando-a sem entusiasmo.

Era um pouco desconcertante vê-lo colocar enormes porções em sua boca cavernosa, com dentes ruins, pedaços de carne e cenoura presos em sua barba mal-aparada.

Mas não era por isso que eu não gostava dele – havia algo selvagem em seus olhos, algo sombrio e malicioso, e não gostava da maneira como seu olhar me despia. Fisicamente, ele era muito parecido com Turul. Mas Yad tinha uma crueldade descuidada que lembrava meu pai.

Empurrei a tigela para ele e me levantei.

— Ei, onde vai você, princesa inglesa?

— Eu não estou com muita fome, mas fique à vontade para terminar o meu.

— Eu gostaria de ficar à vontade com você — retrucou com malícia, sacudindo a língua entre dois dedos em um gesto obsceno. — A qualquer hora, princesa de gelo!

Recusando-me a responder, marchei direto para o escritório, determinada a nunca ficar sozinha com ele se eu pudesse evitar.

No escritório, liguei o aquecedor de parafina do jeito que Clay havia me mostrado e então enxaguei o bule de café no cano em que James havia lavado suas mãos. Minhas unhas de gel estavam aguentando bem o abuso, mas as mãos estavam roxas de frio. Quem teria pensado que eu ansiaria por luvas de borracha para limpeza?

Corri para dentro para fazer um pouco do café sujo que Clay bebia o dia todo. Talvez o amargor balanceasse a quantidade de açúcar das balas e doces que ele comia sem parar. Estremeci pensando no custo de seu plano de tratamento dentário.

Ele entrou no escritório com James, as cabeças inclinadas uma à outra numa conversa; a pele escura e o sorriso brilhante de Clay contrastando com a pele pálida e a expressão morta de James.

— Diga-me do que você precisa, irmão. Você tem corda de detonar o suficiente? Fusíveis suficientes?

— Sempre preciso de mais explosivos de detonação rápida, corda de detonação, detonadores comuns e fusíveis de segurança. Dispositivos de ignição americanos. E detonadores eletrônicos e shrikes, se você os conseguir. E você consegue arranjar outra faca e um par de tesouras de cerâmica? Além do maldito *Gauss*, que precisamos para ontem.

Clay rilhou os dentes.

— *Shrikes?* Ah, sim, explosivos elétricos, certo? Farei o possível. Tenho alguns contatos para os quais posso pedir o *Gauss*. Os canais oficiais são lentos. — Ele suspirou.

— Nós precisamos dele agora.

— Mas você sabe, nós não estamos tão mal-providos, comparado com algumas operações de desminagem.

Os lábios de James cerraram.

— Pare de jogar areia nos meus planos.

Clay gargalhou.

— Okay, okay! Eu vou conseguir. De alguma forma. — E então ele olhou para cima e me viu. — Ei, Harry, como você está?

— Tudo bem, obrigada, Clay. Olá, James.

Ele assentiu, seus olhos encontrando os meus com um flash de azul pálido, antes de desviar o olhar.

Clay sorriu.

— James lhe dará uma lista das coisas necessárias quando ele fizer demos, okay?

— Claro. Hum, o que são demos?

— Você sabe alguma coisa sobre o que fazemos aqui? — James rosnou.

— Um pouco — eu disse, levantando o queixo. — Clay me explicou.

Os dois homens trocaram um olhar.

EXPLOSIVA

— Há três métodos principais usados para desminagem humanitária na terra; qual você usa depende do tipo de minas, terrenos e recursos locais — James explicou, cuspindo as palavras como balas de revólver. — Em terreno aberto, nós usamos remoção mecânica; veículos armados com mangueiras, para que as minas sejam detonadas em segurança. Cachorros de detecção treinados também são usados, mas aqui, nós utilizamos a detecção manual, através de detectores de metal.

Pisquei com o influxo de informação e Clay deu um tapinha tranquilizador em meu braço.

— Você vai se acostumar com o jargão. Demolição de UXOs ou minas significa artilharia não detonada.

Para mim, 'demolição' significava explodir um bloco de escritórios para que eles caíssem em uma nuvem de pó, mas de alguma forma eu achava que não era o que Clay quis dizer. James captou a incerteza na minha expressão.

— Eu vou explodir todas as minas que foram encontradas em nossa última Tarefa — ele disse. — É a maneira mais rápida e segura de se livrar de todas elas. Quando nós encontramos pequenos braços de artilharia, nós os reunimos e os transportamos para um local seguro para fazer uma demo.

— Isso é perigoso? — perguntei.

— Sempre há riscos — Clay assentiu. — Mas James se assegurará de que seja feito de forma segura.

Os olhos de James brilharam de repente.

— Nunca é *seguro* — ele rosnou, seus olhos se estreitaram. — Nunca.

Clay repousou uma mão em seu ombro.

— Eu sei, irmão. Mas é muito mais seguro se *você* cuidar disso do que deixar por aí, ou até mesmo entregar as cargas principais para os oficiais do governo local e vê-las serem roubadas e reutilizadas em outros dispositivos.

James baixou os olhos, a súbita ignição de sua raiva já se dissipando. Eu não tinha muita certeza do que a havia causado. Entendê-lo era um próprio campo minado.

Ele saiu do escritório depois disso, caminhando pela lama.

Clay suspirou e balançou a cabeça.

— Não ligue para ele.

Eu sorri brandamente e escondi meus pensamentos.

— Sem problemas. Está tudo bem.

CAPÍTULO 10

JAMES

O céu estava pesado e ameaçador, bloqueando completamente o luar. Os moradores locais previam fortes nevascas para os próximos dias. O tempo não estava do nosso lado.

Eram quatro horas antes do amanhecer — ou no meio da noite no que dizia respeito a Yad quando o sacudi até que acordasse e o arrastei para fora dos cobertores que fediam a cerveja, cigarro e perfume barato. Era bom ele estar sóbrio quando precisássemos dele.

Ajoelhei no chão de concreto, de frente para o leste, tocando com chão com a testa. Eu não sabia dizer ao certo por que o fiz — para honrar Amira? Não por Deus ou Alá, porque eu não acreditava em nenhum deles. Não mais.

Eu me levantei e caminhei até o micro-ônibus.

— Todo mundo pegou seu kit PPE completo? — gritei, impaciente, esperando que Yad tropeçasse na tradução para equipamento de proteção pessoal. — Coletes táticos militares, capacetes, visores, botas, ferramentas, comida e água?

Todos assentiram, sonolentos, bocejando abertamente e então entraram em fila no micro-ônibus.

Eu havia escolhido cinco dos membros mais competentes da minha equipe para vir nessa Tarefa comigo. Quando alcançássemos a área minada na montanha, teríamos por volta de seis horas de luz solar para neutralizar todas as 44 minas que achamos durante nossa última subida.

Entrei no transporte junto com o motorista que Clay contratara, um desgraçado mal-humorado e nada agradável, que xingava em azeri e armênio. As cinco mulheres da equipe se sentaram no fundo, conversando baixo antes de caírem no sono. Yad se esparramou por dois assentos e arrotou ruidosamente.

EXPLOSIVA

Quando o ônibus ficou em silêncio, tudo que eu podia ouvir era o zumbido asmático do motor enquanto subia as encostas íngremes, o barulho se tornando parte do cenário.

Minha mente girou caoticamente até que me forcei a focar na Tarefa à frente e nos problemas que provavelmente encontraríamos.

Se me dessem a escolha, eu teria atirado na maioria das minas de uma distância ao invés de movê-las. Não era sempre a escolha dos outros, mas para mim estava no meu arsenal de respostas – e eu apreciaria atirar. Mas minas antipessoais MON-100 tinham 2kg de explosivos em cada uma delas e normalmente estavam montadas acima do solo como uma mina de estilhaços. O raio de explosão era grande e nos disseram que moradores locais caçavam na floresta, então essa opção estava fora de questão.

O plano era coletar as minas, levá-las a um local mais protegido – uma depressão no solo razoavelmente funda que eu já havia identificado – e então explodi-las por pilhas através de um fio de comando.

Se possível, eu iniciaria cada explosão à mesma hora do dia para que os moradores locais não ficassem muito assustados com um grande estrondo sujo.

O processo seria identificar os meios de iniciação, assumir o controle do ponto de disparo a uma distância segura da mina, torcer os fios juntos para garantir que eu tivesse a segurança elétrica da detonação. Os detonadores de demolição russos tinham um parafuso enroscado neles, então normalmente eu só os desenroscava.

Enquanto passávamos pela paisagem cinzenta, minha mente flutuou como normalmente acontecia, e o rosto de Amira apareceu diante dos meus olhos.

Ela havia escolhido ir para a Síria sem mim, apesar de eu ter implorado como um cachorro, e ela morreu por lá. Eu a amava e a odiava, mas não conseguia me libertar dela. Eu a via em minha mente o tempo todo, ouvia a sua voz e via repetidamente o momento em que ela morreu em meus braços. E em cada sonho e cada pesadelo, eu nunca conseguia salvá-la, não importava o quanto tentasse – ela sempre morria.

O mundo era um lugar mais sombrio sem ela.

A nova voluntária de Clay, Arabella, era o seu oposto completo: vaidosa, superficial, privilegiada. Eu havia conhecido muitas mulheres como ela – antes de eu saber melhor, antes de eu ter tido melhor. Ela era um estereótipo tão grande – a garota dourada que comprava na Harrods e só se importava com a próxima manicure; a que vestia roupas em tons rosa pastel e unhas longas; que usava cílios postiços enquanto nós estávamos até os joelhos cobertos de lama. E ela sorria demais.

Achei que estaria no primeiro avião de volta para casa dentro de 24 horas, mas tinha que admitir que ela nos surpreendeu.

Fiz uma careta, irritado por estar pensando nela.

O amanhecer filtrou-se relutantemente pelas janelas sujas do micro--ônibus e nós paramos de uma vez em nossa base de acampamento nas montanhas. Daqui iríamos escalar.

Subi o zíper do meu casaco e puxei um gorro sobre a cabeça; então pendurei a mochila nos ombros, levantando os 25 quilos de equipamento com facilidade adquirida em anos de prática.

Minha respiração fumegou no ar frio e a equipe resmungou e bateu os pés.

— Nós sabemos o que precisamos fazer hoje — eu disse devagar, esperando que Yad traduzisse. — Estamos lidando com 99% de minas terrestres, então, se tivermos sorte, haverá apenas um cordão detonador de ligação entre duas minas. Mas se não tivermos sorte, teremos que esperar algum tipo de intercepção, o que significará escavar a mina. É possível que duas ou até três possam estar empilhadas umas nas outras, então sejam ainda mais cuidadosos.

Encarei cada um deles, esperando muito que entendessem.

Interruptores de armadilhas militares geralmente são fáceis de fixar, razão pela qual deixei a equipe de locais fazê-lo.

No entanto, minas podiam ser iniciadas por um número de fusíveis, então a ameaça viria de um controlador sísmico VP13 ou até mesmo de fios de arame de disparo passivo. E então seria comigo.

Ensaiei o processo, mentalizando tudo.

Nós já havíamos marcado o caminho seguro pelas matas, então escalamos, subindo com segurança, enquanto Yad ofegava na parte de trás. Após 20 minutos, paramos e colocamos os coletes táticos militares e os capacetes – a primeira bandeira vermelha estava a alguns metros de nós.

Hora de começar o trabalho.

Fazila e Gunay foram primeiro, localizando e neutralizando as minas, então Ohana e Yad as carregaram montanha abaixo para o nosso poço de demolição designado, enquanto Maral e Hamida seguiram atrás do próximo par.

Fiquei de olho em todos eles em cada estágio, mas especialmente quan-

EXPLOSIVA

71

do tiraram o fusível. Às vezes eles estavam enferrujados, então acrescentei minha força ao processo de desenroscar as malditas coisas.

Embora a temperatura estivesse pairando abaixo do congelante, trabalhamos até suarmos: subindo e descendo a montanha para o poço de demolição, escalando mais alto e subindo ainda mais a cada bandeira vermelha.

Quando chegamos ao par de minas que quase mataram Maral, a equipe precisou respirar e era a hora de eu fazer por merecer meu salário.

Meu instinto disse que havia mais nessa mina do que tinha visto até agora — e guardei essa maldita filha da puta para mim.

Depois que aceitei esse trabalho de caridade, me surpreendi ao descobrir que o mercado privado tinha recursos ainda piores que os dos militares: algo que eu não esperava. E por mais que eu já tenha sido enviado à guerra, pelo Exército Britânico, munido de um colete militar tático sustentado por fita isolante, à bordo de um furgão desprotegido e caindo em pedaços, com um robô de EOD que só funcionava metade do tempo, pouca munição e sem nenhuma comunicação, ainda assim, aquilo lá era mais organizado do que o que tínhamos com as ONGs.

Eu tinha a impressão de que Clay ainda não acreditava em mim quando eu lhe contava, mas, novamente, os americanos sempre tinham os kits e recursos de melhor qualidade — é por isso que meus camaradas de exército passaram a metade da nossa missão imaginando formas de surrupiar — vulgo 'pegar emprestado' sem intenção de devolver.

Eu havia recebido 35.000 mil libras por ano para neutralizar bombas caseiras em vários países — menos do que o salário de um motorista de metrô em Londres.

O pagamento aqui era poucos milhares a mais, mas pessoas como Maral e Ohana ganhavam apenas 12.000 libras anuais pelo seu trabalho. Elas disseram que isso era um bom salário.

Clay estava trabalhando duro para conseguir que as equipes aqui fossem mais bem equipadas.

Retirei a mochila e então me certifiquei se todas as minhas ferramentas estavam ao meu alcance. As duas bandeiras vermelhas pendiam fracamente e até os sons suaves da floresta silenciaram-se.

Rastejei de bruços pela frente com minha espátula plástica e uma vara fina e longa, minhas próprias armas pessoais de destruição de minas.

Cuidadosamente, raspei a neve e a sujeira da primeira mina, uma porra de uma mina antipessoal enorme. Expus um lado com cuidado, praguejando quando encontrei um bloco de 200g de TNT espremido entre dois mecanismos antielevação com a mina pairando em cima.

Segurei a lanterna entre os dentes, piscando quando captei o brilho de algo fino e prateado.

Droga! Um fio de disparo. Mas onde estava a fixação, porra? Ao me aproximar, vi que o fio de disparo estava fixado a um mastro de inclinação com outro maldito MON-100 conectado ao banco de lama. E ao redor de toda a maldita bagunça estavam três pequenas PMAs, minas antipessoais – sem esquecer a filha da puta complicada encravada na árvore.

Alguém havia se dado a um trabalho muito minucioso para garantir que ninguém passasse aqui e vivesse para contar a história.

Seis minas, todas interligadas, e qualquer uma delas poderia me matar: na melhor das hipóteses, eu perderia a mão, talvez a visão.

Civis e soldados fora de comissão me perguntam como faço isso. Você não sente em momentos como esse. Você faz o que quer que seja que o instinto lhe diga.

Você sobrevive desligando a parte capaz de sentir, desligando as emoções. Se eu começasse a pensar sobre o quão morto poderia estar, não conseguiria completar a missão. Ao invés disso, era como um jogo de xadrez – minha lógica e minha habilidade contra o plano de destruição do fabricante da bomba, e cada vez que eu fazia um movimento, tinha que ter certeza de que ele era o certo. Estar errado não era uma opção.

Deitei-me de bruços na neve e na lama congelada, sentindo a dormência tomando conta lentamente do meu corpo enquanto lutava contra as bombas. Eu trabalhava metodicamente, solucionando cada quebra-cabeça, um de cada vez.

Identificar.

Expor.

Extrair.

Levantar aqui, cortar ali, perfurar aqui: analisar, neutralizar, seguir em frente.

Mas o frio estava penetrando meus poros e comecei a perder a sensação em meus dedos – não era um bom sinal; além disso, a luz estava desaparecendo enquanto o crepúsculo se aproximava. Praguejei, precisando que algo desse certo. Eu não podia deixar esse conjunto de minas semiterminado; eu precisava continuar.

Gritei com Yad para me trazer mais luz, mas foi Maral quem ficou de

EXPLOSIVA

pé sobre mim segurando sua lanterna – Maral, que tinha cinco filhos.

Suando, aguentando, lutando contra a dor nos ombros e pescoço, mantendo o foco, ficando um passo à frente do fabricante da bomba...

Raspar, expor, analisar, neutralizar.

Repetidamente – cada mina um novo problema. Meu corpo parecia estar separado de mim, o frio fazendo efeito. A cada poucos minutos, eu tinha que parar e soprar os dedos, esfregá-los uns nos outros para manter o sangue fluindo. Isso estava me atrasando e era tão absurdamente frustrante.

Quando removi o último detonador da bomba apoiada na árvore, eu estava tão exausto que caí de joelhos e então desabei, deitando-me de bruços na lama. Maral balançou meu ombro gentilmente.

— James-*syr* — ela disse, sua voz preocupada. — Okay, James-*syr*?

Rolei para cima, olhando para os galhos escuros que pairavam acima de mim e para seu rosto preocupado assombrado à luz de sua lanterna.

— Sim, okay — eu respondi roucamente. — Okay.

Ela me deu um meio sorriso enquanto me sentei e examinei os seis dispositivos neutralizados ao meu lado.

Eu me alonguei e gemi quando os músculos tentaram funcionar. Maral sorriu com alívio e estendeu sua mão para me ajudar a levantar. Eu me movi como um velho, mas ainda havia mais uma tarefa a fazer.

Mesmo enquanto eu trabalhava naquele último dispositivo, uma parte do meu cérebro se preocupava com outro problema, mastigando-o como um cachorro com um osso.

Eu confiava no meu instinto, tinha que confiar, mas ele havia sido afiado e aperfeiçoado pelo treinamento. Então qual era a dessa trilha pela floresta? Por que minar *esse* caminho? Ele era íngreme e remoto, então o que havia de especial nele?

Estudei a área ao meu redor cuidadosamente, espiando através da escuridão. Mas com a pouca luz e a iluminação fina da lanterna, não havia muito a ser visto.

Quase pronto para desistir, finalmente notei que havia outra trilha, talvez feita por algum animal, mas tão perto da área de armadilhas, o que poderia significar...

Segui o caminho coberto de vegetação, ignorando os gritos de irritação de Yad enquanto me movia mais para dentro da floresta, ignorando a todos, até que cheguei ao que parecia ser o fim da linha:um penhasco que pairava à minha frente, aparentemente, sem saída. Porém o caminho tinha que levar a algum lugar...

E então eu a vi, uma entrada estreita na rocha. Segurei a pequena lanterna na minha boca, virando-me de lado para me encaixar e poder passar pela fenda, mas valeu o esforço.

Enquanto a lanterna iluminava a caverna, pude ver caixas e caixas de munição que haviam sido guardadas ali – um depósito de armas do conflito de décadas.

Ou talvez não.

Olhei mais de perto – alguns dos caixotes estavam velhos e apodrecendo, mas outros pareciam ser muito mais novos.

Yad empurrou o tronco para dentro ao meu lado, praguejando em sua própria língua para o que eu havia encontrado.

— James-*syr*! Você é magnífico!

Grunhi, irritado. Senti satisfação por ter encontrado tudo isso, mas significava muito mais trabalho, quando minha equipe já havia realizado milagres.

— Nós carregaremos essa porcaria montanha abaixo e a destruiremos com os outros dispositivos encontrados.

A expressão de Yad se encolheu.

— Mas James-*syr*, nós poderíamos vender isso! É valioso! Balas são caras, até mesmo no Mercado Ilegal, eu sei disso.

Ele recuou apressadamente quando viu meu olhar severo.

— Meu primo é Chefe de Polícia. Ele me fala isso. Nós poderíamos vender a munição para eles. É seguro. — Ele deu uma olhada para o meu rosto e mudou sua tática novamente. — E o dinheiro poderia ir para a caridade. Salvar muitas crianças. Muito justo!

— Yad, este depósito de armas provavelmente pertence aos traficantes de armas – eles ficarão muito infelizes se você tentar vendê-lo – mesmo que seja para a polícia... especialmente para a polícia. Eles vão caçá-lo. E em segundo lugar, a porcaria deve estar parada aqui por dezessete, dezoito, talvez dezenove anos. Algumas das munições podem ter apodrecido nesse tempo, então não é seguro. Nós vamos fazer uma queimada e nos livrar desta merda.

Sua expressão fechou em uma carranca.

— Não! Nós contamos à polícia! Eles vão ficar muito felizes.

Eu dei um passo para trás e descansei a mão na Smith & Wesson M&P9 no meu quadril.

— A escolha é minha, Yad, e estou dizendo que tudo isso será demo-

EXPLOSIVA

75

lido. Então leve essa merda para o morro abaixo. Agora.

Os olhos dele se estreitaram.

— Se um homem puxa uma arma, ele deve estar preparado para atirar.

— Não é problema, Yad. Não é problema. Agora sai da porra da frente.

Por um momento, ele pareceu enfurecido e pensei que ele fosse avançar sobre mim, mas então seus ombros caíram em derrota e ele se virou murmurando para si mesmo.

Nós carregamos as últimas minas MON-100 neutralizadas, montanha abaixo, as PMAs e as caixas de munição; Yad ainda resmungando sobre o quão valiosas eram. Tentei ficar de olho nele, porque não confiava no idiota, mas havia muito a ser feito e, em muito pouco tempo, e várias vezes ele desapareceu de vista. Meu sexto sentido estava em alerta.

Nossos músculos ficaram tensos sob o peso que carregávamos, em uma descida desajeitada e arriscada, e nossas lanternas de cabeça lançavam borrões de luz na escuridão, seguindo o caminho bem trilhado, até que alcançamos o poço de demolição.

Observei enquanto os dispositivos e caixas de balas eram colocados junto às minas antipessoais russas, e então planejei onde colocar os fios de comando.

Automaticamente contei as minas enquanto trabalhava, mas algo não estava certo.

— Esperem! — gritei, voltando meu olhar acusador para minha equipe. — Há apenas minas 44 MON-100 aqui. Com a extra que encontrei hoje, deveria ter 45, então está faltando uma. Yad, que porra é essa?

Ele me encarou com um olhar frio, calculado.

— Não sei, James-*syr*.

Traduziu rapidamente e a equipe me encarou de volta, exaustos, e com olhos vazios enquanto murmuravam entre si.

— Jesus, nós perdemos uma? — perguntei. — Verifiquem seus livros de registro. Quantas cada uma de vocês removeu hoje?

Resmungando e obviamente nem um pouco satisfeitas, as cinco mulheres puxaram seus livros de registro. Eu não conseguia entender a escrita delas, mas o número de marcações na coluna de minas retiradas era fácil de ler. Verifiquei três vezes: 45 minas MON-100 encontradas e carregadas ladeira abaixo, incluindo os novos dispositivos e a UXO que encontrei hoje.

Mas agora, uma mina estava desaparecida.

Meu olhar desconfiado caiu sobre Yad. Ele era quem estivera ausente quando pedi por luz mais cedo, aquele que discutira sobre vender as munições no Mercado Ilegal, mas eu também sabia que não chegaria a lugar algum com acusações nesse momento. Além do mais, eu não havia me esquecido de sua conexão com o Chefe de Polícia local, exaltada com orgulho.

E era possível que uma das mulheres tenha feito a contagem errada, no entanto, eu não acreditava nisso. Elas eram minha mão-de-obra mais confiável, estavam nessa Tarefa por uma razão.

Xingando inutilmente, terminei de colocar os fios de comando e então puxei todos para trás do perímetro, chequei a posição da equipe duas vezes antes de detonar mais de 80kg de explosivos fortes; balas explodiram descontroladamente, como se o tiroteio no O.K Corral[10] estivesse sendo reencenado.

A explosão poderia ser ouvida a mais de seis quilômetros de distância.

Nós dirigimos de volta para o campo base no escuro, minha mente cheia de suspeitas, o verme da desconfiança infiltrando-se pelo meu cérebro.

---

10   Tiroteio em O.K Corral é uma referência ao filme americano Gunfight at O.K Corral, que no Brasil recebeu o título de Tombstone.

EXPLOSIVA

CAPÍTULO 11

ARABELLA

A neve caiu em redemoinhos grossos, cobrindo os prédios em um cobertor que suavizava o concreto horroroso, tornando-o quase bonito.

Era o final da minha segunda semana em Nagorno Karabakh e estávamos cobertos de neve e presos pelo terceiro dia.

Eu já havia arrumado o escritório e colocado os arquivos em ordem, mas sem Tarefas acontecendo, não havia muito para eu fazer. Mas eu tinha uma pergunta para Clay.

Ele olhou para mim em choque.

— Você quer fazer o quê?!

Eu havia acordado cedo, ansiosa para aproveitar ao máximo o dia sentindo-me determinada em fazer o bem, fazer a diferença. Então decidi que precisava ver o que as equipes de Tarefas faziam – eu queria ver James trabalhando.

— Você não pode participar de uma Tarefa — disse Clay terminantemente. — É muito perigoso.

Eu o encarei, obstinada.

— Você manda as mulheres das equipes. Por que com elas é diferente?

— Elas são treinadas — respondeu pacientemente. — Elas já fazem isso por meses.

— Então me treine!

— É James quem faz o treinamento — ele disse, gentil —, e ele não tem tempo para ensiná-la. Levar você com ele como observadora atrasaria a todos eles e potencialmente tornaria as coisas mais perigosas.

— Oh — eu disse, desanimada. — Não quero tornar as coisas mais difíceis, eu só quero entender.

Ele sorriu para mim com simpatia.

— Eu sei o que você quer dizer, eu entendo. É difícil ser aquela que é deixada para trás, certo? Mas você pode me ajudar muito no escritório, Harry. Há sempre uma tonelada de documentos e papelada e pode parecer sem sentido comparado ao que as equipes de Tarefas estão fazendo, mas não é. É o que leva todo mundo onde precisam estar com o equipamento para mantê-los seguros enquanto fazem seu trabalho. — Ele pausou e suspirou. — Se você realmente quer saber o que James faz, eu a enviarei com uma equipe de Tarefas quando nos movermos de base em algumas semanas. Nós vamos nos mudar para as terras planas onde os riscos são diferentes — o terreno montanhoso é muito perigoso pra você. Mas sim, quando nós nos mudarmos, você pode ir e observar. — Ele fez uma pausa, me olhando com cautela. — Mas isso *não* significa que você fará nada mais do que a papelada!

— Sério? — eu disse, com medo e animada ao mesmo tempo.

— Sim. Se é isso que você quer.

Eu não tinha certeza se era, mas seria incrível descobrir.

— Sim, por favor! Não que eu não goste de passar tempo com você, Clay.

Ele riu.

— Sim, certo. Toda essa papelada sexy – não tem como ser melhor. Mas você já fez trabalho de escritório o suficiente. Acho que você quer ver as raízes do trabalho, do que realmente se trata.

— Bom, sim. E James é meio que um gato, também — brinquei.

A testa de Clay se enrugou.

— Você está paquerando meu companheiro?

— Não, só apreciando a vista.

Ele não pôde deixar de sorrir.

— Ah, *tá* bom, você me pegou. Até eu sei que ele é um filho da mãe bonito.

— *Você* tem uma paixonite pelo seu companheiro?

— Eu sou um homem casado, muito bem, por sinal — ele sorriu. — Então é só um *bromance* com James.

No entanto, mais tarde naquela mesma tarde, Clay apareceu com um novo plano para nosso terceiro dia ilhados na neve.

— O tempo está muito ruim para as equipes saírem, como você sabe, então vou descer para a escola do vilarejo com James e Zada para conversar com eles sobre segurança de minas. Nós desminamos todas as áreas que conhecemos aqui nas montanhas, mas há sempre a chance de algo ser esquecido. Essa sempre foi uma área muito minada, então temos que ensinar às crianças a ser conscientes da segurança. Você gostaria de vir?

EXPLOSIVA

— Oh, uma excursão! Sim, por favor. Isso seria fantástico. Estou ficando doida aqui.

Estremeci e sorri para ele me desculpando.

— Argh, isso saiu pior do que eu queria. Não é *tão* ruim...

Minhas palavras se esgotaram quando percebi que só estava piorando minha situação.

— Está tudo bem — ele riu. — Eu entendo o que você está dizendo. Sim, excursão em 20 minutos. Nos encontre no micro-ônibus.

Corri de volta à minha cela minúscula, escorregando e deslizando no gelo compactado. Eu não era muito fã de crianças – eufemismo – mas a chance de escapar da nossa pequena fortaleza cinza por algumas horas não poderia ser perdida.

Eu troquei meu traje de neve, rosado, por jeans e um suéter grosso com uma jaqueta por cima. Não era meu visual mais sedutor, mas pelo menos era quente.

Zada também vestia jeans, mas mais soltos e menos esculpidos que os meus, e seu lenço de cabeça colorido estava no lugar, como sempre.

Clay não havia se trocado e vestia seu sempre presente sorriso, observando, sempre observando, enquanto James caminhava para o micro-ônibus, evitando contato visual, como habitual.

Nós não tínhamos um intérprete conosco, já que uma das enfermeiras no centro de saúde falava inglês bem o suficiente para traduzir, de acordo com Zada, e ela estava vindo para a escola para nos ajudar essa tarde.

Na descida da montanha, Clay explicou alguns fatos para mim:

— Uma mina terrestre custa entre três e dez dólares, mas cem vezes isso para removê-la. É por isso que tantas são abandonadas depois de conflitos. Nenhum exército, nenhum governo planejam a remoção quando elas são colocadas: eles deveriam, mas não o fazem. Minas terrestres impedem os refugiados de voltar para casa e dificulta que a terra seja usada para o crescimento econômico do país em agricultura ou mineração ou qualquer outra coisa. — Seu rosto estava sombrio. — Assim, elas são deixadas, o que significa que quase 10.000 crianças são feridas por minas terrestres todo ano. Elas saem para brincar com os amigos e...

Ele deixou a frase inacabada.

— Adultos são afetados também, claro, em torno de 16.000 todo ano em 64 países diferentes ao redor do mundo.

— Sobre quantas minas terrestres estamos falando? — perguntei cau-

JANE HARVEY-BERRICK

telosamente, tentando ser sensível à situação apavorante, incerta se eu tinha as palavras certas.

— Setenta ou oitenta milhões — Zada respondeu, seu rosto tenso com a emoção. — Embora isso seja só uma estimativa.

Engoli em seco. Esse era um número muito mais alto do que jamais imaginei. James e Clay teriam trabalho o suficiente para durar dez vidas.

Clay suspirou.

— Há três anos, um número de países assinou a Declaração de Maputo +5, comprometendo-se a tentar manter o mundo livre de minas terrestres até 2025. Mas isso exigirá dinheiro e vontade política. O mundo está meio que em falta dos dois.

Um calafrio percorreu meu corpo com esse pensamento.

— Hum, isso provavelmente é uma pergunta idiota — eu disse, mordendo meu lábio —, mas por que vocês simplesmente não dirigem um tanque pelo campo minado e explodem tudo desse jeito? Quer dizer, eu vejo por que vocês não podem fazer isso na floresta, mas, bem, assim parece ser mais seguro — terminei sem convicção.

Clay assentiu.

— Há dispositivos similares aos que são usados às vezes, mas nenhum deles é 100% confiável. Você ainda precisa do elemento humano. Infelizmente. E há uma diferença entre um campo minado que foi colocado por profissionais e uma 'área minada'. Estas raramente são mapeadas e nós temos que contar com o conhecimento dos locais para identificar a área alvo.

— E quanto aos cães farejadores? — perguntei.

— Sim, unidades caninas podem ser usadas para um bom resultado.

Pensei nos labradores gordos e preguiçosos que tive quando criança, e então nos cães de caça magros e famintos usados nas caçadas locais.

— Cães podem detectar vapores emitidos por minas e UXOs sob condições difíceis e cobrir áreas largas mais rapidamente do que os métodos padrões de busca manual ou quando as tecnologias de detecção de metais são insuficientes, mas criar uma equipe homem-cão pode levar até seis meses.— Ele puxou sua barba curta. — A maioria dos métodos de detecção de minas está basicamente inalterado desde a Segunda Guerra Mundial, porém novos métodos são desesperadamente necessários. E algo que tivesse 100% de confiabilidade; seria fantástico. Eu já li sobre todos os tipos de tranqueiras em que eles usam abelhas e até mesmo roedores, ambos capazes de detectar minas, guiados pelo cheiro. Eles até estão desenvol-

EXPLOSIVA

vendo bactérias que brilham com uma cor fluorescente quando entram em contato com pequenas quantidades de vapor explosivo no solo acima das minas terrestres. Isso seria incrível se ajudasse na habilidade de limpar grandes áreas com 100% de certeza. — Ele pausou. — Há 10 milhões de minas terrestres só no Afeganistão. — Suspirou. — Não tenho certeza de que algum desses métodos funcionaria nas Ilhas Falkland, por exemplo, por causa dos vapores emitidos pelo círculo da turfa. Isso provavelmente ainda está muito longe de acontecer.

James falou pela primeira vez:

— Humanos são mais rápidos para treinar. Vidas são baratas.

Fiquei em silêncio, vencida pela conjuntura de todas aquelas coisas horríveis. Eu desprezava meu pai, mas pelo menos seus interesses comerciais o haviam trazido para cá, para esse lugar solitário, com a intenção de livrá-los de minas terrestres de uma vez por todas, e não podia ignorar isso. Entendi que seu tipo de investimento era bem-vindo aqui, não importando a ética duvidosa por trás disso.

— MRE:educação sobre risco de minas. Aí está algo que quero desenvolver aqui — disse Clay. — E James é o homem certo para isso. Me ensinou tudo o que sei. — Ele sorriu largamente.

— Você gosta de trabalhar com crianças? — perguntei a James curiosamente.

Clay gargalhou.

— Você *conheceu* James? O cara não gosta de trabalhar com ninguém.

— Foda-se — James murmurou, mas suspeitei que suas palavras ásperas escondiam um sorriso.

— Apenas lembre-se — disse Clay alegremente —, se o mundo não fosse ruim, todos nós cairíamos.

— Lembre-me por que me casei com você — Suspirou Zada. — Ah, sim, pelo seu senso de humor.

— Isso aí, amor. Peguei você no meu dia de folga. — Ele sorriu.

A escola do vilarejo era uma construção baixa e branca, quase escondida enquanto se misturava com as estradas cobertas de neve que a rodeavam. No entanto, um exame mais detalhado mostrou que ela provavelmente havia sido construída nos anos setenta e não havia sido modernizada desde então. Sempre me perguntei por que escolas eram algumas das construções públicas mais feias que você poderia encontrar – dificilmente começaria um dia com a motivação certa em uma manhã miserável de segunda-feira em alguma delas.

Zada nos levou para dentro onde fomos recebidos por uma mulher mais velha em um uniforme. Seu nome era Madina e ela era nossa intérprete essa tarde. Eu estava feliz que Yad não estava conosco.

Ela apertou a mão de Clay e abraçou Zada calorosamente. Mas foi seu cumprimento para James que me surpreendeu mais, quase correndo em direção a ele, beijando suas bochechas e dando tapinhas nos seus braços enquanto falava em um inglês com sotaque forte.

As notícias de como ele havia salvado Maral se espalharam.

— Obrigada, obrigada, obrigada! — Ela ofegou, enxugando lágrimas do rosto. — Maral é a esposa do meu terceiro filho. Ela é uma boa garota, uma boa mãe.

Ela o abraçou novamente, e observei, divertida, quando seu rosto ficou corado. E mesmo que ele tentasse se afastar de toda a efusividade da mulher, ela era destemida, tendo o prensado contra a parede para continuar beliscando. Ele tentou se afastar do entusiasmo dela, mas ela era uma mulher destemida, perseguindo-o até que ele estivesse prensado contra uma parede enquanto ela beliscava suas bochechas, depois a cintura, alegando que estava magro demais e que deveria aparecer para o jantar. Ela disse a ele que heróis precisavam de suas forças.

Ela estava certa. James era um herói em jeans sujos – era o disfarce dele. Seu superpoder era a incrível bravura.

Ele foi salvo pela professora principal, uma mulher grande, magra, vestida severamente em azul-marinho com sapatos baixos e funcionais. Ela me lembrava de uma de minhas antigas diretoras e me encolhi sob seu olhar duro, sorrindo, culpada, como se houvesse me encontrado pichando o banheiro dos professores. O que definitivamente não era do meu feitio e algo que eu jamais aprovaria.

Fomos levados a um grande salão onde parecia que metade da escola estava sentada no linóleo gasto. As crianças tinham um ar de animação que acompanhava qualquer pausa na rotina tediosa de aprendizado institucionalizado.

Era fascinante ver Clay em ação. Ele encantou e divertiu a audiência, então arregaçou a perna de sua calça e mostrou a eles a sua prótese.

— E isso, meninos e meninas, é o que acontece quando vocês brincam com minas terrestres. Meu amigo James aqui, dirá a vocês o que procurar e a quem contar se vocês encontrarem algo. E se encontrarem um caroneiro

EXPLOSIVA

de uma perna só, não digam a ele para pular dentro do seu carro.

Houve um silêncio confuso.

— Huh, eu acho que tradução disso não deu certo. James, amigo, é com você.

James sacudiu a cabeça para as palhaçadas de Clay, e então assumiu o centro do palco.

Para minha surpresa, ele fez contato visual com a maior quantidade de crianças possível.

Ele havia trazido consigo uma série de dispositivos agora seguros, e explicou como eles haviam sido escondidos e por quais sinais procurar.

— É uma boa ideia manter-se atrás das pegadas dos animais se vocês estiverem passando pela floresta. Se cervos estiveram lá antes de vocês é mais provável que esteja seguro.

Ele esperou que Madina traduzisse e vi muitas crianças assentindo para o conhecimento que ele estava transmitindo.

— Se vocês virem fios saindo do chão ou pedaços de papel encerado, nos quais bombas normalmente vêm embrulhadas, voltem para o caminho de onde vieram e contem ao seu professor ou policial. Não os ignorem — seu melhor amigo poderá lhe agradecer porque você não guardou para si. — E ele olhou de relance para Clay.

Ele convidou as crianças a chegarem perto para analisar os diferentes dispositivos em detalhes e conversar sobre como funcionavam. Com esse público, fazendo seu trabalho, ele estava à vontade. Eu até o vi quase sorrir várias vezes.

Quando se ajoelhou para mostrar a algumas das crianças mais novas o que eles nunca, nunca deveriam tocar, um menininho encostou-se a ele, acariciando seu ombro e uma menina novinha tocou seu cabelo não existente, e então deu uma risadinha.

Madina sorriu.

— Ela está perguntando se você é muito velho, porque não tem cabelo.

— Sim — James disse em um tom impassível e brincalhão. — Muito velho. Ancião.

As crianças riram e a menininha apontou para mim.

Madina levantou suas sobrancelhas e sorriu.

— Ela quer saber se a moça é a sua namorada.

James franziu a testa e balançou a cabeça.

— Não — eu disse rapidamente. — Apenas amigos.

A menininha não pareceu gostar dessa resposta e fez um beicinho para nós dois, dizendo algo mais que Madina não traduziu.

— O que ela disse? — perguntei.

Madina suspirou, um olhar divertido em seu rosto.

— Ela disse que você é bonita como uma princesa, então você daria uma boa namorada. Ela gosta do seu cabelo. É longo e loiro, então ela queria saber se você é a Elsa e se pode transformar o mundo em gelo.

Eu ri, apenas levemente embaraçada; mais entretida, na verdade. E eu estava bastante ciente que meu apelido no complexo era 'Princesa de Gelo'.

Olhei de relance para James que estava me observando impassivelmente, obviamente nada animado com a ideia de que essas crianças pensaram que eu era sua namorada. Senti um desejo desenfreado de provocá-lo.

Soltando meu cabelo da longa trança, eu o deixei cair indomado, uma massa selvagem de cachos que iam até a cintura. Os homens amavam meus seios, meu cabelo e meu bumbum, nesta ordem. Homens suficientes haviam me dito isso que eu sabia ser a verdade. Personalidade vinha beeeeeem abaixo na lista. Se é que vinha.

A garotinha acariciou meu cabelo com seus dedos sujos e tentei não me encolher. Várias de suas amigas se juntaram a ela até que eu tinha meia dúzia de meninas menores que sete anos em cima de mim. Eu mantive um sorriso emplastado no meu rosto como uma profissional.

E então Clay terminou a tarde desafiando algumas das crianças mais velhas a uma corrida de pulos, arrancando sua prótese e entregando-a a Zada para segurar.

Ele venceu e as crianças aplaudiram.

James não havia falado comigo uma vez sequer.

A neve continuou a cair durante a noite e no dia seguinte todas as estradas estavam intransitáveis. Zada não conseguiria ir até o vilarejo, então ela e Clay se retiraram para seu quarto após o café da manhã, presumivelmente para praticar a arte de fazer bebês.

Ela começou a gostar um pouco de mim depois que viu o quanto eu ajudava Clay no escritório, embora eu não achasse que seria convidada para fazermos as unhas juntas tão cedo.

Mas eu também não queria me sentar com as outras mulheres, ou Turul e Yad, que estavam bebendo a cerveja local nojenta e cantando músicas *folk*. Champanhe e cocaína eram mais o meu estilo: uma me colocava para dormir e a outra me mantinha acordada para festejar um pouco mais. Bons tempos aqueles....

EXPLOSIVA

As mulheres aqui ainda me olhavam com desconfiança e, por minha vez, eu não gostava do jeito que Yad olhava para mim, ou do tom de zombaria em sua voz quando me chamava de 'princesa'. Eu particularmente não gostava da insinuação sutil de que ele podia ter qualquer mulher aqui e que estaria me fazendo um favor se eu estivesse em sua lista. Credo.

E eu detestava o tédio, mais até do que a solidão; eu preferia muito mais estar *fazendo* algo. E ainda havia muuuuito tempo antes que eu pudesse ir para casa. Mesmo a contagem dos dias até que pudesse partir, não conseguia explicar a forma como eu me sentia, mas me manter ocupada ajudava a passar as horas, minutos e segundos.

Sentei-me na cadeira do escritório, girando em círculos enquanto olhava para o céu. Descobri que 12 giros me deixavam tonta e 23 me levavam ao ponto de me sentir nauseada.

Eu sei, patético. Sempre conseguia encontrar uma maneira de me fazer sentir mal – era um talento.

Eu já havia lavado toda minha roupa, caminhado pela neve alta, me exercitando com o esforço. Eu não podia usar meu telefone para nada, estava entediada com todas as músicas que havia baixado, não tinha uma TV para assistir, nem mesmo um livro para ler, então decidi tirar um pequeno cochilo até a hora do almoço, mas ao passar pelo bloco de acomodações dos homens notei que havia uma luz brilhando através da sujeira na janela de James. Eu me perguntei o que ele estava fazendo lá sozinho. Estava desesperada por algo que aliviasse meu tédio e ansiava por conversar com outro inglês, mesmo que ele geralmente parecesse olhar através de mim.

A maioria dos homens eram seres simples, mas James era um enigma que eu não havia decifrado.

Entrei no pequeno prédio e, na ponta dos pés, andei pelo linóleo descascado que cobria o corredor estreito e bati de leve na porta dele.

Não houve resposta, então abri a porta. Eu gostava da minha privacidade, então não tinha direito algum de invadir a dele, mas a curiosidade superava as boas maneiras.

— Oh!

James estava sentado na cama, suas pernas longas esticadas e cruzadas no tornozelo, uma careta em seu rosto. Um livro grosso repousava em seus joelhos. Claramente eu havia interrompido sua leitura.

— Desculpe-me, eu não achei que você estivesse aqui.

Olhei ao redor do quarto sem enfeites: cortinas florais feias e uma cadeira de madeira eram a única decoração. O quarto dele era tão arrumado que não era óbvio que alguém vivia aqui. Parecia ser mais do que precisão militar – ou a limpeza era obsessiva ou algum sinal de que ele sequer queria existir. Ou talvez, quando sua vida é um caos, talvez aquele pequeno pedaço de controle importasse.

Deus, nunca pensei que minha aula de Introdução à Psicologia poderia ser útil.

— Mas você entrou assim mesmo.

A voz de James era rasa e sem emoção, como sempre, mas eu podia ouvir a irritação pela sua entonação.

— Eu sei, é rude. — Eu suspirei, sentando-me, sem ser convidada, no final da cama para que ele tivesse que mover seus pés. — Mas estou tão entediada! Tudo no escritório está atualizado; já organizei os arquivos dos funcionários e li *todos* os manuais e relatórios. Eu não quero beber aquela cerveja horrível que todos estão curtindo; Yad me dá calafrios; e Clay e Zada estão aproveitando um pouco o tempo juntos. — Dei a ele um sorriso fraco. — Então aqui estou eu! Sortudo!

Ele me encarou por um momento, até seu olhar retornar para o livro.

— Estou ocupado.

— Não seja tão rabugento — eu disse, coçando o couro cabeludo e olhando para ele cautelosamente.

Eu odiava não ser capaz de lavar o cabelo com xampu e condicionador todos os dias. Aqui eu tinha que me contentar em lavá-lo a cada três dias. Na maior parte do tempo, eu o mantinha preso em uma longa trança que descia pelas costas..

James ainda estava franzindo a testa para mim. Então o encarei de volta. Eu já havia percebido que seu latido era pior do que sua mordida. Pelo menos eu esperava que fosse.

— O que você *tá* lendo?

Quando ele não respondeu, tomei o livro dele e li a frase em voz alta.

— *Eles não viam os pássaros controlados na atmosfera do céu? Ninguém os mantêm lá em cima a não ser Alá. De fato, isso são sinais para um povo que acredita.*

Confusa, virei para a capa do livro.

— Você está lendo o *Alcorão*? Por quê? Você o pegou emprestado de Zada?

Ele puxou o livro das minhas mãos enquanto eu olhava para ele em surpresa. Eu tinha certeza de que ele estava lendo um suspense, algo como

EXPLOSIVA

87

os livros de Andy McNabb.

— Não — ele disse, seco. — É meu.

A compreensão me atingiu.

— Oh, por causa da irmã de Zada, certo? Você e ela.

Minhas palavras foram descuidadas e impensadas, então não deveria ter ficado surpresa quando uma fúria repentina escureceu seus olhos e todo seu corpo ficou tenso como se ele estivesse prestes a pular.

— Desculpe, eu sinto muito — eu sussurrei nervosamente, me afastando dele. — Eu não quis chatear você.

— Você não chateou.

— Oh, mas... — Acenei para o livro em sua mão. — Por que você está lendo isso?

— É um livro.

— Mas ele não é... anticristão?

— O quê? — ele disse, seus lábios curvando-se em um sorriso de escárnio. — Como se todos os muçulmanos fossem terroristas que apoiam o *Estado Islâmico*, e todos os negros jogassem basquete?

— Eu não sou racista, Sr. Spears — retruquei rigidamente, chocada com suas palavras cruéis.

— Não, só ignorante e mal informada.

Ele levantou sua mão e eu honestamente pensei que fosse me bater, e não pude evitar me afastar de seu alcance. Mas então sua mão caiu de volta para o cobertor áspero no qual ele estava sentado.

— Você está com piolhos — ele disse.

Pisquei para ele, completamente confusa e com um pouco de medo.

— Você está com piolhos — ele disse novamente. — No seu cabelo. — Então ele se inclinou sobre meu ombro e segurou minha trança na minha frente. Meus olhos se arregalaram quando eu vi os pequenos pontos pretos correndo para cima e para baixo.

Horrorizada, eu pulei e gritei:

— *Tire eles* de mim! *Tire eles!*

Eu girei em volta de mim mesma, sentindo-me como se estivesse sendo atacada, o pânico tomando conta.

— *Tire eles! Tire eles!* — gritei, batendo minhas mãos inutilmente e então puxando meu couro cabeludo.

James se levantou rapidamente, suas botas batendo no linóleo destruído. Quando puxou uma faca de seu bolso eu gritei novamente. Ele puxou

minha trança com sua mão esquerda e com um movimento rápido, cortou-
-a em um único gesto suave.

Atordoada, encarei impotente enquanto ele puxava meu braço e me arrastava para fora de seu quarto e do prédio, sem parar nem mesmo quando jogou minha longa trança na neve como um pedaço de lixo. Lágrimas de choque e perda queimaram meus olhos quando ele me arrastou pelo pátio coberto de neve e então me empurrou para dentro da cozinha.

Sem dizer uma palavra, ele lançou sua mão entre minhas omoplatas, forçando-me a curvar sobre a pia.

Gritei quando ele derramou algo frio sobre o que havia sobrado do meu cabelo. Um cheiro forte de vinagre encheu a cozinha e observei, boquiaberta, enquanto ele salpicava sal generosamente sobre a minha cabeça.

Ele então me empurrou para uma cadeira, contemplando-me com atenção, enquanto eu ofegava.

— O-o quê? — gaguejei. — O que você fez comigo?

Ele inclinou a cabeça para um lado.

— Você me disse para tirar os piolhos. Então eu tirei. Sem mais piolhos.

Pisquei para ele, completamente humilhada, mas eu não o deixaria me ver chorar.

Com mãos trêmulas, toquei as extremidades do meu cabelo. Sequer chegavam aos ombros, agora, e pingavam vinagre.

— O vinagre dissolve os exoesqueletos das lêndeas — explicou enquanto tremores tomavam conta de mim. — O sal mata os piolhos adultos. Deixe aí até que o cabelo seque, depois passe um pente-fino por ele. Depois disso, você pode lavá-lo. — Ele se virou para sair e depois pausou. — Você compartilhou alguma toalha com alguém?

— Não! — cuspi a negativa, horrorizada.

— Então você provavelmente pegou os piolhos das crianças na escola ontem.

James viu a percepção nascendo no meu rosto porque assentiu.

— Lave toda a sua roupa de cama, todas as suas roupas e toalhas. E não compartilhe nada: nem uma escova ou pente. Não compartilhe chapéus ou cachecóis e não compartilhe toalhas.

E então saiu sem olhar para trás.

Somente quando tive certeza de que ele havia saído que me permiti chorar algumas lágrimas de raiva e frustração. Eu fedia a vinagre e meu lindo cabelo, minha maior glória, havia desaparecido.

EXPLOSIVA

Sentindo-me doente e abalada, voltei para o meu quarto, puxando lençóis e cobertores da cama, determinada a lavar tudo... e peguei um pente.

Enchi todas as quatro máquinas de lavar na lavanderia com minha roupa de cama e as malas inteiras de roupas. Tudo já estava recentemente lavado, mas não podia arriscar que aqueles insetinhos filhos da mãe já não tivessem infectado minhas roupas novamente. Tudo tinha que ser lavado de novo: até os vestidos de lavagem a seco e blusas de seda, rezando para que a água fosse quente o suficiente para matar, neutralizar e destruir os piolhos e lêndeas. E então me dei conta do meu erro quando fiquei nua e tremendo. Eu não tinha nada para vestir – literalmente nada. Eu poderia ter chorado em frustração por minha constante estupidez.

Eu não tinha escolha a não ser ficar aqui de pé congelando até que os ciclos de lavagem tivessem terminado, mesmo que isso significasse vestir algo molhado depois. Que escolha eu tinha? Deus, eu acabaria com pneumonia ou hipotermia, ou ambas.

Eu sabia que Zada me emprestaria algo, mesmo que ela fosse menor do que eu, mas não tinha nem como avisá-la de que precisava desse favor. Talvez ela sentisse minha falta no almoço e viesse me procurar. Talvez alguma das outras mulheres viesse aqui e me ajudasse. Mas e se fosse Turul, ou pior, Yad? A gravidade da minha situação começou a despontar e tremi de medo e também de frio.

Eu me engasguei ao ouvir uma batida na porta.

— É James. Eu lhe trouxe algumas roupas.

— Eu... eu estou nua — sussurrei.

— Eu imaginei que você estaria.

A porta se abriu e ele enfiou um braço pelo buraco, entregando-me um suéter grosso, calças de Exército verde-oliva e um par de chinelos.

— Vista-se — mandou.

O suéter chegava ao meio das minhas coxas, mas as calças só cabiam acima dos meus quadris, embora elas estivessem grandes na cintura. Os chinelos eram enormes, como um par de barbatanas sob os meus pés. Eu imaginaria que James estivesse me dando as roupas de Zada – claramente estas eram dele.

— Estou entrando — ele anunciou.

Ele abriu a porta, encarando-me com uma expressão severa, seus olhos flutuando sobre meus trajes absurdos.

— Qual é o seu problema com Yad?

Não era o que eu esperava que ele dissesse. Dei de ombros sem muito entusiasmo.

— Não é nada, na verdade. Eu só não gosto do jeito que ele me olha ou das coisas que fala. Ele não fez nada — admiti. — Ele me dá arrepios. Desculpe.

James franziu a testa.

— Não se desculpe. Siga o seu instinto. Ele provavelmente está certo.

— Oh!

Novamente, não era o que eu esperava que dissesse.

Ainda estava tremendo, meus pés descalços ficando azuis e minhas mãos tremendo de frio. Eu jamais havia me sentindo tão baixa, tão inútil, tão sem sentido, até que James pegou meu pente dos meus dedos trêmulos e começou a passá-lo pelo meu cabelo do couro cabeludo até as pontas, pausando ocasionalmente para enxaguar a gosma.

Apesar das condições congelantes, minhas bochechas queimaram com o calor do constrangimento. Ele ficou em pé com seu peito pressionado contra o meu ombro enquanto penteava meu cabelo minuciosamente – removendo os piolhos e lêndeas. Deus, aquilo era nojento! Mas ele cheirava bem e seu corpo estava quente. Foi o maior conforto que senti em muito tempo.

Quando terminou, ele lavou o pente e despejou alvejante sobre ele antes de devolvê-lo para mim.

— O ciclo de lavagem termina em mais 12 minutos — ele disse. — Você tem tempo de ir lavar seu cabelo. — Então apontou para a sacola plástica que ele havia trazido consigo. — Há mais roupas limpas aí dentro, porque agora você precisará lavar as que está vestindo.

Envolvi meu corpo com meus braços quando ele estava saindo do quarto.

— Obrigada — eu chamei às suas costas. — Por tudo.

Ele parou, mas não se virou, e talvez eu tenha imaginado ele murmurando:

— Sinto muito pelo seu cabelo.

EXPLOSIVA

CAPÍTULO 12

JAMES

Ainda bem que a neve havia finalmente desaparecido.

Estive inquieto nos últimos cinco dias – muito acordado, muito consciente, muitos pensamentos, memórias e arrependimentos rodando pela minha cabeça. Eu não sabia o que era pior: lembrar ou tentar esquecer.

Essas montanhas, essa terra, elas não contavam os minutos e horas, os dias ou anos. Eu queria ser como elas – apenas existir, apenas ser, não pensar, não sonhar. Sem emoções. Sem memórias.

A última Tarefa antes de sermos inundados pela neve havia sido um pesadelo e Yad deixou claro todos os dias que eu não havia ganhado nenhum concurso de popularidade com ele. Ao invés de ser ultra-amigável como costumava ser, ele me encarava com uma hostilidade malcontida. Eu não dava a mínima para isso, mas precisava ir até a montanha e verificar se algum dispositivo havia sido deixado para trás; e Yad não era o homem que eu queria que me desse cobertura.

Eu realmente esperava que um erro humano fosse a razão pela qual faltara uma mina terrestre quando eu havia feito a demolição. Quando contei a Clay, ele também esperava que fosse esse o caso, porque se não a encontrasse, na melhor das hipóteses seria incompetência, mas na pior delas, poderia significar que nós tínhamos alguém na equipe vendendo explosivos para radicais ou separatistas ou simplesmente para criminosos comuns. Eu precisava confiar na minha equipe para me dar cobertura, para cobrir uns aos outros. Mas e se alguém estivesse fazendo uns trocados no Mercado Ilegal...?

Eu havia lido todos os livros de registro novamente um por um e não conseguia encontrar nenhum erro óbvio, mas não saberia com certeza até que voltasse e verificasse que todas as minas registradas haviam sido removidas.

Yad estava definitivamente na minha mira. Claro, ele havia sido amigável o suficiente até agora e competente o bastante em seu trabalho, mas teria sido ele amigável demais? Ansioso demais para ajudar? Até que ele havia estado ausente na última Tarefa e Maral o tivesse substituído. Quando perguntei, ele disse que estava urinando.

Eu não confiava nele e há muito suspeitava que sua desculpa de ter aprendido inglês através de músicas *pop* era um punhado de merda, embora soubesse que não era impossível. Mas ele tinha aquele ar de ex-militar, não importa que dissesse o contrário. Eu até comecei a suspeitar que ele havia sido da KGB[11]. Ou possivelmente ainda era da FSB[12]. Yad era a escolha óbvia de ter sido aquele que removeu uma das minas, mas na verdade, poderia ter sido qualquer um deles. Clay concordava que assim que tivéssemos comunicadores, perguntaria a Smith, o nosso espião amigável, para investigar.

Era interessante que Arabella houvesse captado algumas vibrações negativas dele – ela definitivamente não confiava em Yad. Havia muito mais por baixo de sua superfície brilhante do que eu havia lhe dado crédito.

Eu esperava que ela não estivesse muito chateada por conta do seu cabelo – realmente parecia ser a melhor solução naquela hora, embora talvez um pouco extrema. Mas realmente, eu estava lhe fazendo um favor. Não que ela fosse ver assim.

Eu tive que esperar até o meio da manhã antes que as estradas estivessem transitáveis, então peguei a equipe que esteve comigo na última Tarefa para voltar à montanha pela terceira vez. Varremos por todos os cantos com os *Vallons* por horas e percorremos por todo o terreno antigo, mas não encontramos nada.

Refiz nossos passos em todos os lugares em que uma mina tivesse sido removida – o mesmo número que havia sido registrado – nós não havíamos perdido nenhuma, não havíamos contado errado.

O que deixou apenas uma conclusão: havia alguém na equipe em quem eu não podia confiar e isso, por sua vez, deixava três possibilidades: a mina havia sido escondida bem longe da área de varredura; ela já havia sido retirada por um terceiro; ou a mina havia sido escondida no micro-ônibus e levada de volta ao campo.

Yad não esteve longe da equipe tempo o suficiente para a primeira possibilidade, mas a segunda e a terceira eram viáveis. Eu não gostava de nenhuma das respostas que elaborei. E de qualquer forma, pode não ter

---

11   **Serviço secreto Russo**

12   **Serviço Federal de Segurança Russo**

EXPLOSIVA

sido ele.

Clay também não estava feliz quando lhe contei no dia seguinte depois de uma noite dirigindo de volta à base.

— Eu não gosto disso, mano. Não gosto de não ser capaz de confiar na minha equipe. Você tem certeza?

Ele me deu um olhar significativo. Eu nem sempre havia confiado em Amira também e estive errado sobre ela.

— Tenho certeza, Clay. Em algum lugar, dois quilos de explosivos de alto desempenho estavam desaparecidos. Qualquer um na equipe poderia tê-los pegado enquanto eu estava neutralizando aquele dispositivo com armadilhas.

Ele puxou sua barba desgrenhada e recostou-se na cadeira.

— Okay, aqui está o que vamos fazer: já coloquei alguns alertas sobre Yad, mas levará tempo para ter respostas, então vou antecipar a mudança. Nós vamos descer as montanhas amanhã.

No dia seguinte, mudamos o QG de operações para um novo local mais para o oeste, perto da fronteira com a Armênia. De certa forma, ainda prosseguíamos em Nagorno, mas a terra era disputada e, na jornada, vi várias sinalizações para campos minados. Tecnicamente, estávamos em uma missão de remoção de uma área de batalha, esperando encontrar uma mistura de explosivos remanescentes da guerra, tais como projéteis não explodidos e balas, assim como minas terrestres. A remoção mecânica – usando um grande maldito rolo de minas com malhos, controlado remotamente – não era uma opção porque era perto demais de uma estrada importante. Além do mais, eles não eram tão confiáveis quanto a versão humana de desminagem. Então o trabalho era com a minha equipe.

Nossos novos quartéis estavam a treze quilômetros do campo minado, em uma escola abandonada. Beliches haviam sido instalados nas antigas salas de aula e o corredor da escola era o nosso refeitório.

Passamos o primeiro dia separando os equipamentos pessoais e garantindo que tudo estivesse armazenado com segurança em um dos prédios do lado de fora da escola.

Eu não confiava nas fechaduras que já estavam lá, que pareciam antigas e enferrujadas, e havia sempre a possibilidade de outras pessoas ainda terem a chave.

Levei quatro horas para instalar as novas fechaduras e garantir tudo para a minha satisfação, então arrastei meu traseiro cansado para dentro do refeitório.

A maioria das equipes já havia comido, então estavam somente Clay e Arabella sentados juntos tomando o chá doce local.

— James, meu amigo, como está indo? Tudo certo?

— Sim — eu disse, me esborrachando no banco de madeira. — Está tudo espremido num buraco de agulha.

Olhei de relance para ver Arabella sorrindo para dentro de sua caneca.

— Bom, agora vá colocar alguma comida para dentro de você — mandou Clay.

Exausto, eu me virei para olhar de relance para a mesa onde uma panela de ensopado, coberta com uma tampa de plástico, esfriava devagar, enquanto a gordura se formava em placas gosmentas. Eu já havia comido coisas piores.

— Fique aí, eu vou pegar para você — disse Arabella, pressionando sua mão no meu ombro.

Eu estava surpreso, mas pela primeira vez não discuti. Não sei porquê. Eu queria discutir. Queria dizer para ela não ser tão legal. Era irritante.

Clay sorriu para mim e piscou.

— Foda-se — eu murmurei.

— Não disse nada. — Ele sorriu, sua defesa tão fina quanto papel higiênico.

Arabella colocou o prato de ensopado na minha frente juntamente com duas fatias gordas de pão preto.

Ela estava silenciosa à medida que eu comia, e então revelou a razão para estar sendo legal. As pessoas sempre queriam algo de você.

— Eu adoraria observar a Tarefa de amanhã — ela começou.

— Não — respondi automaticamente.

— Eu acho que seria uma parte realmente útil do meu treinamento... Eu a encarei.

— Qual a parte de 'não' que você não entendeu? O 'N' ou o 'ÃO'?

— Você está sendo um idiota — disse Clay sem rodeios. — Harry está interessada em aprender e eu já disse a ela que poderia ir, contanto que faça exatamente o que você diz e fique a uma distância segura em todos os momentos.

Comecei a protestar.

— James, cale a boca e escute, irmão. O pai de Harry está financiando esta operação, mas tudo em que ele está interessado é em limpar a terra o mais rápido possível. Irá ajudar a *todos* nós se Harry puder explicar a ele a razão de porque nem sempre as coisas acontecem com rapidez, os proble-

EXPLOSIVA

mas que nos atrasam. Ela será útil.

Arabella lançou-lhe um sorriso agradecido.

— Besteira — eu disse friamente. — Qualquer um de nós pode explicar os desafios, a realidade da situação.

— Sim, mas nenhum de nós tem 1,65cm, é bonita como um botão de rosa e é *parente* do cara — Clay disse, levantando suas sobrancelhas. — Nós precisamos de um *Gauss*, você mesmo disse. De preferência dois ou três.

— O que é um *Gauss*? — Arabella perguntou, evitando meu olhar zangado.

— É um detector de metais que pode funcionar em grandes profundidades. — Clay deu de ombros. — Há muitos equipamentos na nossa lista de desejos.

Arabella me encarou de volta.

— Vou ver o que posso fazer.

Ela se levantou.

— A que horas devo estar no micro-ônibus amanhã pela manhã, James?

Nós nos encaramos por três segundos antes de eu decidir que nem mesmo deveria estar incomodado em discutir com ela sobre isso.

— *Zero-cinco-e-trinta.*

Ela assentiu.

— Obrigada. Boa noite, Clay. Boa noite, James.

— Noite, Harry! — Clay falou depois dela e olhou para mim. — Por que você é tão idiota com ela? Ela é uma pessoa legal.

Eu sequer me incomodei em olhar para ele enquanto continuei e enfiar ensopado para dentro da minha boca.

— Um: ela não pertence a este lugar. Dois: é *perigoso*. Três: ela não pertence a este lugar.

Clay sorriu para mim e levantou três dedos.

— Um: ela fez um ótimo trabalho no escritório, especialmente com todos aqueles relatórios desagradáveis que você odeia com todas as suas forças. Dois: ela tem ótimos contatos através de seu pai, contatos que vão nos ajudar a conseguir o equipamento que precisamos e potencialmente salva vidas. E três — ele levantou seu dedo do meio, o sinal universal para me mandar ir à merda —, vê-la afetar você é um entretenimento melhor do que um mês de Netflix.

— Vá se foder, Clay — rosnei, jogando a colher dentro do prato e salpicando a nós dois com ensopado. — Isso não é a porra de um jogo! Todo dia há a chance de alguém se ferir em uma Tarefa. Maral quase morreu. Foi

JANE HARVEY-BERRICK

por pura sorte que você não teve que escrever uma carta de condolências para a família dela. Levar Arabella em uma Tarefa, mesmo como observadora, é correr um risco estúpido. E quanto ao pai dela nos ajudar, você não me disse que ele age como se a odiasse? Diabos, ela sequer sabia que estava vindo para cá ou que ele a deixaria aqui sozinha por três meses. *Ela não pertence a este lugar!*

A expressão de Clay se tornou séria.

— Estou te ouvindo, irmão — ele disse calmamente. — Agora me ouça: Harry trabalhou pra caramba para nós, quer ela esperasse estar aqui ou não. Ela é inteligente e atenciosa, e aprimorou nossas comunicações com o Escritório Central. Eles amam os comunicados de Relações Públicas que ela escreve e dizem que foram colocados em histórias em todos os grandes sites de notícias britânicos, assim como no Reuters.

Ele pegou meu olhar surpreso.

— Você não sabia disso, hein? Eu diria que há muito sobre Harry que você desconhece. — Ele se levantou e esticou os braços. — Mas melhor de tudo, irmão, quando você fala sobre ela, realmente parece que se preocupa sobre algo para variar, então ela fica. — Os olhos dele arderam sobre mim. — Ela irá à Tarefa com você amanhã. Cuide dela.

EXPLOSIVA

CAPÍTULO 13

ARABELLA

Não dei a James a chance de me deixar para trás. Eu o ouvi discutindo com Clay na noite anterior: ouvi cada palavra, mas até onde me dizia respeito, eu iria com a equipe a uma Tarefa e nada me impediria.

Cheguei ao micro-ônibus vinte minutos antes do horário especificado por James. Eu não fiquei surpresa em vê-lo já carregando equipamentos na parte de trás.

Para minha surpresa ele me olhou nos olhos e falou comigo diretamente:

— Arabella, esse trabalho é perigoso. Você deveria ficar com Clay e Zada. Sério.

Fui surpreendida pela apreensão em sua voz, mas eu estava determinada também.

— Eu agradeço a sua preocupação e realmente não quero aumentar o seu fardo. Prometo que farei exatamente o que me for dito; não colocarei um dedo fora do lugar. Farei o que você disser, quando disser e não vou discutir. James, por favor — eu disse, suavizando a minha voz —, eu realmente acho que posso ser útil pra você, para o Fundo Halo. Posso parecer uma lambisgoia superficial, mas não dependo completamente do meu pai para conexões. — Ele fez uma careta. — Eu não ficarei aqui para sempre, mas deixe-me fazer algo de bom enquanto estou aqui. Deixe-me entender. Eu quero entender o que você faz.

A expressão dele se tornou fria.

— Você não pode. A não ser que fosse eu, a não ser que tenha visto o que eu já vi, você nunca poderá entender.

— Eu posso tentar!

Ele enfiou seu rosto bonito de frente ao meu, fúria e dor escurecendo seus olhos azuis cor de gelo.

— A não ser que possa considerar o terror de ver um corpo desmembrado, você não está nem perto disso.

Estremeci e tentei me mover para longe dele, mas ele me prendeu ao micro-ônibus, o frio do metal penetrando minhas roupas.

— Eu já estive perto disso — ele disse, sua voz dura. — Sou treinado para pensar como um terrorista. Você já pensou nisso? A pessoa fazendo uma bomba só tem que ter sorte uma vez. Eu tenho que ter sorte o tempo todo. Tenho que pensar como *eles* pensam. Então por que eu pensaria, por um segundo, que alguém como você possivelmente poderia entender?

Olhei para ele, chocada e sem palavras. Eu havia começado a pensar nele como um homem completamente desprovido de emoções, mas ele não era. Com suas palavras, ele havia mostrado a dor, o horror e a escuridão dentro dele.

Mas isso não me assustou. Ao invés disso, tive pena dele.

E eu queria ajudar.

Ele se virou, de volta à sua tarefa de carregar o micro-ônibus.

Observei em silêncio.

Eventualmente Clay chegou com Yad e os desminadores que estavam indo na Tarefa com James hoje.

Dei a eles um sorriso sutil, ainda abalada pelo meu embate com aquele homem perigoso.

Clay me entregou um capacete com meu nome pintado em branco no topo e um colete militar que era bem mais pesado do que parecia, então quase o deixei cair.

— Ele tem placas de metal no peito — explicou, olhando para mim seriamente —, e essas luvas são feitas de Kevlar. Use-os em todos os momentos.

— Usarei, eu prometo.

Ele assentiu e me entregou um par de botas de couro grossas.

— Estas estão muito grandes pra você, então use com alguns pares extras de meias. São velhos coturnos do Exército. São a melhor proteção para os seus pés.

— Isso é tão legal da sua parte — eu disse com seriedade, pegando as meias extras e as botas pesadas.

Ele me deu um sorriso caloroso.

— Elas não são minhas. São do James. Ele queria que eu as desse pra você. Você pode agradecê-lo mais tarde.

Meu queixo caiu. *Alguma vez* eu entenderia esse homem?

EXPLOSIVA

As outras mulheres estavam curiosas, mas foram amigáveis quando me juntei a elas no micro-ônibus. Yad, por outro lado, olhou para mim explicitamente com um entusiasmo não disfarçado.

— Princesa inglesa, eu acho que você sente minha falta!

— Não o suficiente — eu disse em voz baixa e depois, alto. — Oh, me desculpe, Yad, 'Arabella' é um nome muito difícil para você se lembrar?

Sorri com tanta candura que ele não tinha certeza se estava sendo insultado ou não. Em vez disso, grunhiu e sentou-se novamente em seu assento.

Continuei andando no micro-ônibus e me sentei ao lado de James. Ele não parecia feliz em me ver, muito menos em ter minha companhia ao lado, mesmo que no trajeto curto.

— Você pode me contar sobre como avalia um local onde suspeita que haja minas? Pelo que você procura?

Por um momento, achei que ele ia me mandar cair fora, mas não o fez.

Eu puxei um pequeno caderno e olhei para ele em expectativa.

— Depende do tipo de local para o qual você estiver olhando. No Reino Unido, provavelmente haveria uma avaliação de risco computadorizada, fazendo toda a pesquisa da área por registros já existentes: histórico de conflitos no local e nas áreas em volta, material histórico e arquivo de domínio público, pesquisa local incluindo entrevistas seletas com habitantes locais, quando apropriadas, ou olhar em velhos relatórios de jornais. Especialmente em áreas que foram fortemente bombardeadas durante a Segunda Guerra, por exemplo. Eu também olharia em registros históricos militares, assim como em quaisquer fotografias aéreas disponíveis da época. A partir daí, eu avaliaria a provável natureza da contaminação de UXOs, recursos de armas e a profundidade da penetração de bombas. Então faria uma avaliação de risco baseada em medidas de minimização de riscos. — Ele olhou para mim de soslaio. — Isso assumindo que o tempo não é um fator.

— E quando é? Quando você tem que se apressar, o que faz?

— Envio um robô para que possa ver o máximo possível de antemão.

— E se não puder enviar um robô?

— Confio na equipe dando cobertura, além de saber que porra estou fazendo.

Ele parecia estar ficando sem paciência comigo, mas eu estava intrigada.

— Como entrou nessa... linha de trabalho? Quer dizer, eu sei que você esteve no Exército...

Ele olhou para fora da janela, seus olhos seguindo os campos planos, montanhas elevando-se ameaçadoramente na distância.

— Eu levei sete anos para me tornar um operador de alto risco. Isso significa muitos cursos de treinamento, muito estudo. É muito físico, mas um trabalho mental também. Você tem que ser capaz de se concentrar por longos períodos.

— Eu vou ver isso hoje? — perguntei timidamente.

— Sim, até certo ponto. Nós teremos uma equipe de cinco localizadores que irão nos liderar com os *Vallons*, os detectores de metais. Eles sinalizarão as áreas que precisam de investigação manual. Ambos os trabalhos necessitam de um alto nível de concentração. É muito perigoso pegar atalhos.

Olhei ao redor para as mulheres no micro-ônibus – era difícil realmente entender o perigo da tarefa que elas estavam prestes a executar. Senti o café da manhã subir pela garganta e engoli em seco.

— Meu trabalho é garantir que todos mantenham a concentração e que cada protocolo de segurança seja cumprido — James continuou, observando-me cuidadosamente. — É meu trabalho trazer todos de volta para casa.

Nós só tínhamos uma pequena jornada até o campo minado e era fácil identificá-lo com grandes placas representando um triângulo vermelho com escrita branca na língua local que eu não conseguia entender, assim como a palavra 'PERIGO' escrita em letras grandes acima de uma caveira e ossos cruzados. Aquilo estava *muito* claro e um arrepio percorreu meu corpo.

Dois carros de polícia haviam isolado a área em cada extremidade da estrada ao lado do campo minado para impedir o tráfego por ali.

James desceu do micro-ônibus com Yad, apertando as mãos dos oficiais de polícia e apontando para o campo minado, fazendo algumas perguntas e mostrando a eles a área em um mapa.

As outras mulheres não pareciam interessadas nas discussões, ao invés disso, conversavam umas com as outras, bocejando, como se estivessem prestes a irem ao supermercado para fazer compras, mas quando James sinalizou, todas desceram e começaram a colocar as roupas de proteção pesada que foram entregues.

James se aproximou de mim, seu rosto fechado.

— Vista suas roupas PPE em todos os momentos — ele disse. — Se você não tem certeza de que o lugar em que está seja seguro, dê um jeito de me encontrar. Se eu estiver ocupado, Maral irá lhe mostrar. Se ela estiver ocupada, espere no micro-ônibus.

EXPLOSIVA

Ao ouvir seu nome, Maral olhou para cima e sorriu para James, lançando-me um olhar interrogativo.

Ele gesticulou para a pilha de coletes táticos militares próxima a mim e ela entendeu a dica, ajudando-me com tudo.

E isso era realmente pesado! Só a parte do tórax já pesou, me puxando para baixo, e, combinado com as botas enormes que me foram dadas para calçar, eu mal podia me mexer. Então Maral colocou o capacete na minha cabeça, abaixando o visor.

Era como ser um mergulhador de águas profundas. Imediatamente os sons ao redor se tornaram abafados e minha visão periférica foi severamente reduzida. Eu podia somente olhar à frente.

Ela colocou as luvas pesadas em minhas mãos, então assentiu, satisfeita com seu trabalho.

Caminhei pesadamente atrás dela enquanto ela colocava suas próprias roupas de proteção.

Ela também pegou uma série de ferramentas de escavação que colocou dentro de um cinto grosso de couro, então desembalou um dos detectores de metais *Vallon* de sua capa, verificou a bateria, entregou para uma das outras mulheres e entrou em fila com os localizadores.

Fiquei bem para trás, sentindo o suor se acumular em meu corpo apesar do ar frio e das pilhas de neve lamacenta que ainda se agarravam às partes mais sombreadas.

Minhas costas começaram a doer com um pulsar maçante e meus ombros estavam curvados pelo peso do colete tático. Meu cabelo estava suado e grudento e minha respiração embaçou a viseira.

No entanto, as mulheres na equipe trabalhavam devagar e firmemente, os localizadores liderando o caminho, *Vallons* nas mãos: balançar, ouvir, concentrar, repetir; balançar, ouvir, concentrar, repetir.

Então Dilara encontrou algo.

Segurei a respiração quando ela parou, girou o *Vallon*, ouvindo os ruídos. Ela assentiu para si mesma e levantou a mão. James estava com ela imediatamente, ouvindo os bipes reveladores através dos fones de ouvido e confirmando que ela havia de fato encontrado algo que estava dando uma leitura positiva. Ela colocou uma bandeira vermelha no chão e cuidadosamente seguiu em frente.

Maral estava seguindo, tendo a tarefa igualmente perigosa de remover a mina terrestre do chão.

Pegando uma vara longa e fina ela a empurrou no chão macio e enlameado, com precaução, cutucando cuidadosamente por todo lugar do qual havia saído o sinal.

Então usou tesouras para podar as gramas e arbustos para que pudesse alcançar a mina terrestre mais facilmente. Disseram que eles tinham que ser cuidadosos para não chegar muito perto caso o dispositivo fosse magnetizado. Era um pensamento aterrorizante.

Eu assisti, chocada e fascinada enquanto ela limpava as plantas e depois raspava vagarosamente a terra usando uma espátula plana, até que a mina estivesse exposta.

Naquele momento, ela sinalizou para James, e ele estava de volta novamente, ajoelhando-se na terra ao lado dela, apontando para algo.

Ele puxou uma ferramenta de seu cinto e começou a soltar um parafuso no topo do dispositivo. Ele parou brevemente, dizendo a Maral para se afastar.

Eu queria fechar os olhos, mas não conseguia. Embora seu visor e colete militar estivessem no lugar, suas mãos estavam desprotegidas, a pele bronzeada e lisa claramente visível.

Bile subiu pela garganta e coloquei as mãos sobre a boca, tentando não passar mal. O tempo passou devagar enquanto ele permanecia ajoelhado ao lado do dispositivo horrível, os olhos de Maral fixados em suas costas largas.

Quando ele se levantou devagar e ergueu os polegares, um gritinho de alegria saiu de mim. Bem, mais como um guincho do que um gritinho. Ninguém mais reagiu, exceto Maral, que me lançou um olhar curioso.

Pelo canto do olho eu vi Yad o vigiando, agachando-se na terra como um sapo insatisfeito. O ódio brilhou em seus olhos escuros e um arrepio de desagrado me forçou a estreitar a coluna para que ele não visse, e nem suspeitasse que ele me amedrontava.

As horas se arrastaram, mais terra, mais minas terrestres, mais trabalho árduo e perigoso.

Quando uma das mulheres encontrava algo, elas deixavam as bandeiras vermelhas sinistras em seu lugar.

Então os removedores de minas entravam em serviço. Abaixando-se, ajoelhando-se, às vezes deitando-se, propensos a raspar o solo e livrá-lo de dispositivos de aparência assustadora, cuidadosamente os levantando do chão; James parecia estar em todo lugar: supervisionando, encorajando, instruindo, vez ou outra assumindo uma tarefa particularmente difícil.

EXPLOSIVA

103

Observei, preocupada, enquanto James deitava-se na terra, seu rosto a apenas alguns centímetros de um dispositivo que estava se provando mais difícil do que os outros, um dispositivo que poderia matá-lo pela forma como estava tão próximo a ele.

— Aquele ali está cheio de armadilhas — disse Yad, soando entediado. — Ele é desenvolvido para matar qualquer um que tentar levantá-lo do chão.

Eu não havia percebido que ele tinha andado até ficar atrás de mim e enrijeci o corpo imediatamente. Ele se inclinou mais perto, seu hálito de alho penetrando até mesmo o meu visor.

— Você tem que ter um parafuso a menos para fazer isso! — Ele riu alto. Eu me afastei, embora uma parte de mim concordasse com ele.

Por três horas as mulheres continuaram sua marcha lenta através do campo minado e eu fiquei estranhamente admirada pelo trabalho que elas faziam.

Eu sentia um alívio incrível toda vez que elas davam uma pausa. Parando para beber frascos de chá quente e doce e então descansavam novamente no intervalo de almoço, sempre alegres, sempre felizes em relaxar longe da intensidade de seu trabalho.

Removi meu capacete, mas descobri que meu apetite havia desaparecido.

Elas sentavam-se no sol frio, as pernas esticadas, fazendo piada sobre algo, mostrando sorrisos rápidos e tímidos para James.

Eu podia ver a adoração em seus rostos e a atração em seus olhos; mas nenhuma delas era corajosa o suficiente para se aproximar dele.

Ele sentava-se separado dos outros, estudando as montanhas distantes, perdido em pensamentos. Mas, claramente, estava mais consciente de seu entorno do que demonstrava, pois quando Yad se levantou, vi James o seguindo com os olhos.

Yad abaixou o zíper de suas calças, tirou seu pênis e urinou em plena vista das mulheres, um jato dourado fumegando no ar fresco. Elas olharam enojadas, mas sem surpresa. Uma das mulheres disse algo que fez as outras rirem e tive a impressão de que elas não gostavam dele tanto quanto eu.

Quando Yad andou de volta na direção do micro-ônibus, colocando suas partes para dentro, ele sorriu presunçosamente quando me pegou o olhando.

— Você quer ver mais de perto, Princesa de Gelo? — perguntou, agarrando sua virilha.

— Eu não tenho um microscópio comigo — retruquei, movendo-me para mais perto das outras mulheres.

Os olhos dele endureceram-se e ele cuspiu na minha direção.

James gritou algo na língua local e todo mundo fez silêncio. Os dois homens olharam um para o outro até que, finalmente, Yad praguejou e se afastou para sentar-se dentro do micro-ônibus.

A tensão diminuiu um pouco, mas nós todas podíamos sentir a violência no ar.

James deu uma última olhada azeda para Yad e então se aproximou apressadamente de mim, sibilando ao meu ouvido.

— Não saia da minha vista, entendeu? Nem mesmo para ir ao banheiro.

Assenti rapidamente.

— Eu não vou, prometo.

Franzindo a testa, ele se afastou, gritando para as mulheres o seguirem.

Andei na ponta dos pés atrás deles, através da terra suja, sentindo-me assustada e ridícula.

Ao final do dia, James e a equipe tinham uma coleção de 23 minas antitanque. Discos feios de metal brilhando sob o crepúsculo, achatados e mortais. O frio se enraizou nos meus ossos, e não havia nada a fazer com a temperatura que caía.

Como ele conseguia fazer isso dia sim, dia não, sabendo que cada dia poderia ser seu último? Eu entendia melhor a razão das mulheres — esse era um trabalho que pagava bem para elas em um país em recessão. O que elas ganhavam nesses meses de trabalho poderia mudar suas vidas e de suas famílias pelos próximos anos.

Mas por que James também o fazia? Qual era a sua motivação? Parecia impossível entender.

Observei à distância enquanto James cuidadosamente arrumava as minas em uma depressão no chão, então colocava um fio nelas e se preparava para detonar.

Nós todos tivemos que nos deitar no chão do outro lado da estrada e não olhar para cima.

A explosão sacudiu o chão e quase molhei as calças enquanto a poeira desabrochava no céu e pedaços do solo caíam.

Sentei-me devagar, tirando o capacete sujo de terra com mãos trêmulas.

Maral olhou para mim e se inclinou para apertar meu braço para me tranquilizar.

— Okay? — perguntou.

Assenti e dei-lhe um sorriso fraco.

Eu podia apenas imaginar o quão pior era quando a explosão não era

EXPLOSIVA

controlada.

James andou de volta em direção a nós, suas roupas cobertas de lama e a exaustão marcada em seu rosto. Ele olhou para mim.

— Agora nós voltamos para o QG e informamos sobre a área que cobrimos, o tipo e o número de dispositivos que achamos e como os eliminamos. Em torno de uma hora de papelada a ser feita.

Estremeci em simpatia. Eu o havia incomodado a respeito da papelada quase toda vez que ele voltava de uma Tarefa. Era óbvio que ele odiava, mas pela primeira vez entendi que era como uma montanha para escalar após um dia como esse.

Sem pedir permissão, me sentei ao seu lado novamente no micro-ônibus para a viagem curta de volta à nossa base.

— Aquilo foi… eu nem consigo começar a explicar o quão intenso foi hoje. O trabalho que vocês fazem… é insano.

Ele fechou os olhos e inclinou a cabeça para trás.

— Sim, já foi chamado disso antes.

— Bom, não insano — retruquei apressadamente —, mas louco. Digo, aquelas são bombas! Elas poderiam explodir a qualquer momento e você simplesmente caminhou até elas. — Respirei fundo enquanto ele abria um olho e me dava uma olhadela com com divertimento em seu rosto. — Você consegue ser tão idiota, James, mas você é muito corajoso.

E pela primeira vez ele me deu um sorriso genuíno.

— Obrigado. Eu acho.

Nós não nos falamos pelo resto da jornada, mas era um silêncio confortável.

Naquela noite, com adrenalina reprimida da montanha-russa emocional do dia surgindo através do meu corpo, incapaz de relaxar, sem vontade de forçar minha companhia às outras mulheres que estavam bebendo com Turul e Yad, rondei o complexo. E quando isso não ajudou e Clay e Zada já haviam se retirado para a noite, fui procurar por James.

Ele era o homem errado na hora errada, mas eu estava atraída por ele. Por debaixo daquele exterior temperamental e assustador, daquela aura de perigo, ele era um homem gentil e atencioso. Eu o havia visto com seus colegas de trabalho e também com aquelas crianças da escola, tão paciente, tão calmo. E eu havia experimentado seu tipo estranho de bondade em primeira mão.

Corri os dedos pelo meu cabelo áspero na altura do queixo com um sorriso seco. Eu o havia pedido para se livrar dos piolhos e ele o fez ins-

106 **JANE HARVEY-BERRICK**

tantaneamente. Eu poderia estar brava com ele por conta disso, mas de alguma forma não estava.

Eu o encontrei em sua cama-beliche lendo, mas dessa vez ele estava fumando também. Eu não sabia que ele era um fumante, nunca o vi com um cigarro antes, embora Yad e Turul fumassem como chaminés.

James vestia calças de moletom, mas seu peito e seus pés estavam descobertos. Vi pela primeira vez que ele tinha uma tatuagem em seu peitoral esquerdo, diretamente acima de seu coração. Ela havia sido desenhada para se parecer com marcas de garras de alguma criatura imensa. Que estranho – ele não me pareceu ser do tipo excêntrico.

Meu olhar percorreu seu corpo, absorvendo tudo, como se a qualquer segundo ele fosse pegar uma camiseta e obstruir minha visão.

Eu encarei, meus olhos crescendo com a visão de seus braços e peito, nus, do lado direito de seu corpo. Mais em horror do que em apreciação. Havia cortes pálidos esculpidos na pele bronzeada, em volta da sua caixa torácica e ao longo de seu antebraço direito.

— Estilhaços — ele disse sem olhar para mim.

Engoli em seco, entendendo a realidade de sua vida.

Mas além daquelas cicatrizes, ele parecia forte e em forma, embora talvez um pouco magro, um pouco pálido. Exceto pelo seu rosto, pescoço e mãos, os quais tinham um bronzeado dourado-marrom. Talvez as cicatrizes mais fundas estivessem por dentro.

Eu estava surpresa ao ver que ele estava usando um colar com placas de identificação do Exército Britânico pendurado no pescoço. Eu sabia que ele estivera no Exército, mas ele definitivamente não estava mais. Estranho. Eu me perguntei por que ele ainda as usava. Hábito, talvez? Ou talvez era somente prático. Eu sabia que as placas gravavam tipo sanguíneo, nome e número de série, assim como a afiliação religiosa.

Ele tragou o cigarro mais uma vez e o cheiro intenso ficou preso em minha garganta. Meus olhos se arregalaram.

— Isso é erva?

Assentiu devagar, seus olhos nunca largando o livro.

— Isso é... seguro? Eu digo, para você. Hum, eu não quero dizer fumar na cama, embora isso não seja seguro também — soltei —, mas para o seu trabalho?

Ele respondeu sem levantar o olhar.

— Nós não temos uma Tarefa amanhã. O Chefe de Polícia local pediu

EXPLOSIVA

107

uma reunião e Clay não pode dizer não. Porcaria política. O chefe me deu o dia de folga.

— O resto da equipe está bebendo cerveja no refeitório — mencionei, hesitante.

— Não estou interessado.

— Ah, bem, está tudo bem. Eu só imaginei... deixa para lá.

Ele continuou a me ignorar, mas eu estava entediada, solitária e nervosa. Se ele quisesse que eu saísse, teria que me expulsar.

James ainda não havia olhado para mim, mas eu já estava acostumada com isso. Sentei-me no lado da cama dele, olhando ansiosamente o baseado, desejando que me oferecesse. Mas no final desisti de esperar.

— Posso tragar um pouco?

Ele pausou, virou a página e então tirou o bagulho de seus lábios e passou para mim sem comentar, sem sequer olhar. Traguei, sentindo a fumaça doce afundar em meus pulmões. Já fazia um bom tempo desde que eu havia fumado erva, mas o efeito analgésico era imediato. Meus músculos doloridos e cansados começaram a se soltar e até a respiração que eu parecia ter retido o dia inteiro, finalmente, deixou meus pulmões.— Hoje foi intenso — eu disse, tragando mais uma vez antes de lhe devolver.

— É isso ou uísque se eu quiser me sentir anestesiado — disse James, surpreendendo-me ao falar —, e eu abandonei o uísque.

A honestidade sombria de suas palavras me entristeceu.

Encarei seus olhos enquanto percorriam as páginas do livro, aqueles olhos azuis cor de gelo que se inclinavam como os de um gato, enquanto procurei pela emoção que ele escondia tão bem.

— Você quer se sentir entorpecido?

— Sim.

Sua resposta foi breve, mas eu esperava por isso.

— Eu também. — Suspirei puxando o baseado de seus dedos por uma segunda vez. —Posso te perguntar uma coisa? Por que você faz isso? As minas, as bombas. Eu não entendo.

Ele deu de ombros, ainda não olhando para mim.

— Eu sou bom nisso.

Esperei por mais, mas foi tudo que recebi.

— Tenho certeza de que você é bom em várias coisas.

— Então você estaria errada.

Não era preciso um gênio para entender que eu não conseguiria respostas melhores essa noite.

Virei a capa do livro para cima.

— O Alcorão. De novo. Por que você está lendo isso? Você nunca me explicou.

Ele puxou o livro das minhas mãos e me encarou pela primeira vez.

— Talvez eu seja muçulmano.

Pisquei e levantei as sobrancelhas.

— Você é?

Ele hesitou, e ponderei se iria me responder ou não. Mas então ele me surpreendeu novamente ao falar:

— Eu estava planejando...— Suas palavras pairaram no ar pesado e opressivo. — Agora eu não sou nada.

Olhei para seu peito novamente.

— Mas a sua placa de identificação diz 'Igreja da Inglaterra'...

Ele não respondeu, só continuou a me encarar.

— O-oh! — gaguejei quando me dei conta. — Entendo. Você teria se convertido por ela? A irmã de Zada?

Seu olhar abaixou.

— Amira.

Ele disse o nome dela com tanta tristeza e anseio que soava como a palavra mais solitária no mundo inteiro.

— Sim, eu ia me converter ao Islamismo — ele continuou. — Estava fazendo aulas... mas como eu disse, não sou nada agora.

O significado de suas palavras não estava perdido para mim, e a erva o estava fazendo falante, de uma forma anormal. Eu me aproveitei e continuei:

— Então por que você está lendo o Alcorão? — perguntei, gentil.

Ele deu de ombros.

— Porque eu queria acreditar no que ela acreditava. Queria saber o que ela sabia. Ela tinha tanta certeza de si mesma no final. Sempre disse que o Islamismo era uma religião de paz. Eu não conseguia ver como, mas queria respostas.

— Você conseguiu alguma?

Ele balançou a cabeça devagar.

— Não, na realidade não. E não acho que haja alguma. Não as que estou procurando.

Ele olhou para cima, seu olhar me perfurando. A intensidade daqueles olhos gélidos era tão desconcertante, especialmente depois das muitas e

EXPLOSIVA

109

muitas vezes que ele havia evitado sequer olhar de relance para mim.

— Você deveria voltar para o seu quarto, Bel — ele disse, sua voz áspera, um aviso.

— Talvez eu não queira — retruquei, encontrando seu olhar diretamente. — Talvez eu fique solitária também.

Eu me inclinei para frente, uma mão em seu peito, a outra no travesseiro ao lado de sua cabeça e abaixei a minha, pousando a boca em seus lábios, naqueles lábios macios, maleáveis e doces. Eu o beijei gentilmente, salpicando beijos leves de um canto da sua boca ao outro, sorrindo enquanto suas pálpebras tremiam e se fechavam.

— Obrigada por cuidar de mim hoje. Eu não lhe disse antes.

Ele não respondeu e não se moveu enquanto eu arrastava a mão pelo seu peito, sentindo seu pulso latejar debaixo de meus dedos, mas quando comecei a deslizar para baixo, para a ereção crescente que eu podia ver em suas calças de moletom, ele apertou sua mão no topo da minha e me empurrou para longe asperamente.

— Volte para o seu quarto, Bel.

— Eu não quero — eu disse novamente, soando mais corajosa do que me sentia e me sentindo teimosa.

Ele praguejou baixinho e se levantou subitamente, agarrando meu braço como se fosse me expulsar de seu quarto.

Mas ele não o fez.

Ao invés disso, ele me jogou contra a parede, prendendo-me ali com seus quadris enquanto enchia de beijos famintos minhas bochechas, pescoço e peito.

Ancorei as mãos na cintura de suas calças e segurei.

Mas então ele me sacudiu e largou e, sem nenhum aviso, puxou meu suéter e camiseta sobre minha cabeça, arrancou meu sutiã, gemendo um pouco quando se inclinou para beijar e morder meus mamilos.

Surpreendida e levemente chapada, respirei pesadamente, e então, devagar, levantei as mãos para acariciar sua cabeça, o cabelo quase inexistente parecendo pelo.

Suas mãos estavam presas em meus quadris, os dedos afundados em minha pele e a sensação era boa. Senti-me desejada e necessária. Por alguns segundos era como se eu fosse o centro do mundo dele e eu amava essa sensação, eu a ansiava.

Ignorada e insignificante por tanto tempo, finalmente senti que ele havia me notado.

Suas mãos fortes e ásperas varreram minhas costas nuas, acariciando e massageando a carne, passando sobre minha coluna e em seguida sobre a pele, até cobrir meus seios e abaixar a cabeça para sugá-los, como se não pudesse sentir o gosto o suficiente. Atordoada, mas me sentindo corajosa, estendi a mão para tocar a pele sedosa e quente de seus ombros, surpresa ao ver uma tatuagem grande cobrindo a metade superior.

Tentei ler o que estava tatuado ali, mas ele agarrou a parte da frente de meus jeans, abrindo o zíper grosseiramente e os puxando para baixo de minhas pernas junto à minha calcinha.

Engoli em seco e deixei a cabeça bater para trás contra a parede enquanto seus dedos me sondavam por dentro, acariciando a umidade sobre os lábios e atacando meu clitóris repetidas vezes, rapidamente me levando ao orgasmo.

Solitária e sozinha por tanto tempo, além de emotiva por conta do dia intenso, gozei com força.

Quando atingi o clímax, seus dedos me deixaram e ele se atrapalhou com seu jeans, libertando o pau duro, roxo e brilhante sob a luz da lâmpada.

Ele levantou minha perna para cima de seu quadril e empurrou para dentro, acariciando bruscamente contra as terminações nervosas sensíveis, sem parar até que eu era uma poça de sensações intensas, incapaz de me levantar.

Ele praguejou novamente, suas pernas enrijecendo enquanto saía de dentro de mim, com agilidade, e longos jatos de esperma irromperam sobre meu estômago.

Por um segundo ficamos ali, peitos arfando, o calor entre nós esfriando com muita rapidez.

Então, sem uma palavra, ele guardou seu pau em suas calças, pegou sua camiseta na cadeira e limpou a bagunça pegajosa do meu estômago. Bruscamente, ele ajudou a me vestir, minhas roupas com alguma aparência -de ordem.

— Você deveria ir, Bel — resmungou sem olhar para mim.

Desequilibrada pelo seu toque, pelo meu orgasmo, pela erva, eu me afastei da parede com as pernas trêmulas – envergonhada e humilhada – e cambaleei de volta para o meu quarto minúsculo, caindo de cara na minha cama, resvalando em um sono profundo e inquieto enquanto lágrimas manchavam meu travesseiro.

Foi só mais tarde que me dei conta de que ele havia me chamado de 'Bel'.

EXPLOSIVA

CAPÍTULO 14

JAMES

— Merda, sério, Clay?

Ele franziu a testa, assentindo lentamente.

— Sim, o Chefe de Polícia pediu especialmente a sua presença na reunião.

Entendi as palavras, mas elas simplesmente não faziam sentido. Talvez a maconha tenha sido mais forte do que me dei conta. Ou talvez alguma outra coisa estava me desequilibrando.

— Mas por quê? Você é o Supervisor. Eu sou só a mão-de-obra. Por que a mudança desde ontem?

— Não sei, cara.

— Será uma extorsão?

A boca de Clay curvou-se enquanto ele chupava um de seus malditos pirulitos.

— É possível, mas por que pedir para que você esteja lá? Isso só cria outras testemunhas.

— Você relatou de volta ao QG?

— Sim. Eles querem que nós sejamos legais até sabermos o que está acontecendo. Até onde sei, pode ser apenas que ele tenha informação adicional sobre as áreas minadas.

— Mas essa informação foi requisitada e recebida há meses.

Meu instinto me alertava de que algo não estava certo, mas a única forma de descobrir era ir junto a essa reunião. Era uma pena que Yad teria que ser o intérprete. Turul havia recebido uma ligação urgente de sua esposa e teve que voltar para casa. Embora se refletíssemos sobre isso, essa ligação veio em um momento interessante. Eu teria preferido Turul, mas estávamos presos com Yad – o primo do Chefe de Polícia.

— Nós vamos partir às 10h.

— Okay.

Comecei a me levantar, porém Clay não tinha acabado.

— E, James? Eu vi Harry saindo do seu quarto tarde da noite ontem.

Irritado comigo mesmo, com ele, com ela, apenas esperei que Clay continuasse. Ele suspirou quando viu que eu não facilitaria isso.

— Olha, não estou dizendo que você não pode... merda, não sei o que estou dizendo. — Ele me encarou. — Ela é realmente uma boa garota, James.

Eu o encarei de volta, dobrando meus braços à frente do meu peito enquanto a culpa fervia como ácido dentro de mim.

Ela havia oferecido e eu havia aceitado, mas usá-la daquele jeito e depois expulsá-la... a garota não merecia isso.

Mas aquilo era tudo o que eu tinha a oferecer.

Clay esfregou a testa, olhando para mim.

— Deixe a luz entrar, irmão.

— Que porra isso deveria significar?

— Uma porta fechada faz um quarto escuro. Abra a porta; você verá mais claramente na luz.

— Você vai chegar ao ponto em algum momento próximo? — provoquei.

Ele suspirou.

— Você tem que parar de fugir.

Levantei minhas sobrancelhas.

— Eu não estou fugindo. — Dei um sorrisinho. — Estou me removendo de uma situação indesejável.

— Sim, fugindo. Foi isso o que eu disse, a diferença é que você usou mais sílabas. — Sua voz endureceu. — Deixe Harry em paz.

Eu estava irritado para valer agora.

— Quem eu fodo não é da sua conta. *Irmão.*

— Como eu disse: ela é uma garota legal. Você é meu melhor amigo, James, mas se você a magoar, vou ter que acabar com você.

— Diga isso a ela — eu disse amargamente. — Eu nunca conheci uma mulher que eu não tenha magoado.

A chegada inesperada de Bel em Nagorno havia jogado uma bomba-relógio na minha vida de merda. Eu só não sabia quando ela iria explodir.

Deixei o escritório dele com um aperto no coração, algo feio dentro que tornou minha visão vermelho-sangue.

Eu não havia feito nada, não a havia encorajado. Um maldito trago de erva e ela veio toda para cima de mim. Tentei impedi-la, disse para ir em-

EXPLOSIVA

bora. Mas a confusão do meu corpo querendo fodê-la guerreou com meu cérebro que havia retraído em choque.

Eu a havia fodido para sentir algo. E também para anestesiar qualquer sentimento, para calar as vozes que palpitavam na minha cabeça. Eu só queria que tudo parasse.

Mas Clay estava certo — Bel era uma boa pessoa e eu a tratei como lixo.

Eu queria bater, machucar, destruir algo da mesma maneira que eu havia sido destruído.

Eram muitas emoções, sendo que me recusei a sentir por muito tempo. Meu cérebro doía e eu não sabia se estava bravo, frustrado ou só muito fodido na cabeça para saber qual era o caminho.

Brigar com Clay era uma merda. Nós nunca brigamos.

Meu ressentimento contra Arabella cresceu de modo exponencial retrocedo meus passos assim que a vejo atravessar o complexo.

— James! — ela chamou. — James!

— Estou ocupado! — estalei entredentes.

— Vou deixar você em paz, eu prometo — ela disse, vindo em minha direção. — Eu só queria que soubesse que três detectores de metais *Gauss* serão entregues até o final do dia.

Fiquei boquiaberto.

— Os contatos do papai — informou encolhendo os ombros como se conseguir três aparelhos de 2.000 libras e entregá-los no fim do mundo em dois dias não fosse grande coisa. O Fundo já nos prometeu isso há meses.

A expressão dela se tornou fria.

— E quero me desculpar por ontem. Eu estava errada em ter me jogado para cima de você. Você estaria em seu direito de me denunciar por assédio... Se tivesse sido o contrário, bem...— Ela mordeu o lábio. — Foi grosseiro e espero que aceite meu pedido de desculpas para que continuemos a trabalhar juntos de maneira profissional.

Ela nem sequer corou enquanto fez seu discursinho. A Princesa de Gelo era fria, o olhar claro e direto nas profundezas azul-escuras.

Minha raiva esfriou pouco a pouco enquanto culpa assumiu o lugar. Eu precisava admitir que também errei. Se não estivesse quase chapado, teria a expulsado antes. Ela não teria tido permissão para chegar a três metros da minha boca ou de tocar meu peito, ou...

PORRA! Essa mulher estava me deixando louco.

— Desculpas aceitas — murmurei.

— Obrigada — ela falou atrás de mim enquanto eu me afastava.

Jesus. Ela estava me agradecendo por tê-la tratado como lixo! Qual era o problema da mulher?

Uma hora depois, andei até o micro-ônibus, surpreso por descobrir que Yad já havia chegado. Ele nunca chegava na hora, sempre era o último a aparecer, normalmente sujo, fedendo à cerveja da noite anterior.

Hoje, havia um olhar maldoso em seu rosto, uma expressão que dizia que ele sabia de algo a seu favor e que não iria compartilhar.

— James-*syr* — disse, seus lábios se curvando em volta do meu nome. Assenti sem nada dizer.

Clay chegou parecendo à flor da pele, de forma atípica, mas se isso era por minha causa ou de Yad, eu não saberia dizer.

Pobre bastardo – eu não queria estar na sua pele.

Clay deu ré no micro-ônibus para sair do complexo e seguiu as instruções de Yad até a delegacia, situada do outro lado da pequena cidade.

Enquanto Clay estacionava o micro-ônibus do lado de fora, meu instinto me alertou de que estavam armando para nós.

A sensação se intensificou quando Yad andou até um dos guardas do lado de fora e deu-lhe um tapa nas costas de um modo que mostrava claramente que se conheciam.

Naquele momento, toda a minha irritação com os comentários anteriores de Clay se desvaneceu.

— Eu não gosto disso — disse a ele. — As coisas estão prestes a voar pelos ares.

Ele assentiu.

— Captando essas vibrações também, irmão.

Soltei a pistola do coldre. Clay fez o mesmo e ambos entramos em modo de alerta contra ameaças. Chequei os telhados da delegacia e das lojas ao redor procurando por atiradores. Talvez improvável, mas era melhor saber do que ser pego de surpresa com os braços cruzados.

Clay havia estacionado o micro-ônibus de ré, para que pudéssemos efetuar uma fuga rápida, embora o quão rápido estaríamos naquele pedaço de lixo era outra história.

— Acho que eu deveria voltar para o complexo — eu disse pelo canto da boca. — Nós deixamos as mulheres desprotegidas.

Clay sacudiu a cabeça.

— Não muito. Maral tem seu rifle e Harry está armada também.

EXPLOSIVA

Olhei para ele em surpresa.

— Ela está?

Ele me deu um pequeno sorriso.

— Ela disse que desde os oito anos de idade aprendeu a manusear uma arma. Ela me convenceu de que sabe o suficiente para não atirar no próprio pé.

Sacudi a cabeça. Essa mulher algum dia deixaria de me surpreender?

Clay olhou para mim, sério.

— Eu disse a ela que se não voltarmos até as 11h que deveria ligar para o QG no Reino Unido, pegar a caminhonete e ir embora com Zada e o resto da equipe. Em direção a Baku.

— Isso é mais que 800 quilômetros através das montanhas!

— Sim, mas essa é a melhor opção para elas. — Ele expirou pelo nariz.

— Yerevan é mais perto.

— Elas não podem atravessar a Armênia. Zada e Harry são as únicas com passaportes. Baku é basicamente a única chance que elas têm.

— Merda, eu não gosto disso — murmurei, encarando Yad através do para-brisa, o qual estava gesticulando impacientemente para que fôssemos para a frente.

O rosto de Clay estava impassível.

— Vamos lá ser bonzinhos com os policiais — ele disse.

— E se eles quiserem que nós entreguemos nossas armas?

— Você está com a sua SIG também? — perguntou, baixo.

— Sim.

Eu tinha uma SIG Sauer P232, semiautomática, em um coldre no tornozelo: fina, facilmente ocultável, relativamente leve. Só os metidos a James Bond preferiam a Walther PPK de tamanho similar.

Ele assentiu e olhou para sua prótese. Eu, por acaso sabia que ela escondia um par de facas baionetas com lâminas de dezoito centímetros.

Não era muito se tivéssemos que lutar para sair, mas melhor do que nada.

Presuma o pior, espere o melhor.

Sim, bem, esperança e eu não éramos o que você chamaria de amigos íntimos.

Relutantemente segui Clay para dentro da delegacia.

Nós fomos levados através do edifício utilitário até o escritório particular do Chefe de Polícia, o qual era apenas um pouco menos gasto do que o restante das salas pelas quais passamos.

Não fiquei nem um pouco feliz de termos visto três policiais armados com submetralhadoras Russas PP-2000 no caminho.

Também não nos foi pedido para checarem nossas armas e eu não tinha certeza se isso era algo bom ou não. Se estivéssemos armados – imaginei que isso seria pego nas câmeras de segurança interna –, se aparecêssemos mortos mais tarde, seria mais fácil dizer que havíamos sacado nossas armas primeiro.

Minhas defesas estavam em alerta total quando o Chefe cumprimentou Yad como a um irmão há muito perdido, abraçando-o e beijando-o em ambas as bochechas.

Definitivamente, não era um bom começo.

Yad lançou um sorriso maldoso por cima do ombro.

— Chefe de Polícia Elnur Kurdov, meu primo.

Nós estávamos muito fodidos.

Havia três assentos em frente à mesa do Chefe. Clay sentou-se no mais próximo da porta e Yad sentou-se um assento depois, deixando uma cadeira vazia no meio para mim. Onde eu estaria preso. Sim, mas não.

Yad apontou impacientemente para o espaço vazio, mas em vez disso, eu fui ficar de pé com minhas costas viradas para a parede, de forma que pudesse ver a janela, a porta e todos os ocupantes do escritório ao mesmo tempo.

Clay entendeu rápido.

— Não ligue para ele — ele disse com um sorriso aberto. — É o TEPT[13] dele; ele fica louco em salas pequenas com pessoas que ele não conhece. Ele não é perigoso... a não ser que fique chateado.

Yad franziu a testa, lançando olhares preocupados para mim, seus olhos vacilando ao olhar para a pistola ao meu lado. A pedido do Chefe, ele traduziu o que Clay havia dito, o que significava que eu tinha dois deles lançando olhares irritados e ansiosos para mim.

Eu estava usando meus óculos de sol espelhados estilo aviador para que não pudessem ver meus olhos. Algo mais para deixá-los nervosos. E agora nós precisávamos de todas as vantagens que conseguíssemos.

Yad e o Chefe tiveram uma longa conversa sem pressa alguma, na qual nada era traduzido, mas eles gesticularam entre Clay e eu várias vezes.

Então o Chefe recostou-se e puxou um charuto. Eu podia dizer que Yad estava irritado por não ser ele quem sopraria a fumaça na nossa cara.

— Meu primo... desculpe... quero dizer, Chefe Kurdov — ele começou —, está muito agradecido por terem vindo para esta cidade para nos livrarem das minas terrestres. O governo — cuspiu no chão — diz que eles

---

13   Transtorno de Estresse Pós-Traumático

EXPLOSIVA

não têm dinheiro para ajudar. Então isso é um grande problema.

Até então, só besteira. O pai de Bel, Sir Reginald, estava pagando pelo Fundo Halo, então nosso trabalho não estava custando nada à área. Na verdade, nós estávamos trazendo dinheiro por causa dos salários pagos às equipes e do dinheiro gasto em provisões.

Quanto mais ele falava, mais isso parecia como uma extorsão.

Yad olhou para o Chefe, que acenou para que ele continuasse:

— Nós somos um país muito pobre — ele disse, tentando sorrir agradavelmente, mas falhando de um jeito miserável. Eu culpava seu dentista.

— E há muito crime. Nossa valente polícia — gesticulou para seu primo — precisa ser capaz de proteger o povo. — Ele se inclinou para frente. — Nós precisamos de armas e munição. Ou precisamos dos explosivos que vocês estão explodindo. Você pode ver por que eu estava infeliz. Foi um grande desperdício. — E ele sacudiu sua cabeça tristemente. — Seria muito melhor se vocês entregassem seus achados para nós, onde tudo pode ser... — procurou pela palavra e então sorriu triunfantemente: — reciclado!

Então era isso. Eles queriam as minas para vender no Mercado Ilegal.

Clay assentiu pensativo como se estivesse considerando o pedido com cuidado.

— É uma situação difícil — ele concordou, acariciando a barba.

Yad pareceu aliviado enquanto traduzia:

— Muito difícil, mas você vê, aqui está o problema, meu amigo: essas minas estão no chão há anos, algumas quase duas décadas, então elas são instáveis. Isso vale para qualquer munição encontrada; ela se deteriora se não for armazenada apropriadamente. — Ele sacudiu a cabeça, triste, pronto para receber seu Oscar. — Eu não poderia dormir à noite se pensasse que a valente equipe policial de Nagorno estiver lidando com explosivos instáveis, ou tentando defender as ruas com munição defeituosa. Eu não me perdoaria. — Ele soltou um longo suspiro.

Yad franziu o cenho em uma careta quando se concentrou nas palavras traduzidas, e o Chefe também não parecia nem um pouco satisfeito, despejando um rio de palavras que fizeram Yad estremecer.

— O Chefe Kurdov diz que iremos nos responsabilizar. Não é problema seu.

Clay assentiu em simpatia.

— Isso é bem generoso da parte do Chefe, mas é contra as políticas do Fundo. Eu perderia meu emprego, o que significa que todas as equipes poderiam ser demitidas, o que significa que não haveria mais desminagem em Nagorno. Veja o problema, Chefe Kurdov — Ele encarou o outro lado da mesa.

O Chefe o encarou de volta, então lançou mais palavras a Yad.

— Nós dividiremos a metade dos lucros, como cavalheiros — disse Yad, lambendo os lábios.

Clay sorriu ligeiramente.

— Não dá. Isso afetaria minha aposentadoria lá nos EUA.

Yad não tinha certeza de como interpretar isso, mas a palavra 'não' havia sido clara o suficiente para o Chefe.

Ele se levantou, apontando o dedo para Clay, apontando-o para mim enquanto Yad traduzia apressadamente:

— Ele diz que vocês são visitantes em nosso país e é melhor fazer o que estamos dizendo. Vocês devem entregar qualquer coisa que encontrarem. Quero dizer, *tudo* que encontrarem. Vocês terão um acompanhante policial em todas as Tarefas de hoje em diante.

Clay não estava abalado mesmo quando aproximei a mão em minha pistola, no coldre.

— Eu passarei o seu pedido ao Fundo, mas os aconselharei a encerrar toda a operação, e estou 100% certo de que eles seguirão meu conselho. — Ele se inclinou para frente para deixar seu ponto claro enquanto sua voz tornou-se gélida. — O que significa nada mais de desminagem, o que significa nada mais de investimentos de companhias de carvão, o que significa que o seu governo ficará bastante chateado com *você*.

Por dentro eu estava aplaudindo Clay. Por fora estava pronto para reforçar suas palavras com balas.

O Chefe e Clay encararam um ao outro enquanto Yad contorcia-se nervoso em seu assento.

Então, sem mais palavras, o Chefe se levantou e marchou para fora da sala. Yad piscou rapidamente e o seguiu como um filhote de cachorro bem-treinado, voltando-se para a porta.

— Vocês esperem aqui! — ele disse, e então fechou a porta atrás de si.

Clay virou-se para mim com um sorriso irônico.

— Isso foi bom.

— Sim, acho que eles acabaram de nos tirar da lista de cartões natalinos deles.

Clay riu.

— Eles são muçulmanos, James.

— E daí? Isso só me dá razão.

EXPLOSIVA

119

Ele me deu um sorriso largo e se levantou.

— Estou achando que devemos dar o fora daqui, irmão.

— Sim. Estou gostando da ideia de escalar a janela, escapar pela frente e dirigir como o diabo.

— Ótimo plano — disse Clay, já abrindo a cortina completamente.

Havia barras na janela.

Clay olhou de volta para mim.

— O quão rápido você consegue arrombar aquela fechadura?

— Dois minutos, talvez menos.

Clay assentiu.

— Educação interessante que você teve, James. Faça em menos.

A fechadura era velha e descomplicada, mas difícil de abrir já que o ângulo necessário para abrir era complicado.

Tudo que eu precisava era de um par de clipes de papel, minha faca de utilidades e algo para usar como uma chave de torque. Analisei o conteúdo da mesa do Chefe e encontrei um abridor de cartas de metal que era perfeito para o serviço.

As barras se abriram em 38 segundos.

— Habilidades para a vida — eu disse para Clay, que estava sacudindo a cabeça.

— Você me preocupa, James. Agora vamos dar o fora daqui.

Saímos pela janela e corremos até o micro-ônibus. Os policiais em serviço nos deram um olhar entediado, mas como ninguém lhes disse para impedir nossa saída, eles simplesmente nos ignoraram.

Esse poderia ser o fim do nosso trabalho em Nagorno, o que seria uma droga para as pessoas que viviam aqui e para as mulheres cujos salários eram pagos pelo Fundo, mas o Chefe havia mordido mais do que conseguia mastigar. O Fundo tinha amigos poderosos no governo – nós só tínhamos que enviar uma mensagem a eles.

— Você dirige — disse Clay. — Eu preciso usar o telefone de satélite e dar a eles o relatório da situação.

Enquanto ele passava o relatório da situação para o QG, eu dirigi de volta ao complexo, mantendo um olhar atento no retrovisor.

No entanto, não ouvi nenhuma sirene policial e não fomos seguidos.

Sorri para mim mesmo quando vi Bel e Maral de guarda na entrada, uma com um rifle e a outra com uma espingarda antiga.

Mais uma vez Bel havia me surpreendido.

Quando viu que éramos nós, ela nos deu uma continência desleixada e depois sorriu e acenou.

— Você sabe como atirar com essa coisa? — perguntei, apontando para a espingarda de cano duplo.

Bel me deu um sorriso largo.

— Claro! Nós tínhamos caçadas a faisões na propriedade da família quando eu era criança.

Eu me perguntei se ela quis dizer empregados ao invés de faisões.

— E tenho boas notícias — ela disse, abrindo sua espingarda de dois canos emprestada e retirando as duas cápsulas para que estivesse segura —, os *Gauss* chegaram.

Ela apontou por cima do ombro e quase tive um infarto quando dois homens que pareciam ser paus para toda obra surgiram do fundo da escola, ambos armados com semiautomáticas.

— Esses são Desmond e Artur. — Ela sorriu. — A empresa deles estava entregando os *Gauss* e quando eles ouviram falar do nosso problema, se voluntariaram para ficar e ajudar a manter a guarda por alguns dias. Oh, e eles são ex-soldados das Forças Especiais da França. *Ooh la la!* Eles não são uns amores?

Mais para uma dupla de filhos da mãe do que amores, mas perspectiva é tudo.

— É bom ter vocês a bordo — disse Clay, apertando as mãos deles. — Reunião de equipe no refeitório.

Ele rapidamente explicou o que havia acontecido e que o QG havia nos dito que conversariam com seu contato no governo imediatamente. Nesse meio-tempo, nos disseram para nos mantermos firmes, mas que não teríamos nenhuma Tarefa enquanto garantias não nos fossem dadas. Além disso, dessa noite em diante, iríamos patrulhar as instalações à noite – armados. Ter ex-forças especiais na equipe seria uma grande ajuda e eles concordaram em ficar com o primeiro turno.

Clay os observou partir, sorrindo como o filho da mãe feliz que era: ele tinha três detectores *Gauss* novinhos em folha para a equipe e a ajuda de soldados de verdade.

— Harry, você é uma mulher incrível. Não sei como conseguiu, e talvez eu não queira saber como, mas você realizou um pequeno milagre. Obrigado.

— Foi inteiramente um prazer — ela disse, depois olhou para mim rapidamente. — E caso você esteja se perguntando, eu não tive que dormir com ninguém para conseguir isso.

EXPLOSIVA

121

CAPÍTULO 15

ARABELLA

A batida na minha porta veio tarde da noite e fiquei imediatamente nervosa.

— Sim? — averiguei, sem dar um passo para abri-la.

— Sou eu. James — ele disse, sua voz abafada. — Hum, eu só queria te agradecer por ter conseguido os *Gauss*, e...

Abri uma fresta da porta e encontrei James me encarando, surpreso.

— Hum, então, eu só queria agradecê-la. Nós estávamos tentando consegui-los por meses, mas não havia dinheiro suficiente...

Suas palavras se perderam.

— Por nada. Mas é ao meu pai que você deve agradecer, não a mim.

Comecei a fechar a porta, mas ele impediu.

— Bel, eu lhe devo um pedido de desculpas. Eu fui um completo idiota e sinto muito. Você não merecia o modo como a tratei. — Ele pausou, obrigando as palavras a saírem.

Mas esse era o problema, não era? Lá no fundo eu sabia que merecia, sim, ser tratada como lixo. Nunca recebi nada de diferente dos homens – sobretudo do meu pai e irmão, eu também nunca tive o que poderia ser classificado como relacionamento com ninguém. Já tive rolos, não relacionamentos, nunca um namorado.

Dei de ombros.

— Desculpas aceitas. Você está a salvo, James.

Ele fechou os olhos e fez uma careta como se estivesse sentindo dor.

— Bel, estou falando sério. Você é linda, inteligente e gentil e eu sou estúpido e fodido. Você não merece se envolver na minha merda.

A raiva começou a subir dentro de mim.

— Bom, James, talvez eu esteja um pouco cansada de pessoas me dizendo o que mereço ou não. Se me lembro corretamente, fui eu quem seduziu você, e tive um orgasmo muito bom, por sinal, então, obrigada por isso. E quanto aos *Gauss*, eles não são só pra você – eles são para cada mulher na equipe que coloca sua vida em perigo toda vez que vai em uma Tarefa. Então, por favor, não pense que você precisa vir correndo no seu cavalo branco. Eu não preciso de um cavaleiro em uma armadura brilhante; — eu só queria uma boa transa. Boa noite.

Eu estava ofegando quando os olhos de James se arregalaram e as bochechas coraram. Estava prestes a bater a porta na cara dele, quando, de repente, nossos corpos se chocaram um ao outro, e não poderia dizer quem se moveu primeiro.

Suas mãos estavam no meu cabelo, a boca nos meus lábios, sua língua procurando e invadindo enquanto minhas mãos vagavam pelas costas largas, braços, ombros, peito, deslizando para dentro do suéter, encontrando pele quente e sedosa.

Gemi e depois o puxei para dentro do quarto, nossos corpos ainda grudados. Ele chutou a porta para fechá-la enquanto caíamos em minha cama estreita, um emaranhado de braços e pernas, roupas voando enquanto tirávamos tudo.

— Eu não tenho uma camisinha — sibilou quando meus dedos se fecharam ao redor do membro grosso e quente.

— Eu não ligo! — arfei. — Goze na minha barriga novamente. Eu não ligo, só... só vai!

James me penetrou em um só movimento e eu gritei, minha voz silenciada quando ele engoliu os gritos com sua boca.

Enfiei as unhas curtas em seus glúteos musculosos, enganchando-os os tornozelos atrás dele, e, prendendo-o dentro de mim enquanto ele arremetia com intensidade.

Grudei-me àquele corpo que cobria o meu, estocada atrás de estocada; seu rosto pressionado contra o meu pescoço, resfolegando em meus ouvidos.

Então, o repentino prazer explosivo detonou onde nossos corpos se uniam, uma descarga elétrica ascendendo em mim, aniquilando meus sentidos. Gritei em euforia, pelo simples prazer de ter o membro grosso dentro de mim.

Minha coluna se arqueou, puxando-o mais profundamente e ele sibilou, conseguindo se afastar apenas no último segundo, agarrando seu pau enquanto ele jorrava no meu peito, soltando as últimas gotas de prazer de seu corpo.

EXPLOSIVA

A visão dele daquele jeito, segurando o membro pulsante, com os olhos fechados em um prazer doloroso, enviou mais uma onda através de mim como um trovão.

Com seu orgasmo cobrindo meu estômago, ele desmoronou ao meu lado, seu corpo pressionado contra o meu na cama fina e desconfortável.

Enquanto nossas respirações ofegantes diminuíam, fechei os olhos, deixando minha mente vagar, recusando-me a pensar – apenas saboreando, sentindo emoções afiadas, mas cruas. Somente eu e ele. Eu me recusava a sentir vergonha dessa súbita intimidade.

Nunca tive meu mundo abalado por um amante, não desse jeito, não com suor cobrindo nossos corpos. Ele era um gato selvagem, um cachorro de rua raivoso, mal-humorado e solitário; sempre com um olhar perigoso e hostil em seus olhos que fazia as pessoas evitarem sua companhia.

Mas não eu. Eu não era esperta o suficiente para ficar longe.

Esse homem. Esse homem maravilhoso e complexo. Entendê-lo era como aprender origami – cada nova dobra criava uma figura e eu tinha que continuar dobrando e desdobrando até que a verdadeira forma fosse revelada. Eu ainda não sabia o que seria.

Queria tanto que isso fosse real, que fosse mais que sexo. No entanto, se era somente uma descarga mútua, era boa o suficiente para que eu quisesse mais. Muito mais.

Mas momentos depois, James balançou as pernas para fora da cama, vestiu-se rapidamente e partiu em silêncio com um olhar fugaz que não consegui interpretar.

Parecia muito com arrependimento e seu silêncio mantinha tantos segredos.

Qual é a das mulheres que querem consertar homens que estão despedaçados?

Na manhã seguinte, no café da manhã, estávamos de volta à frieza educada de colegas que particularmente não gostavam um do outro, fazendo com que Clay olhasse para nós em preocupação.

Yad voltou para o complexo um pouco depois, rabugento e taciturno, mas obediente, olhando com receio para nossos dois novos guarda-costas. À tarde, as Tarefas retornaram.

Desmond e Artur se ofereceram para ficar por mais 48 horas – 72, no máximo –, mas concordaram que a crise imediata parecia ter acabado.

A recomendação deles, no entanto, era dar o fora de Dodge. O QG do Fundo, no entanto, estava envolvido em negociações intensas e nos pediu para ficarmos onde estávamos a não ser que sentíssemos que nossa segurança estava comprometida.

Clay concordou em ficar, mas somente depois que um plano para evacuação imediata fosse organizado, caso necessário.

James me evitou pelo resto do dia, mas naquela noite, e na seguinte, e na próxima, ele veio até o meu quarto.

Nós fodíamos furiosamente, conjurando calor e paixão em segundos, queimando à flor da pele, enquanto eu, imprudente, derramava combustível às chamas, até que ambos explodíamos. Então, em silêncio, ele saía novamente. Nós nunca nos falávamos.

O sexo era quente, escaldante, frenético e instável. Nós exploramos intimamente o corpo um do outro. Nós fodíamos em basicamente todas as formas possíveis, testando-nos com nossos limites para o prazer, até que não havia nenhuma parte do meu corpo que ele não houvesse reivindicado. Eu amava e odiava. Eu me sentia gloriosa e então ele saía. Depois, eu me sentia vazia e usada.

A cada dia, a tortura crescia um pouco mais, até que uma noite, eu havia tido o suficiente. Decidi ir até o quarto dele para colocar tudo para fora. Eu queria... bem, uma conversa seria um bom começo.

James era um herói, um soldado condecorado com medalhas que comprovavam seu valor.. Ele também estava de luto, mas mantendo seus sentimentos trancados. Nenhum dos quais traduziam bem em um relacionamento comigo.

Fiquei surpresa ao encontrar a porta de seu quarto destrancada. Não era de forma alguma do feitio dele. Geralmente ele era reservado e paranoico, nunca descuidado. Isso me deixou nervosa.

Minha boca secou quando vi uma pequena fotografia em um porta-retratos ao lado de sua cama. Ela não estava ali antes. Ou talvez estivesse, mas eu não havia notado. Eu definitivamente a estava vendo agora.

Ela mostrava uma bela jovem com longos cabelos e olhos escuros. Ela estava sorrindo para a câmera, seus olhos cintilando com felicidade. Uma foto menor enfiada no porta-retratos mostrava a mesma mulher usando um lenço de cabeça colorido. Quando olhei mais de perto, pude ver ao fundo as ruínas de uma cidade abandonada atrás dela.

A semelhança com Zada era tão óbvia e meu coração se quebrou. O homem que eu permitia possuir meu corpo toda noite ainda estava apaixonado por ela – Amira – ,essa mulher morta.

EXPLOSIVA

Ouvi o chão ranger e sabia que James havia entrado no quarto. Eu podia senti-lo atrás de mim, e estava com medo de me virar e ver sua fúria, de vê-lo me comparando com ela e me achando inferior, novamente.

Segurei a fotografia com cuidado.

— Você nunca fala sobre ela — eu disse suavemente, e até mesmo podia detectar a dor vazia em minha voz.

— Nós nunca falamos nada — ele respondeu, seu tom monótono.

Mas ele não soava bravo, então me virei para olhar para seu rosto. Ele estava me observando com cuidado.

— Ela era linda — eu disse, minha garganta arranhando.

— Sim, ela era.

— Sinto muito que você a tenha perdido. Zada me contou um pouco sobre ela, sobre o quão incrível era.

Ele pressionou seus lábios.

— Você deve tê-la amado muito.

— Eu queria me casar com ela — admitiu, sua voz dura.

Doía ouvir essas palavras.

Respirei fundo rapidamente e parei à sua frente, pressionando a mão em seu peito, sentindo os músculos e calor através de sua camiseta.

— Eu acho que entendo sua tatuagem agora. A morte dela arrancou seu coração.

Ele não respondeu.

— Mas ele ainda está aí, James — eu implorei. — Quando recosto a cabeça em seu peito, eu posso ouvir as batidas. Quando toco em você, posso senti-lo.

Estendi a mão para pincelar os dedos sobre os ângulos afiados de seu rosto, para permitir-me o prazer secreto de tocá-lo porque eu queria.

Ele fechou a porta atrás de si e me levou para sua cama.

Nós fizemos amor, ou transamos, dependendo do seu ponto de vista, e foi incrível. Era sempre incrível.

Geralmente, nesse ponto, com o suor ainda secando em nossos corpos, James sairia. Mas dessa vez eu estava na cama dele e não fiz nenhum movimento para sair. Se ele quisesse que eu fosse embora, ele teria que me dizer com palavras.

Estava deitada, radiante pelo sexo, ao lado de um homem... um homem pelo qual eu podia muito bem estar me apaixonando; um homem que acabara de admitir que ainda amava sua noiva falecida; um homem que era possivelmente ainda mais despedaçado do que eu; um homem que desativava minas terrestres para viver – a vida estava se mostrando muito complicada.

Uma estranha alquimia de empatia e ciúmes me encheu – como eu podia competir com uma mulher morta? Eu não podia. E nunca competiria. Ela sempre seria jovem, linda, perfeita para sempre, congelada no tempo. E eu... eu estava longe de ser perfeita.

Eu aceitaria o segundo lugar para o resto da minha vida? Só porque estava acostumada com isso por causa do meu pai não significava que eu gostava. Poderia eu aceitá-lo de James?

Amira era tão bonita que chegava a brilhar. Eu podia ver isso pela fotografia. Ela parecia feliz, até mesmo com o caos de uma cidade destruída atrás dela; ela parecia competente e capaz.

Talvez em um universo alternativo eu poderia ter sido ela.

Provavelmente não.

Eu era incompetente e incapaz.

A insegurança chegou como uma memória indesejável.

Quando James dormiu, murmurei as palavras que eu precisava dizer:

— *Me amar* não significa que você ama menos Amira.

Mas ao invés disso, minha própria voz interior me respondeu:

Ele nunca disse que te amava.

CAPÍTULO 16

JAMES

Nós trabalhamos para limpar o campo minado por mais três dias; longas horas de terra e perigo.

Yad estava por perto, rabugento e mal-humorado, colocando os nervos de todos à flor da pele. Turul retornou, mas não estava feliz com isso; ele parecia preocupado e ansioso, como se estivesse esperando algo de ruim acontecer. Ambos, Clay e eu, tentamos conversar, mas ele simplesmente sacudiu a cabeça e se afastou.

Artur e Desmond haviam usado toda a carta-branca que haviam recebido, e precisaram nos deixar para seguir em outra missão. Eles nos aconselharam fortemente a ir embora também.

Mas havia trabalho a fazer.

Nós estabelecemos um ritmo regular, mas então, dez dias após nosso impasse com o Chefe Kurdov, outra mina desapareceu.

Eu havia acabado de colocar o fio de comando para detonar todas as minas antitanques e PMAs que havíamos encontrado, em uma demonstração final de fogos de artifício, antes de nos mover para outra área minada dezesseis quilômetros abaixo da estrada.

— Porra! — rosnei, contando e recontando as minas.

Sim, definitivamente faltava uma.

A expressão de Yad estava indiferente demais, cuidadosamente controlada e eu sabia que ele havia pegado e escondido outra MON-100 em algum lugar. Eu também sabia que lhe dar uma surra para arrancar a verdade me levaria à cadeia – e não o tipo onde a Embaixada Britânica conseguiria chegar até mim antes que eu desaparecesse ou fosse encontrado morto.

Todos no micro-ônibus sabiam que havia uma mina faltando e as mulheres cuidadosamente ignoravam Yad, murmurando preocupadas entre si.

Quando voltei ao complexo, contei a Clay o que havia acontecido.

Ele suspirou e puxou sua barba.

— Nós não podemos deixar isso acontecer novamente. Eu vou trocar a equipe inteira.

Assenti, sabendo que era a decisão certa, mas me senti mal pelas equipes que trabalharam com tanto afinco – mulheres que haviam colocado suas vidas em perigo dia após dia sem reclamações ou perguntas.

Ser um filho da mãe desconfiado era uma droga.

— Vou pedir à Harry para empacotar o escritório hoje e vou ligar para a sede para ver se eles podem encontrar outro intérprete. Nós podemos nos contentar com Turul por alguns dias, mas depois disso, ele precisará ir também.

Naquele momento, a cabeça loira de Bel surgiu por entre a porta do escritório.

— Você precisa que eu volte mais tarde? — ela perguntou, olhando para mim brevemente e então focando em Clay quando nos viu juntos.

Ela não me olhou nos olhos, o que provavelmente era bom. Ignorar um ao outro à luz do dia funcionava para nós.

— Nah, está tudo bem, Harry. Pode entrar. Eu tenho muito trabalho pra você.

— Oh, bom! — Ela sorriu, revirando os olhos. — Tudo o que eu sempre quis.

Clay levantou uma sobrancelha e depois sorriu.

— *Tá* vendo como se faz, James? Você apanha mais moscas com mel.

— Quem quer pegar moscas? — resmunguei. — Então, você vai conversar com a equipe? Você quer que eu diga a Yad que ele está fora de serviço?

Os olhos de Arabella se arregalaram.

— Vocês vão demitir Yad? Eu não posso dizer que sinto muito depois do que ele fez e de como se comportou comigo, porque eu...

Os olhos de Clay se estreitaram, uma careta aparecendo em seu rosto.

— O que Yad fez com você?

Ela piscou rapidamente, seu olhar passando entre nós.

— Ah, bem... eu só acho que ele é um pouco estranho, todas as mulheres acham, mas nós podemos aguentar isso. O negócio com o primo, bem, isso é diferente.

Clay olhou para ela, pensativo, e então seu olhar se desviou para mim.

— Você sabe do que ela está falando, irmão?

Eu assenti.

EXPLOSIVA

— Bel... Arabella disse que Yad a deixava desconfortável. Eu disse a ela para ficar longe dele.—

— E isso aconteceu quando exatamente? — Clay questionou. — Por que não fui informado? Ele fez algo com você? Disse algo?

Bel cruzou os braços.

— Olha, não é grande coisa. Homens veem cabelo loiro e seios grandes e sempre fazem comentários. Se cada um deles fosse demitido, não haveria banqueiros em Londres.

Senti um desejo incomum de sorrir, mas Clay passou à minha frente, dando uma gargalhada.

— Bem, Yad não será um problema por muito mais tempo, Harry. Nós vamos nos mudar amanhã e trocaremos as equipes. Só Turul virá conosco.

Bel mordeu os lábios.

— Então é por causa das minas desaparecidas e não por minha causa?

Clay sorriu.

— Digamos que isso não muda a minha decisão.

Saí do escritório, resmungando algo sobre fazer uma verificação de equipamento antes de partirmos. As ferramentas estavam trancadas à noite, mas eu queria garantir que tudo estava em ordem e que nada havia criado pernas enquanto arrumávamos as malas.

Yad não havia aceitado bem sua demissão.

Quando ouvi seus gritos pelo complexo, corri para dar cobertura a Clay.

Clay era uma das pessoas mais tranquilas que já conheci, sempre sorrindo, alegre, sempre mastigando algo doce e com um amor nauseante pela espécie humana, mas vê-lo cara a cara com Yad me lembrou de que ele também era um ex-fuzileiro naval dos EUA, um filho da puta durão e ninguém tirava onda com ele.

Vendo-me chegar à cena, Yad praguejou alto e saiu batendo os pés, suas mãos cerradas em punhos.

O corpo de Clay relaxou, mas ele seguiu Yad com seus olhos.

— Parece que ele não aceitou bem — atestei.

— Está puto por perder seu emprego, mas não posso culpar o homem por isso, mesmo que saibamos que ele é um filho da mãe mentiroso. — Ele balançou a cabeça. — E fique de olho em Harry.

Meus ombros ficaram tensos.

— Alguma ameaça em específico?

— Não, só um palpite.

CAPÍTULO 17

ARABELLA

Eu não podia dizer que estava com a consciência pesada a respeito de Yad, especialmente depois do negócio com seu primo. Idiotas como ele pensavam que podiam se safar de tudo, mas no meu caso, isso realmente me dava arrepios. As suspeitas de que ele estava vendendo minas no Mercado Ilegal só consolidou seu fator arrepiante. Eu não estava me sentindo mal por não ter que vê-lo de novo.

Fiquei com pena das mulheres nas equipes de desminagem. Eu as havia visto retornar com James depois da Tarefa, tão cansadas, sujas e drenadas quanto ele. Elas colocavam minha vida de luxo no chinelo. Nós todos tínhamos nossas provações: a minha era ser amaldiçoada com falta de amor, enquanto tinha uma riqueza excessiva. Pelo menos eu tinha consciência das minhas falhas.

Por agora, eu dividia minha vida em dias cheios de trabalho duro e recompensador e noites de luxúria e prazer obsceno com um homem que podia ou não gostar de mim.

Suspirei, tentando não pensar a respeito, como sempre, e passei o dia descarregando arquivos em caixas, tirando os mapas das paredes e colocando as tachas coloridas de volta nas embalagens. Quando o sol começou a se pôr atrás da montanha distante, eu me sentia suja e cansada, os músculos dos meus ombros doendo de tanto carregar caixas.

Estava a caminho do meu quarto quando Maral apareceu ao meu lado. Eu lhe dei um sorriso cauteloso. Nós nos tornamos mais amigáveis uma com a outra quando Clay nos colocou no comando de proteger o complexo juntas, no dia em que ele e James haviam ido à delegacia, mas como não tínhamos como nos comunicar, não nos tornamos realmente próximas.

— *Fresta* — ela disse, sorrindo para mim e apontando para o corredor do refeitório.

— Hum, desculpa?

— *Vesta* — disse novamente e então imitou beber e comer.

Fiquei boquiaberta quando ela começou a dançar como em *Nos Embalos de Sábado à Noite*.

— *Testa!* — insistiu, mais uma vez, , apontando insistentemente para o refeitório.

E então entendi.

— Oh, *festa!* Vocês estão fazendo uma festa?

Ela assentiu, animada, evidentemente aliviada que eu não era tão burra quanto parecia.

— Bem, hum, isso parece... fabuloso! Okay... vejo você mais tarde.

Assenti e sorri, apontando para o corredor da escola antiga onde geralmente fazíamos nossas refeições.

Ela disse algo a mais em sua própria língua e saiu.

O brilho caloroso de algo que poderia ser felicidade se espalhou sobre mim. Eu havia sido convidada para a festa de despedida da equipe – não porque eu era rica, ou popular, ou porque alguém pensava que eu seria boa de cama, mas por mim mesma, por mim.

Olhei em volta para o complexo enlameado de construções feias, coberto de blocos de apartamentos utilitários e austeros e senti uma ponta de arrependimento.

Estive tão perdida, tão fora da realidade, mas ao vir para um lugar do qual tão poucos se importavam, encontrei algo precioso.

E com esse pensamento, fui em direção ao meu quarto para achar um par de jeans para a festa, estilo Azerbaijão.

Escolhi a roupa com cuidado e apliquei maquiagem pela primeira vez em seis semanas. Até calcei um par de botas de salto com meus jeans e uma camiseta de mangas compridas rosa brilhante com um batom para combinar.

Era o tipo de coisa que eu vestiria lá no Reino Unido para fazer compras no supermercado, mas imaginei que aqui seria menos provável. Claro, quando entrei no corredor do refeitório me dei conta de que havia entendido tudo horrivelmente errado. Uma explosão de cores enchia o salão. Mulheres que eu só vira em verde monótono e marrom cor de lama estavam usando blusas étnicas altamente bordadas, brilhos, paetês e haviam se maquiado bastante com cílios postiços e lábios vermelhos brilhantes.

Eu estava bem malvestida em comparação, mas por uma vez na vida não me importei de não ter entendido certo.

Maral me viu através do grupo de mulheres bebendo e dançando, passando por Turul, que estava tentando algum tipo de dança Cossaca e caindo de costas no chão.

Ela agarrou meu braço e me puxou em direção ao centro do grupo, empurrando uma garrafa de cerveja na minha mão, e então gritou algo para a DJ, uma mulher que estava no comando do tocador de CDs, e o hino internacional das mulheres no mundo todo começou a tocar: *It's Raining Men*.

Não importava que não falássemos a mesma língua, que não tivéssemos a mesma religião, que eu tivesse cabelo loiro e olhos azuis e ela tivesse cabelo preto e olhos castanhos; não importava que eu fosse rica e ela, pobre. Nada importava, a não ser o aqui e o agora, esse momento de alegria compartilhada. Nós dançamos porque podíamos, porque nos sentíamos bobas e felizes e, no nosso pequeno mundo de pessoas esquecidas, não havia nada mais que quiséssemos ser.

Zada se juntou a nós, surpreendendo-me com um pequeno abraço, e nós dançamos por uma trilha sonora inteira dos anos 80 e embarcamos no século XX e um com um pop Europeu horrível, possivelmente Russo, até que decidi descansar.

Embriagada pela minha terceira garrafa de cerveja local, eu precisava fazer xixi, urgente, mas quando me virei, esbarrei em uma parede que estava surpreendentemente quente e cheirava a sabão de lavar roupas.

— James! — Dei uma risadinha enquanto minhas novas amigas assobiavam para nós, girando seus quadris de forma insinuante. Eu me virei e acenei para elas enquanto faziam beicinhos e chamavam seu nome, insistindo que James fosse dançar com elas.

Eu não achava que elas soubessem que passávamos nossas noites juntos, mas, novamente, as paredes eram finas e a privacidade era um luxo.

— *Se divertindo?* — ele perguntou, levantando uma sobrancelha.

— Surpreendentemente, sim. Eu não acho que elas gostem de mim, mas nos unimos com *I Will Survive* e músicas antigas da Kylie.

Um pequeno franzido apareceu.

— Por que você acha que elas não gostam de você? — *Err*, não era o que eu queria que ele me perguntasse.

— A maioria das mulheres não gosta — Dei de ombros. — Você vai dançar?

Eu estava provocando, mas ele reagiu como se o tivesse apunhalado

EXPLOSIVA

133

com uma vara de empurrar gado.

— Não! — Ele riu sarcasticamente e se virou.

Eu o observei, de pé com os outros, mas ainda sozinho.

Zada passou seu braço pelo meu enquanto ela ria pelas costas dele.

— Você faz bem a ele — ela disse simplesmente. — Eu às vezes acho que nós somos muito... cuidadosos ao redor dele, Clay e eu. Mas você não faz isso. Você é normal com ele, você o provoca. Ele precisa disso. E ele gosta de você.

Pisquei rápido. Ele gostava de mim? Era difícil dizer já que quase não conversávamos. Mas Zada o conhecia melhor do que eu. Eu sorri para ela e me forcei a manter o tom leve.

— Sério? Aquilo é ele gostando de mim? Eu não posso imaginar como ele seria se não gostasse de alguém.

Ela balançou a cabeça devagar, dando-me um olhar como se soubesse de algo.

— Eu não acho que você queira descobrir, mas não é algo que tenha que se preocupar a respeito também. Eu sei que você está dormindo com ele. Não é isso que me incomoda. Veja, Harry, o que você precisa entender sobre James é...

— Senhoritas! — interrompeu Clay com um grito feliz. — Por que tão sérias? Nós estamos aqui para festejar! — E ele agarrou a mão de sua esposa. — Eu sou um demônio na pista de dança.

Ele a girou e a inclinou como em um filme de Hollywood, pousando o mais leve dos beijos em seus lábios.

A inveja cutucou meu coração, e me odiei por isso. Zada e Clay mereciam sua felicidade. Eles já haviam sofrido tanto.

Enojada com a névoa verde da inveja que anuviava minha visão, marchei até o lavatório feminino, xingando a cerveja que eu havia bebido.

Abaixei o zíper da calça jeans, com cuidado para não deixar nenhuma parte de mim tocar o assento congelante. Sem aviso, a porta se abriu por dentro, me fazendo cair de costas a ponto de bater a cabeça com força no vaso sanitário.

Eu me engasguei, mas uma forma grande e escura me agarrou pela garganta, levantando-me e cortando meu oxigênio, impedindo o grito horrorizado que tentou escapar. Arranhei desesperadamente os dedos que apertavam com força, mas ele me deu um soco no rosto com sua mão livre.

Enquanto a dor explodia em meu maxilar, voei para trás, minha cabeça batendo contra a parede e deslizei para o chão de concreto imundo.

Mas antes que tivesse chance de me mover, gritar, lutar, um punho se fechou em meu cabelo, puxando-me para cima novamente e torcendo minhas mãos para longe.

Eu não podia respirar, não podia gritar, não podia me mover. Isso era a realização de todo e qualquer pesadelo que já tive.

Minha bexiga soltou-se de medo e choque e a urina desceu por minhas pernas abaixo.

Ele praguejou e deu um tapa em meu traseiro nu com força enquanto seu hálito nojento soprou meu rosto antes de me puxar pelos cabelos e me inclinar com a cabeça para baixo no vaso. Ele desceu mais ainda meus jeans, ouvi o barulho de um cinto e zíper sendo abaixado.

Gemi, tentando formar a palavra 'não', mas ele apertou meu rosto contra o assento do vaso sanitário.

Tentei lutar... eu tentei. Tentei empurrá-lo para longe de mim, mas ele era forte demais, pesado demais e eu estava com náuseas e tonta. Eu queria desmaiar. Eu não queria saber ou me lembrar do que ele faria comigo.

Como se estivesse vindo de um lugar longínquo, escutei gritos e subitamente a pressão em meu corpo se foi.

Um barulho alto soou tão perto da minha cabeça que meus ouvidos zumbiram, seguido de um grito estridente. Mais gritos e então um longo grito choramingando. Eu estava aterrorizada, confusa, com medo de me mover, meu corpo paralisado pelo choque.

E então sua voz. Eu nunca me esqueceria do som de sua voz. A voz de James.

— Bel, sou eu! James! Está tudo bem. Você está segura agora. Ele não vai te machucar de novo. Você está bem?

Mãos gentis afastaram meu cabelo do rosto e ele me segurou enquanto eu desabava sobre ele, ambos deslizando para o chão frio e sujo.

— Eu... eu me molhei — funguei, rouca, minha garganta pegando fogo. — Eu estava tão assustada... eu não pude evitar. Eu estou coberta em urina.

Comecei a chorar, soluços suaves e humilhados.

Seus braços apertaram-se ao meu redor.

— Shh, não tem problema. Está tudo bem. Você está bem agora. Ficará tudo bem.

Ouvi mais gritos do lado de fora e estremeci com um medo atroz.

EXPLOSIVA

James segurou meu corpo tomado pela dor, acariciando meu cabelo e me abraçando forte.

Em algum lugar ouvi a voz de Zada.

— James, como ela está?

— Não tenho certeza — ele disse suavemente enquanto eu continuava a chorar.

— Você quer que eu pergunte a ela se ele...?

— Não, eu vou perguntar.

O que ele queria me perguntar? Senti que deveria ser importante, sério. Pobre James, ele era sempre tão sério.

— Bel, você consegue me ouvir?

Assenti contra seu peito, meu rosto manchado pelas lágrimas pressionando contra ele.

— Ele te feriu?

Assenti novamente.

— Onde, Bel? Onde ele te machucou?

Engoli em seco várias vezes antes que pudesse colocar as palavras para fora e, quando consegui, elas soavam ríspidas e graves.

— Ele... ele agarrou minha garganta e me deu um soco no rosto. Eu bati a cabeça.

Houve uma pausa enquanto ele absorvia minhas palavras.

— Algo mais?

Sua voz era gentil, um pouco mais alta que um sussurro.

— Bel, ele te estuprou?

Balancei minha cabeça, estremecendo com a palavra feia.

— Você tem certeza?

Eu assenti.

— Ele ia fazê-lo. Eu senti *aquilo* contra meu traseiro, mas ele parou. Por que ele parou?

A voz de James era sombria.

— Porque eu atirei nele.

E foi quando meu cérebro parou de funcionar.

Escuridão.

— Acorda, Bel. Acorda!

— Estou tão cansada.

— Você tem que ficar acordada.

Tentei nadar em direção à sua voz, mas não consegui. A escuridão estava me puxando para baixo novamente.

Escuridão.

— Não durma, Bel.

— Tão cansada...

— Fique acordada, Bel. Fique comigo.

— Você nunca fica *comigo*, James.

— Eu ficarei esta noite.

— Eu quero fechar os olhos e esquecer por um momento.

— Não, Bel. Você tem que ficar acordada.

— Tão cansada...

Escuridão.

O barco estava balançando. Por que estávamos em um barco?

Não um barco.

Um carro? Uma caminhonete?

— Acorde, Bel. Ouça o som da minha voz. Tente não dormir, amor.

Amor. Isso soava bom.

— Não durma, Bel.

— Por quê? Eu não entendo.

Seu corpo estremeceu, como se ele estivesse desconfortável, mas o círculo forte de seus braços não hesitou.

— Você corre menos riscos de desenvolver TEPT se você se mantiver acordada após... um incidente. — Ele pausou. — E você pode estar com uma concussão.

Comecei a chorar novamente.

— Não me deixe, James! Prometa que não vai me deixar esta noite!

— Eu não vou deixar você, Bel.

— Prometa! — engasguei, desesperada para não ficar sozinha.

— Eu prometo. Só fique acordada para mim, certo?

EXPLOSIVA

CAPÍTULO 18

JAMES

Sentei-me no banco do passageiro da caminhonete, espremido contra a porta com Bel em meus braços, enquanto Clay dirigia ao oeste, em direção à Armênia, o mais rápido que ele podia, Zada navegando o GPS enquanto nos mantínhamos fora das estradas principais.

Eu estava determinado a ser o que Bel precisava. Eu já havia acordado em hospitais vezes suficientes, mas sem nunca encontrar alguém esperando por mim.

Eu a segurei mais apertado.

Quando Turul veio me procurar na festa, dizendo que estava preocupado e achava que Yad tivesse ido atrás de Bel, minha visão se aguçou, em foco, onde a única coisa que importava era salvá-la. Agarrei minha Smith & Wesson e corri atrás dela.

De novo não.

Eu não posso deixar isso acontecer novamente.

Encontrei ambos no bloco dos banheiros femininos, e nunca esquecerei a visão de Yad prendendo Bel no vaso sanitário, suas calças em volta de seus tornozelos e a pele nua de Bel pálida sob a luz da lua.

Eu o arrastei para longe dela e atirei em sua perna quando ele puxou uma faca. Era só um ferimento de raspão, mas ele guinchou como o porco que era.

Uma das mulheres o socorreu, mas quando Yad gritou que nos mataria, Turul e as mulheres ficaram aterrorizados, e Clay decidiu que nos mandaríamos dali imediatamente. Yad foi deixado amarrado, mesmo que com nós mais frouxos, nos dando em torno de duas horas à sua frente.

Assim que estivéssemos fora de alcance, informaríamos ao QG do Fundo Halo e nosso contato local. Nós não ficaríamos ao redor para sermos presos e mortos ou para Yad terminar o que havia começado com Bel.

O rosto dela estava uma bagunça, mas acho que seu nariz não estava quebrado. Seu olho esquerdo estava inchado e roxo, já começando a empretejar, e o lábio inferior tinha um corte. Todas as unhas de sua mão esquerda estavam quebradas, como se ela tivesse arranhado o chão e vi as contusões em suas pernas e traseiro quando Zada ajudou-a a se vestir. A garganta apresentava hematomas escuros dos dedos que a comprimiram, e ela fedia à própria urina. Eu também já devia estar impregnado com o cheiro, já que a mantive no meu colo pelas últimas quatro horas.

Zada estava dormindo, sua cabeça despencando sobre o meu ombro enquanto Clay acelerava com a velha caminhonete.

— Você está bem aí, irmão? — ele perguntou, sua voz estranhamente sombria.

— Sim, ela ficará bem. Pelo menos, fisicamente.

— Porra — Clay disse baixo. — Eu gostaria que você tivesse matado o filho da mãe. Baita confusão para o Fundo resolver.

Nesse momento, eu não dava mínima para o Fundo.

— Você acha que Yad será preso por isso?

Clay balançou a cabeça.

— Provavelmente não. Você foi o único que pôde ver o que ele estava fazendo e uma das mulheres roubou a faca dele. Ele provavelmente prometeu-lhe algum dinheiro. — Seus lábios se afinaram. — Seria a sua palavra contra a dele. James, é com você que estou preocupado. Eu achei que você fosse matá-lo.

— Eu teria matado. Se ele tivesse ferido Bel, se a tivesse estuprado, eu teria cortado suas bolas para fora e então atirado na cara dele.

Eu estava afirmando um fato. Escória como aquela não merecia viver.

Clay hesitou e então vi um pequeno sorriso se formar.

— Talvez você queira deixar essa parte de lado quando preencher o relatório oficial.

— Eu sou suicida, não burro — retruquei.

Era pra ter soado como uma piada, mas Clay não pareceu achar graça. Eu me perguntava se o casamento afetava o nosso senso de humor.

Ajeitei o corpo de Bel, levemente, tentando impedir que minhas pernas adormecessem. Ela não era leve como uma pluma, isso era certo.

Era difícil dizer se estava acordada; sua cabeça em meu ombro, os olhos fechados, mas quando sussurrei seu nome, suas pálpebras se abriram

EXPLOSIVA

imediatamente, e então se fecharam outra vez. No entanto, ao olhar para baixo, pude ver lágrimas cintilando em suas bochechas e cílios. Ela chorava em completo silêncio, o que era desconcertante e de alguma forma pior.

Enquanto a estrada brilhava às escuras à nossa frente, Clay olhou impacientemente para seu telefone pregado ao painel, esperando que as barras de sinal aparecessem.

Assim que surgiram, ele me jogou o telefone e acordei algum pobre coitado no QG escocês do Halo, dando a ele uma versão abreviada do relatório da situação.

Então corremos até a Armênia, mais quatro horas a oeste, onde o longo braço do primo de Yad, o Chefe de Polícia, não pudesse nos alcançar.

Assim esperávamos.

CAPÍTULO 19

ARABELLA

Chorei a noite inteira enquanto viajávamos pela vista monótona, a neve há muito ficara para trás.

James me abraçou o tempo todo, falando ocasionalmente, sua voz baixa e íntima.

Eu tive tempo para pensar, não apenas sobre o que havia acontecido – ou quase acontecido – com Yad, mas sobre tudo, minha vida inteira. Era como se a agressão houvesse desencadeado alguma mudança sísmica dentro de mim e a velha Arabella estivesse partido para sempre. Ela morreu naquele momento de pânico e medo, naquele momento em que a pistola de James cortou a noite.

Na verdade, acho que ela começou a desvanecer quando coloquei os pés em Nagorno Karabakh, mas agora havia uma linha abaixo da minha vida antiga. Eu não sabia como a nova Arabella seria – talvez, pela primeira vez, eu pudesse escolher por mim mesma. Pudesse ser eu mesma.

Foi com uma sensação de choque que percebi que eu havia sido uma vítima durante toda a minha vida. Minha mãe havia morrido antes que eu completasse um ano de idade, e embora meu pai me tolerasse, educasse, me alimentasse e me vestisse, ele nunca havia me amado. Meu irmão mais velho raramente esteve em minha vida e eu apenas o via algumas vezes por ano, a não ser que pudesse evitá-lo. Meus supostos amigos me abandonaram quando deixei Londres e deixei de ser útil para eles ou de pagar por nosso estilo de vida vazio – nenhum havia mantido contato quando meu pai me tirou do país.

No entanto, muito disso era minha culpa. Eu havia *permitido* que meu pai ditasse minha vida; eu havia *permitido* que ele me rebaixasse e me intimidasse; e eu havia *permitido* que meus amigos me usassem.

Tudo o que eu queria era que alguém dissesse que valia a pena gostar de mim, talvez até me amar.

Mas foi nesse país distante e tomado pela guerra que encontrei amizade e lealdade. Tive medo de que as pessoas tirariam vantagem de mim sem o poder e o dinheiro do meu pai para me proteger, mas recebi apenas bondade de quem já tinha tão pouco.

As mulheres desminadoras de Nagorno Karabakh me deram amizade – livremente, sem expectativas ou algo em retorno. Clay havia me treinado, apoiado, dado seu tempo e me feito rir. Zada me mostrou outro modo de viver e ser útil para os outros, que o casamento não era a coleira que eu vira entre os meus antigos amigos.

E então havia James – enigmático, carismático, mal-humorado – o homem que me salvou de um ato terrível de violência, e talvez tenha até mesmo salvado a minha vida. James, despedaçado e triste, que se arriscou por mim; foi meu salvador. E não pela primeira vez.

Ouvi a história pela Zada: ele salvou a vida de Clay em um momento de heroísmo que poderia ter lhe custado a dele, ao neutralizar aquela bomba na Times Square. Fiquei chocada quando descobri que fora James, meu James. Aquele homem era um herói, mas nunca tinha sido identificado – até agora. Vi o vídeo nos noticiários e no YouTube. Todo mundo dizia que ele era um herói. Ele era famoso!

Mas escolheu o anonimato, talvez para sua própria segurança, porém eu suspeitava que mais porque não se importava com fama ou publicidade. Tão diferente das pessoas que conheci a vida inteira.

E Clay havia salvado James de beber até morrer. Saber disso deveria ter sido perturbador, mas de alguma forma não era. Porque eu podia ver que ele estava diferente agora. Nagorno Karabakh havia mudado a nós dois.

Enquanto minhas lágrimas lavavam a minha vida antiga, aquele foi o momento em que decidi não ser mais uma vítima. Não estava certa de como, mas de alguma forma, eu havia escolhido não ser mais aquela pessoa.

Sentei-me direito e as pálpebras de Zada se abriram.

— Como você está?

Aquelas foram suas primeiras palavras ao acordar, seu primeiro pensamento. Eu não merecia a preocupação dela, mas estava disposta a conquistá-la.

— Eu estou bem — disse com honestidade, certa de que James estava me observando cuidadosamente e Clay me olhava de esguelha enquanto dirigia.

Clay assentiu e sorriu.

— Bom saber, irmã.

Minhas sobrancelhas levantaram-se e novas lágrimas se formaram em meus olhos.

— Maldição! — resmunguei, secando o nariz com a mão. — Você vai me fazer chorar novamente, Clay, e prometi a mim mesma que não derramaria mais lágrimas.

Zada apertou minha mão e então sorriu para o marido.

— Okay, time — disse Clay —, esse é o plano: o QG reservou quartos para nós em um hotel em Yerevan e vão enviar alguém para contenção de danos.

— Yerevan não é na Armênia ou ainda estou com uma concussão? — perguntei, sentindo o caroço do tamanho de um ovo na parte de trás da minha cabeça.

— Sim, nós cruzamos a fronteira durante a noite.

— Oh, o posto de fronteira... Eu me lembro. Mais ou menos.

— Então descobriremos quanta influência o primo de Yadigar tem. Nós só retornaremos a Nagorno se o Fundo conseguir garantias de que não seremos feridos ou assediados. — Sua expressão estava sombria. — A empresa que patrocina essa operação pressionará para nos colocar de volta. — E ele me encarou.

— Oh, você quer dizer meu pai? Sim, você está certo. Ele ficará furioso que o acesso ao carvão vai atrasar, mesmo que seja por uma semana. Ele não é um homem muito paciente.

Aquilo era um eufemismo e não pude deixar de estremecer com a perspectiva de vê-lo novamente.

— Talvez você deva voltar para casa.

Virei a cabeça para encarar James, em desespero, suas palavras baixas me cortando.

— Por quê? Por que eu deveria ir para casa? Eu não fiz nada errado!

— Porque você estará mais segura — ele disse categoricamente.

Aquilo me desanimou um pouco, mas o encarei do mesmo jeito.

— E quanto à Zada? Eu não vejo você sugerindo que ela vá para casa, também!

— Seu pai é rico e influente, o que faz de você um alvo. Nós não sabemos qual influência Yad terá se voltarmos para Nagorno; e isso faz de você um alvo também.

— Foi você quem atirou nele! — explodi. — Talvez *você* deva ir para casa!

Nós nos encaramos furiosamente, indignados por vários segundos an-

EXPLOSIVA

143

tes que Clay interviesse.

— Nós faremos o que quer que seja que o Fundo aconselhar para manter a *todos* nós seguros — atestou com calma.

Depois da discussão acalorada, viajamos em silêncio até que chegamos ao hotel, um pouco depois da hora do almoço.

As palavras de James me machucaram, fazendo-me sentir ainda mais abandonada. Ele queria se livrar de mim. Eu não podia culpá-lo – eu havia trazido nada além de trabalho para ele e para o Fundo.

Lágrimas se formaram em meus olhos ao fazermos o check-in no hotel, os funcionários nos olhando curiosamente, meu rosto machucado causando comentários baixos.

Zada e Clay foram gentis, garantindo que eu tivesse tudo o que precisava e levando-me ao meu quarto.

— Nós vamos trazer um médico para te examinar — disse Clay, seus olhos escuros cheios de preocupação.

— Honestamente, eu só quero tomar um banho e descansar.

— Sim, mas ferimentos na cabeça são complicados. Eu me sentiria mais tranquilo se um médico te examinasse.

Cedi, deprimida e cansada demais para discutir com ele.

O hotel chamou um médico, que chegou algumas horas depois e, por sorte, falava inglês suficiente para que o entendêssemos. Infelizmente ele insistiu que eu não fosse deixada sozinha pelas próximas 24 horas.

— Eu ficarei com ela — Zada se ofereceu imediatamente.

Fiquei agradecida, mais que agradecida. Mas ainda eram os braços de James que eu ansiava ter em volta de mim. Mesmo depois do que ele havia dito, eu ainda o queria.

Enquanto o crepúsculo deixava o quarto escuro, Zada sentou-se em uma cadeira lendo o Alcorão. Eu estava com medo de dormir, então me deitei na cama, imóvel e com medo, meu olho bom aberto, aterrorizada com o que eu veria em meus pesadelos.

Uma batida suave na porta me assustou.

Zada me deu um olhar reconfortante, mas olhou pelo olho mágico primeiro.

— É o James — ela informou. — Você quer falar com ele?

Assenti silenciosamente.

Ele entrou no quarto timidamente, como se não fosse bem-vindo, mas eu já me sentia mais segura.

— Você fica comigo? — soltei. — Por favor!

Ele lançou um olhar para Zada, que deu de ombros e então assentiu.

Eu disse 'obrigada' para Zada enquanto ela pegava seu livro.

— Você tem certeza? — ela murmurou. — Eu não me importo de ficar com você.

Dei a ela um sorriso enquanto balançava a cabeça, e ela apertou minha mão antes de fechar a porta do quarto, em silêncio..

James foi sentar-se na cadeira, mas eu o queria mais perto que isso e praticamente supliquei:

— Por favor... — Gesticulando para o espaço vazio ao meu lado na cama. — Por favor, eu não consigo dormir sozinha. Eu não acho que consiga dormir. Quando fecho os olhos, sinto que está acontecendo tudo de novo.

Mas quando eu olhei para James ele tinha uma expressão de desconforto e meu coração afundou.

— Você quer que eu durma na cama?

— Sim, Deus, sim.

Ele ainda estava hesitando, seus olhos preocupados passando entre a cadeira e eu.

— Eu pensei... não será pior... ter um homem no quarto, na cama?

Encontrei seu olhar quando meus lábios tremeram.

— Eu me sinto segura com você.

Alguma emoção indiscernível passou por seu rosto e desapareceu.

Nós nos revezamos para usar o banheiro e entrei sob as cobertas enquanto eu ouvia o chuveiro ligado. Quando ele retornou, sua pele tinha o brilho avermelhado do calor e ele estava vestindo cuecas boxer.

— Está bem assim? — perguntou, preocupação em seus olhos.

— Eu já vi você com menos — respondi, tímida.

Ele me deu um sorriso rápido, movendo-se sem jeito até deitar-se na beirada da cama, o mais longe possível de mim, e então apagou a luz.

De fato, parecia estranho. Nós nunca havíamos feito isso antes, somente as transas frenéticas de desejo e luxúria.

— Você poderia... poderia me abraçar? — perguntei, já me preparando para a rejeição.

Houve uma pausa curta e então os lençóis se mexeram e ele me puxou para junto de seu peito quente e sólido.

Suspirei de alívio. Eu não havia mentido. Eu, de fato, me sentia mais segura em seus braços.

— Obrigada — sussurrei contra seu coração. — Obrigada por me salvar.

EXPLOSIVA

Seu peito parou como se estivesse prendendo a respiração e então ele começou a falar, sua voz baixa e suave:

— Quando o vi com você, eu quis matá-lo. Eu queria tê-lo feito.

Sua admissão era chocante. *Ele mataria por mim?*

— Eu fico feliz que você não o fez — eu disse, baixo.

— Por quê?

— Muita papelada para fazer.

Ele me deu uma risada surpresa.

— Se você o tivesse matado — eu disse mais seriamente, — você teria sido preso e Deus sabe o que depois disso. Mesmo o Fundo não poderia impedir que você fosse extraditado.

— Eu o teria matado — James disse com sinceridade. — Mas não conseguiria o ângulo certo sem arriscar ferir você.

A voz dele foi abafada.

— Eu gostaria de tê-lo matado. Eu queria. As pessoas dizem que 'perderam o controle', mas eu realmente perdi. Eu o queria morto. Eu queria ver o sangue dele no chão. Eu queria que sofresse. Não podia deixar isso acontecer de novo.

Ele parou de repente, como se tivesse falado demais.

Olhei para cima, observando o contorno de seu rosto no quarto escuro, seu perfil anguloso e estendi a mão para tocar sua bochecha.

— De novo? O que você quer dizer? Eu nunca… oh… outra pessoa? Amira?

Senti a batida irregular em seu peito por baixo dos meus dedos e um raio de dor percorreu meu coração. Ele ainda a amava tanto que só dizer o nome dela lhe causava dor.

Meu próprio coração encolheu ao descobrir isso.

— Sim. — E finalmente respirou. — Amira.

Ele soltou um longo suspiro trêmulo.

— Você… você pode me contar o que aconteceu?

Ele se moveu na cama e, a princípio, achei que não fosse responder. Mas ele começou a falar novamente, sua voz sangrando de dor:

— Quando ela… quando Amira e Clay estavam disfarçados, havia um traidor no departamento. Smith, nosso contato da CIA, havia feito tudo o que podia para manter a operação secreta, mas alguém sabia. Eles estavam comprometidos desde o começo. Ao invés de se infiltrarem numa célula terrorista, os terroristas planejaram usá-los como homens-bombas.

Mas eles não sabiam sobre nossos reforços, um cara chamado Larson, que estava monitorando tudo. Ele salvou Clay, mas foi morto tentando salvar Amira. Ela o viu levar um tiro e o viu morrer.

Ele respirou profundamente, tentando controlar as emoções.

— Os terroristas a estupraram repetidamente; ela teve ferimentos internos. Foi... ruim. — Ele pausou, sua voz rouca. — Eu não estive lá para ela. Não estive lá. E prometi a mim mesmo que nunca deixaria algo assim acontecer novamente. — Ele deu uma risada amarga e rouca. — Falhei nisso também.

Eu estava em choque. Entristecida pelo que havia sido feito com Amira, chateada por ele pensar que era sua culpa, que havia falhado de alguma forma.

— Eu não sabia — eu disse suavemente.

— Ninguém sabia, exceto os médicos e Smith — ele disse. — Não foi tornado público e ela nunca contou à família. Eles sabiam que ela havia sido espancada, mas nunca souberam a história completa. Zada não sabe. Acho que Clay suspeita, mas não tenho certeza. Ele tinha suas próprias merdas acontecendo naquela época.

Sua mão se fechou sobre a minha.

— Eu sinto muito que você tenha se machucado, Bel.

Eu me aninhei contra ele, minha mente girando, mas me sentia segura, protegida. Talvez, até amada?

EXPLOSIVA

CAPÍTULO 20

JAMES

Segurei Bel em meus braços, lutando contra as emoções que deixei trancadas por tanto tempo. Um de seus olhos estava fechado pelo inchaço e seu lábio inferior estava o dobro do tamanho normal. Marcas de dedos apareciam claramente na pele pálida do pescoço e todo o seu corpo estava coberto de hematomas.

Eu queria assassinar o homem que havia feito aquilo com ela. Eu ainda o faria, dada a chance.

Nas semanas em que estávamos transando, eu havia descoberto formas de não me envolver emocionalmente o máximo possível. Dessa forma eu não me sentiria culpado por trair Amira. Eu sabia que fazia zero sentido, mas era como eu me sentia.

Inventei regras que achei que fossem ajudar: nós não conversávamos; eu nunca ficava no quarto dela depois; nós nunca planejávamos a próxima vez. Embora eu soubesse melhor do que a maioria das pessoas que o amanhã nem sempre chegava.

Mas apesar de tudo isso, o jeito que ela me fazia sentir quando eu estava dentro dela, o jeito que se agarrava a mim, o jeito que se entregava a mim, tudo isso estava se infiltrando para dentro da minha pele.

Se eu fosse honesto comigo mesmo, o que raramente acontecia, eu começaria a me importar com ela.

E agora ela estava assustada e vulnerável, e precisava de mim.

Eu não queria ser necessário a ninguém. Eu sempre os desapontava. As pessoas com as quais eu me importava morriam.

Ela se virou em meus braços, chegando mais perto, seu hálito quente se espalhando pela minha pele. Senti que ela estava olhando para mim.

— Eu não sou bom nisso, Bel — admiti, lutando para explicar o quão difícil isso era para mim.

— É bom agora — ela disse.

Ela não estava pedindo muito. *Deus, eu era um filho da mãe egoísta.*

Ela se virou novamente, um longo suspiro que soava derrotado.

— Acho que não consigo dormir — ela murmurou. — Eu dormi demais na caminhonete.

— Você quer assistir TV?

— Reprises legendadas de *Friends* e *Dallas*? Não, eu vou deixar essa passar, obrigada.

— O que você quer fazer?

Ela mordeu o lábio antes de responder:

— Talvez nós possamos conversar?

O tom dela era tão tímido, tão cuidadoso, tão desconfiado – eu sabia que havia a tratado mal e isso se mostrava em cada palavra que ela dizia. Eu havia sido um completo e total imbecil.

— Sobre o que você quer conversar?

— Nada. Qualquer coisa. Alguma coisa. Eu não me importo. — Ela pausou. — Por que você ainda usa suas placas de identificação mesmo não pertencendo mais ao Exército?

Toquei o cordão em volta do meu pescoço que segurava duas placas de metal com meu nome, número, tipo sanguíneo e religião, como se eu vtivesse alguma. Eu era um cético. Não sabia onde colocar minha fé ou sequer se eu a tinha.

— Eu as tirei no dia em que fui dispensado do Exército, as enfiei em uma caixa e me esqueci delas. Mas quando Clay me chamou para vir a Nagorno, as tirei de lá e coloquei novamente.

— Mas por quê?

Dei de ombros, perguntando-me quanta honestidade ela aguentaria.

— Elas são úteis para identificar o corpo.

Ela engasgou e se sentou.

— Você está brincando?

— Não.

— Ai, meu Deus, James!

— Não é importante, Bel. É apenas prático.

Ela deitou-se na cama novamente, envolvendo seu corpo em volta de mim. Eu não queria gostar da maneira como aquilo me fazia sentir.

— Você tem uma vida muito bizarra, James Spears.

EXPLOSIVA

Eu tive que sorrir para isso.

— É normal para mim.

— Você sempre quis ser um soldado? O Exército era algo de família?

— Não. De qualquer forma, eu realmente não tenho família.

— Como assim? — ela perguntou suavemente.

— Nunca conheci meu pai, e minha mãe era uma merda; uma viciada, eles me disseram. Eu fui levado para ser cuidado quando tinha seis anos, então realmente não me lembro dela. Era próximo do meu avô por um tempo, mas ele morreu enquanto eu estava servindo no exterior.

— Só isso? — ela perguntou, soando triste. — Sem irmãos ou irmãs?

Era uma história de pobreza e tragédia que não pude escapar quando criança. Como uma mulher como Bel poderia algum dia entender? Eu precisava do Exército, precisava da ordem e da estabilidade, da fuga do caos.

— Não sei realmente. Talvez minha mãe tenha tido outros pequenos bastardos. Eu teria pena deles, se for o caso, mas é possível.

— Então o Exército era a sua família?

— Sim, eu acho.

— Então por que você saiu?

Grunhi entre divertido e irritado.

— Eu não saí, fui expulso. O termo técnico é 'dispensa administrativa'.

Ela piscou para mim, confusão em seus lindos olhos.

— Mas não entendo. Por que eles fariam isso? Seu treinamento de descarte de bombas levou anos e, bem, você é um herói!

— Quanto a isso, eu não sei...

— James, você é! Zada me contou que você é o herói da Times Square! Você é famoso! Mais ou menos! Quero dizer, o que você fez é famoso!

Suspirei. *Obrigado, Zada.*

— Por que você esconde isso?

Franzi o cenho.

— Porque foi um dia de merda. Porque Amira estava... — Eu respirei calmamente —Porque Clay perdeu sua perna. Eu não fui rápido o suficiente. Eu não *fiz* o suficiente.

— Não é possível que você pense isso... Eu sei que Clay não pensa assim, ou Zada. O mundo pensa que você é um herói.

— Então o mundo é um lugar doentio e fodido.

Ela ficou em silêncio e então estendeu a mão para tocar meu braço.

— Eu sinto muito.

Dei de ombros, mas a verdade doía para caralho.

— Mas eu ainda não entendo — ela disse —, por que o Exército, hum, expulsou você?

— Eu fiquei ausente sem licença. Eles não gostam quando as pessoas fazem isso.

— Ah. Então por que você fez?

Fiz uma careta, desejando que ela esquecesse o assunto.

— Eu recebi uma ligação dos pais de Amira. Eles estavam preocupados com ela. Tinham ouvido que o hospital no qual ela trabalhava havia sido bombardeado e que ela não estava atendendo o telefone. Eles me pediram para encontrá-la na Síria.

— Ai, meu Deus, eu não tinha ideia! Mas você não poderia ter pedido alguns dias de folga? Uma crise familiar?

Eu sorri para a ingenuidade dela.

— Eu não tenho família, lembra? Além disso, não há nenhuma forma legal de viajar para a Síria a não ser que você tenha o visto correto; e leva tempo e conexões para organizar essa merda e eu precisava sair imediatamente. Um... amigo conseguiu minha entrada no país, mas foi tudo por baixo dos panos. O menor número de pessoas que soubesse, melhor.

— Zada me disse que sua irmã estava trabalhando em Raqqa. — Ela respirou, sua voz em um sussurro. — Até mesmo eu havia ouvido falar de todas as coisas horríveis que estavam acontecendo lá. Eu não sabia que você havia desertado.

— Sim, eu fiz isso, mas foi tarde, de qualquer forma. Ela já estava morrendo por conta de seus ferimentos.

— James...

Nós ficamos em silêncio por vários minutos.

— O Exército te expulsou por isso?

E eles não podiam fazê-lo rápido o suficiente.

— Como eu disse, era chamada dispensa administrativa. Eu estava fodido da cabeça e ninguém queria trabalhar comigo. Fiquei três meses no Centro de Treinamento de Correção Militar de Colchester, uma prisão militar.

— Eu não acredito que eles te trataram dessa forma! — ela disse, sua voz zangada. — Isso é inacreditável! Você provavelmente estava sofrendo de Estresse Pós-traumático.

Nada de 'provavelmente' aí.

— Depois de todos os seus anos de serviço! Todas as coisas incríveis

EXPLOSIVA

151

que você fez e eles não podiam se dar ao trabalho de te ajudar quando você mais precisava. Isso é tão errado! Ooh, isso me faz querer escrever para o Ministro da Defesa. Não! Para a Primeira Ministra. Se pelo menos ela soubesse as circunstâncias...

— Não, Bel.

— Mas você não pode simplesmente sair desse jeito!

— Está feito. Esqueça isso.

— Eu nunca vou me esquecer!

— Pare de tentar me salvar, Bel — eu disse, minha voz baixa em sinal de aviso.

Ela grunhiu baixo e isso me fez sorrir. Mas eu estava dizendo a verdade – ela não podia me salvar.

Você só pode salvar a si mesmo.

Se você quiser.

— E quanto a amigos? — perguntou cuidadosamente. — Você não tem nenhum amigo? Talvez amigos do Exército?

Balancei a cabeça.

— Eu me afastei de todos depois que saí de Colchester. Não retornei nem as mensagens de Clay.

— Mas ele ainda é seu amigo?

Eu sorri, pensando na recusa de Clay em me deixar desaparecer.

— Sim, mas ele estava lá quando tudo aconteceu. Ele conhecia Amira. E estava com Zada, então... — Balancei a cabeça. — Eu só queria esquecer tudo. Estava planejando beber até morrer, se eu não tivesse a coragem de fazê-lo mais rápido.

— Eu fico feliz que você não o fez — ela disse, acariciando meu rosto gentilmente com seus dedos.

Eu precisava mudar o assunto.

— E quanto a você, Lady Arabella? Qual é a sua história?

Ela deu uma risada triste.

— Oh, nada especial. Pobre menininha rica que não conseguia chamar atenção o suficiente, então se tornou cada vez mais ultrajante esperando que alguém a notasse — ela disse amargamente. — Deus, isso soa patético! Não era tão ruim assim.

Mas ao começar a entendê-la um pouco melhor, me perguntei se talvez ela pudesse me entender também. Todos nós temos cicatrizes: algumas nós podemos ver, outras não.

— Minha vida é frívola e sem sentido. Eu sei disso — continuou. — Nada é desejado de mim, nada é esperado... a não ser um bom casamento. Eu te invejo de algumas maneiras. Eu quero dizer, não... o que aconteceu com você, obviamente. Deus, eu estou dizendo tudo errado, mas você pode viajar, você pode fazer a diferença.

Não me inveje. É solitário.

Mas eu não disse isso. Ao invés, perguntei algo completamente diferente. Eu queria vê-la sorrir.

— Quais foram as partes boas, as memórias bacanas da sua infância? Deve ter havido algumas. — Eu esperava.

— Memórias bacanas? — Ela soou surpresa. — Sim, eu acho que sim. Quer dizer, crescer em um castelo não foi ruim. Era solitário, mas eu tinha uma boa imaginação e 124 quartos para brincar, assim como os pomares e estábulos. Alguns funcionários eram gentis comigo. Um dos cavalariços costumava me deixar ajudá-lo com os cavalos, mas então papai os vendeu.

— Cristo, 124 quartos! Eu fui criado em um apartamento de um só e depois dividi um quarto com outras três crianças até que me juntei ao Exército.

— Sim... — Ela deu uma risadinha triste, apagando a alegria em seus olhos. — Como eu disse – pobre menininha rica. Thoreau escreveu que a maioria dos homens leva vidas de calmo desespero.

Eu nunca havia ouvido falar desse cara, Thoreau, mas ele poderia estar certo sobre algo... embora soasse como um filho da mãe miserável.

— O que aconteceu com a sua mãe?

Bel suspirou.

— Ela morreu dez meses depois que nasci. Eu gosto de pensar que teria sido melhor se ela tivesse vivido, mas realmente não sei. Ela não poderia ter sido tão maravilhosa se concordou em se casar com meu pai.

— Ele parece ser um tremendo filho da mãe.

— Oh, ele definitivamente é! Mas também é brilhante nos negócios, completamente implacável, é claro. Eu fui bastante útil sendo sua acompanhante nos bailes e eventos nos últimos oito ou nove anos. Ele diz que isso mantém as caçadoras de dote longe.

— Boa — eu disse, minha voz cheia de sarcasmo.

— Dificilmente. — Ela riu.

— Por que ele te trouxe para Nagorno?

— Oh — Ela fez uma careta. — Isso é bastante embaraçoso. Era ir

EXPLOSIVA

153

com ele ou voltar para a reabilitação. Bom, enviar-me para Nagorno era definitivamente mais barato que a reabilitação, mas já estive lá duas vezes de qualquer forma e não havia funcionado. — Ela deu de ombros. — Por que estar sóbria se a vida é uma merda? — Ela pausou. — Eu provavelmente não deveria dizer isso para você.

— Você não está dizendo nada que eu não houvesse dito para mim mesmo umas mil vezes.

— Sim, bem, você tinha uma boa razão. Você perdeu sua noiva.

Eu pausei.

— Amira não era minha noiva.

Bel virou a cabeça para olhar para mim.

— Mas eu pensei... você me disse que a havia pedido em casamento.

— Eu pedi, mas ela disse não. Ao invés disso ela escolheu ir para a Síria e trabalhar como uma enfermeira de emergência, no hospital em que seu irmão morreu. Ela queria fazer o bem, foi o que ela disse. Em vez disso ela morreu lá.

— James! Ai, meu Deus!

Ouvi seus soluços baixos e me senti como um merda completo.

— Não chore por mim, Bel. É assim que é.

E se Amira tivesse sobrevivido, talvez nós tivéssemos uma chance, mas não havia garantias. Essa era a verdade que eu escondia de mim mesmo. Amei Amira com tudo que havia em mim, e acho que ela gostava de mim também. Mas será que nós podíamos ter criado uma vida, juntos?

Eu jamais saberia.

— Eu sinto tanto — Bel murmurou, secando os olhos.

Não havia nada mais a dizer, então ficamos deitados em silêncio por vários minutos, mas não acho que nenhum de nós tinha qualquer chance de dormir.

Eu não tinha certeza porque confiava em Bel para contar tudo aquilo. Zada e Clay sempre assumiram que havia algo mais entre Amira e eu, mas estive muito confuso para dizer algo diferente. Quando estava em Nagorno, era tarde demais e não havia sentido.

Como uma regra, eu não confiava nas pessoas. Elas sempre iam embora mais cedo ou mais tarde: família, amigos, amantes. Todos iam embora.

Amira. Carreguei o peso de sua perda por tanto tempo que sequer me dei conta de que estive cambaleando com o fardo. *Talvez eu já tenha aguentado por muito tempo?*

No momento em que pensei nisso, senti uma frouxidão, uma leveza, um sopro de possibilidades.

Finalmente, Bel falou novamente:

— Obrigada por confiar o suficiente em mim para me dizer. Não direi nada, nem em sonho. Mas agradeço por você me contar. — Ela respirou fundo. — Você não precisa da permissão de ninguém para sorrir novamente, James.

E ela plantou um beijo suave nos meus lábios antes de voltar a se deitar em seu travesseiro, suas palavras girando dentro do meu cérebro.

— Clay e Zada são ótimos, não são? — ela disse, um anseio em sua voz. — O que eles têm juntos... eu fico com tanta inveja. Mas espero que eles consigam seu bebê. Eles seriam ótimos pais, você não acha?

Você não pode sentir falta de algo que nunca teve. Sim, e eu chamo isso de conversa fiada.

Porque quando eu olhava para Bel, sentia a atração de um anseio que me assustava pra caralho.

— Eu não saberia o que são ótimos pais.

— Eu também não, mas acho que eles seriam ótimos.

— Sim, eu suponho.

E ocorreu a mim que se Clay fosse metade do pai que era como amigo, o filho deles estaria bem.

Ele era a única pessoa que não havia me deixado, nem mesmo quando tentei afastá-lo. Ele e Smith.

Bel contorceu-se um pouco, roçando a bunda deliciosa contra minha virilha.

Fiquei duro em segundos, mas até eu sabia que sexo não era o que ela precisava agora. Eu tinha alguns escrúpulos. Bem, talvez um.

— Por que deixou o seu pai trazer você para Nagorno? — perguntei, genuinamente curioso e precisando de uma distração. — Você poderia ter dito não.

— Credo! Ninguém diz não para o meu pai — ela disse, estremecendo.

— Você tentou?

— Bem, na verdade não. Ele pegou todos os meus cartões de crédito, cortou minha mesada e disse que eu havia envergonhado a família. Além disso, ele não me deixa trabalhar e não sou boa em nada...—

Minhas sobrancelhas se levantaram.

— Ele não *deixa* você trabalhar?

— Eu sei, é tão *Vitoriano*. Ele está só esperando para me casar com

EXPLOSIVA

alguém que pode aumentar seus negócios. Um casamento de conveniência.

— Você está brincando, certo?

— Só um pouco. Mas ele me mantém completamente dependente dele, então às vezes sinto que não tenho escolha. Você não conheceu meu pai; ele não é alguém que você enfrenta.

— Jesus, Bel! Ele não *possui* você! E o que você quer dizer com não ser boa em nada? Clay te elogiou desde o dia em que você chegou.

— Awn, sério? Bom, Clay é um querido.

— Clay é um ex-Fuzileiro Naval; ele não tolera gente à toa ou idiotas.

— Ah, bem — ela pausou —, obrigada.

Um grande desgosto pelo idiota superprivilegiado que se intitulava o pai de Bel começou a crescer dentro de mim. Ela era brilhante, linda e gentil e sua autoestima estava no lixo.

— Você vale muito mais do que se dá crédito — eu disse rispidamente com certeza em minha voz.

Eu a senti sorrir contra o meu peito.

— Isso é legal, nós conversando. Quer dizer, eu realmente gostei do sexo também. Conheço cada parte do seu corpo, suas tatuagens, aquela pequena pinta no seu pescoço, seu lindo pau, até suas cicatrizes, mas isso... conversar... é quase mais íntimo. Isso faz sentido?

— Não acredito que você chamou meu pau de lindo! Magnífico, enorme, sim, mas lindo?

Ela riu alegremente e aquele som – *aquilo* era lindo.

— Bom, você é magnífico e enorme, mas também lindo. E não só o seu pau. É ridículo o quão grandes seus cílios são, e você tem olhos azuis tão bonitos. Seu corpo deveria estar na capa da *Men´s Fitness* e o seu rosto... Meu Deus! Você poderia se um modelo da Armani! Ela riu levemente. — Você é totalmente delicioso, e tenho certeza de que todas as garotas lhe dizem isso.

— Nah, não há muitas.

Ela parecia surpresa.

— Nenhuma? Nem umazinha?

Cocei o queixo, um pouco desconfortável.

— Houve um rolo quando eu estava bêbado. Eu provavelmente nem consegui armar a barraca. Alguma vadia que me pegou no *pub*.

Eu não disse a ela que acabei pegando *chatos* naquele breve encontro. E eu levaria essa verdade para o túmulo.

Ela mordeu o lábio novamente.

— Então, você só... uma... desde, desde que você deixou o Exército?

— Sim. Até você.

— Oh!

A voz dela estava surpresa, chocada até, mas então ela se aninhou contra mim.

— Isso é fofo — ela disse. — Acho que você devia estar compensando pelo tempo perdido! De qualquer forma, conte-me sobre sua primeira namorada, sua primeira vez; quando perdeu sua virgindade.

— O quê? Por quê?

— Conta, por favor! Estou interessada.

Inferno! As coisas que essa mulher perguntava!

— Tá bom, eu tinha 15 anos, o nome dela era Rose Hogg e ela tinha 16 e meio... —

— Ah, a mulher mais velha e experiente.

— Sim, algo assim. Durou em torno de 20 segundos e ela nunca mais falou comigo.

— Ohh, que cruel.

— Não posso culpá-la; foi totalmente uma merda para ela. E quanto a você? Deve ter havido um monte de caras babando por você.

Ela me deu um sorriso preguiçoso.

— Sim, muitos 'caras'. Mas nenhum foi memorável – até agora.

Nós conversamos o resto da noite sobre tudo e sobre nada. Contei sobre a vida de uma criança de orfanato, a solidão, o medo, a camaradagem com as outras crianças, os valentões; os tutores legais, os tutores de merda e os tutores com os quais você evitava ficar sozinho. Contei sobre me alistar no Exército, da luta e anos de estudo para me tornar um ATO (operador de antiterrorismo). Contei sobre algumas das missões nas quais estive e quando lhe disse sobre os amigos que haviam morrido, sobre os pesadelos recorrentes nos quais minhas mãos haviam sido explodidas, ela me abraçou e beijou meus dedos, um por um.

Na vez dela, ela me contou sobre o vazio de sua vida enquanto crescia, apesar do dinheiro e das casas, dos feriados esquiando em Klosters e Davos, das viagens de verão para as Seychelles, lugares que nunca tinha ouvido falar quando criança.

Ela era rica e eu, da sarjeta, mas o vazio que ambos experimentamos significava que tínhamos muito em comum.

Nós conversamos sobre tudo exceto o ataque de Yad.

Se conversar era uma distração para os pesadelos dela, então eu falaria até que minha língua caísse.

No entanto, eu não podia me enganar mais. Eu gostava de Bel. E esse era um problema grande pra caralho.

Finalmente, quando a escuridão começou a se dissipar e a primeira luz cinza do amanhecer apareceu ao leste, caímos em um sono leve.

Motivo pelo qual eu não estava certo se imaginei ou não quando ela disse:

— Eu te amo.

Merda.

CAPÍTULO 21

ARABELLA

Acordei de repente, um sonho assustador sobrecarregando minha consciência.

— Bel, você está bem?

A voz de James estava grogue e sonolenta, mas também calorosa com preocupação e senti o menor dos sorrisos levantar meus lábios. Eu me virei para olhar para ele, seu rosto pincelado com a suavidade do sono, mas já se endurecendo para a armadura emocional que vestia todos os dias.

— Eu ficarei. Obrigada por ficar comigo.

Seus olhos estavam desconfiados, mas ele sorriu de volta.

— Não tinha mais nenhum lugar para estar.

Não era uma declaração de amor imortal, mas quase tão boa, vindo de um homem que falava menos do que a maioria das pessoas, mas de quem tinha mais significado quando falava.

— Você não sorri muito. Eu gosto quando você sorri.

— O quê? Eu sorrio. Não?

— Não.

— Oh.

E então ele me beijou, gentilmente a princípio, testando as águas, por assim dizer. Mas ao me encontrar pronta e ansiosa, levou adiante.

Suas mãos fortes rastrearam meu corpo e em segundos aqueles dedos ásperos de trabalho, e espertos, me levaram ao orgasmo. E quando fez amor comigo, tomou seu tempo, mostrando-me uma gentileza e cuidado dos quais eu mal sabia que ele era capaz.

Nós ainda não tínhamos camisinhas, mas já havíamos nos acostumado com isso.

E depois, deitamo-nos entrelaçados, corpos emaranhados, e me senti amada.

Era uma sensação perigosa, amar um homem tão indomável e selvagem quanto o vento. A qualquer segundo eu podia virar a cabeça e ele haveria sumido, invisível, deixando apenas a memória para trás.

Mas ele estava aqui por agora.

Há muito eu havia aprendido a aceitar menos do que desejava; passar sem. A matar brutalmente quaisquer esperanças para o futuro.

Nós tomamos banho juntos, aproveitando o prazer extraordinário, excessivo e luxuoso de ficar de pé por vinte minutos debaixo de água quente e abundante, mãos ensaboadas deslizando sobre a pele aquecida.

Ele havia feito a barba de novo. James sabia que eu amava a sensação de sua pele lisa sobre sua mandíbula forte quando nos beijávamos. A cabeça ainda não havia sido raspada, embora eu imaginasse que ele o faria em breve, mas eu gostava de tocar a pele macia e fina de seu cabelo cobrindo o couro cabeludo.

Rocei os dedos sobre seus lábios.

Seu raro sorriso ainda tinha o poder de tirar meu fôlego, mas eu estava lentamente me acostumando a isso.

Nós havíamos perdido o horário do café da manhã, mas descemos para almoçar mais cedo, de mãos dadas, encontrando Clay e Zada sentados no bar do hotel bebendo chá de hortelã.

Os olhos de Zada se arregalaram quando nos viu de mãos dadas, mas discretamente não disse nada. Clay por outro lado...

— Cara! Você finalmente tirou a cabeça do teu rabo! Boa, irmão! Harry, você poderia conseguir coisa melhor, mas ele está trabalhando nisso. Pode até haver potencial...

Para isso tudo, James replicou:

— Foda-se.

Clay riu e Zada escondeu um sorriso.

— Como você está se sentindo? — ela me perguntou.

Eu me sentei, surpresa em ver que James havia puxado a cadeira para mim. Surpresa, mas muito satisfeita.

Pensei sobre a pergunta de Zada antes de respondê-la:

— Melhor — eu disse eventualmente. — Ainda assustada por tudo que aconteceu, mas parece mais com um pesadelo realmente medonho agora. Para ser honesta, estou tentando não pensar muito sobre isso. Vocês já tiveram alguma notícia?

Clay sacudiu a cabeça.

— O QG está tentando descobrir o que aconteceu depois que partimos, mas parece que as mulheres se dispersaram e foram embora, o que foi melhor, acho. Não há notícias sobre Yad. Eles estão acompanhando de perto e nossas instruções são para ficar aqui. Então pensem nisso como férias remuneradas.

Soltei uma gargalhada.

— Certo. Bem, nesse caso, vou ver se consigo encontrar um cabelereiro e alguém para consertar minhas unhas, que estão um desastre completo. Depois eu quero uma massagem. Uma gentil.

— Eu posso fazer isso pra você — disse James maliciosamente. — Eu também tenho habilidades de cabelereiro para oferecer.

Minhas bochechas ficaram rosadas. Ele havia passado de me foder em privacidade e silêncio para sorrisos sexy e insinuações em uma única noite. Uma garota poderia ser perdoada por ficar confusa.

Dei o meu melhor para lidar com os socos emocionais e abraçar esse lado divertido dele nunca visto.

James estava relaxado, quase brincalhão. Isso era novo e uma esperança frágil explodiu dentro de mim.

— Sim para a massagem, mas um não gigante para a arrumação de cabelo. Uma vez foi o suficiente, obrigada mesmo assim.

Os olhos de Clay se arregalaram.

— Irmão, não me diga que *você* cortou o cabelo de Harry? Que diabos?

James deu de ombros.

— O que eu posso dizer? Ela me implorou.

Minha boca se abriu e o cutuquei no braço.

— Não é exatamente como eu me lembro!

Ele sorriu para mim, um grande sorriso genuíno.

O que me fez querer beijá-lo, embrulhá-lo e levá-lo para casa e depois transar com ele até perdermos os sentidos.

Aqueles dias passados em um hotel de duas estrelas em Yerevan permaneceriam como umas das memórias mais felizes de toda a minha vida.

O ar do outono era fresco e limpo e, pela primeira vez em vários dias, não tinha nenhum álcool ou drogas em meu corpo. Eu podia pensar claramente e sentir cada emoção com uma claridade dolorosa.

Cobri meus machucados com maquiagem e fingi que éramos um casal comum como qualquer outro, tirando uma folga juntos na cidade.

EXPLOSIVA

Sempre havia preferido contos de fadas à vida real.

Nós visitamos fortalezas e igrejas milenares, caminhamos pela antiga Rota da Seda e pela moderna Praça da República. Nós comemos juntos, exploramos juntos, acordamos juntos e fizemos amor juntos.

Todo dia James revelava um pouco mais de si mesmo para mim, e eu apreciava cada momento.

Estava surpresa e confusa quando o vi se ajoelhar para rezar às manhãs, de frente para o leste.

Eu havia aprendido com Zada que os muçulmanos faziam isso cinco vezes por dia como um dos Pilares do Islamismo, mas James só fazia uma vez, toda manhã. Talvez, à sua própria maneira, ele estivesse honrando Amira. Não cabia a mim, perguntar. Só porque eu compartilhava sua cama, não significava que compartilhava seus pensamentos.

Mas ele segurava minha mão em toda oportunidade e parecia me amar. Ele simplesmente nunca dizia as palavras.

Nós estávamos sentados do lado de fora de uma pequena cafeteria, apenas quente o suficiente no ar frio, bebendo café quente e apimentado.

— A primeira vez que te vi — ele disse —, pensei que você era Helena de Tróia.

Surpresa e satisfeita, levantei as sobrancelhas.

— Por que diabos você pensaria isso?

Ele me deu um sorriso caloroso e pendurou seu braço em volta de meu ombro.

— Porque você é o tipo de mulher pela qual homens iriam à guerra.

— Eu não quero ninguém lutando por mim — ela disse baixo. — Uma vez já foi o suficiente. — Estremeci com a memória de Yad.

Seus olhos azuis frios suavizaram-se quando olhou para mim, roçando os lábios quentes sobre minha bochecha.

— Não é isso que quero dizer. Naquele primeiro dia, eu sabia que você tinha algo de especial. Estava puto porque achei, eu *sabia* que você nunca se interessaria por um homem como eu.

— Você pensou errado. — Sorri, me aconchegando ao seu lado. — Você é exatamente o homem para mim.

Ele suspirou e eu sabia que as palavras que gostaria de ouvir não eram as que estavam vindo a seguir.

— Bel, eu não sou um bom pretendente. Tenho uma pequena pensão do Exército que paga a hipoteca de apartamento tedioso de dois quartos nos arredores de Reading. E é isso. Não tenho economias e faço um trabalho que poderia me enviar a basicamente qualquer lugar no mundo, mas a nenhum lugar que alguém gostaria de ir.

— Bom — eu disse com cuidado —, não estou procurando por um 'bom pretendente'. Meu pai pode encontrar vários desses para mim e não estou interessada. Você, por outro lado, me interessa muito. Além disso, uma pessoa só pode viver em um quarto por vez; quem precisa de cinquenta quartos de qualquer jeito? — Eu me sentei ereta. — Olha, James, não vamos colocar um rótulo nisso. Estamos nos divertindo, mais do que nos divertindo, mas você está certo, tudo está solto no ar. Estive pensando sobre nós e como podemos nos apegar ao que temos...

Segurei a respiração esperando ele dizer que não havia nenhum 'nós' e que todo esse relacionamento estava na minha cabeça.

Mas ele não o fez.

Soltei um suspiro esperançoso e continuei ousando colocar meus sonhos em palavras:

— Pensei em me candidatar pra valer para um trabalho com o Fundo Halo. Eu sei um bocado sobre o trabalho de campo agora. Espero que eles considerem me enviar como uma espécie de assistente para Clay. O que você acha?

Uma miríade de emoções passou por seu rosto.

— Acho que você é incrível, Bel. Mas me assusta pra caramba pensar em você seguindo carreira e tendo que ir para alguns dos buracos de merda nos quais eu estaria trabalhando.

Dei um pequeno sorriso enquanto me inclinava para beijá-lo, o som de suas placas de identificação batendo uma na outra induzindo uma resposta Pavloviana de luxúria e necessidade em mim.

— Então você sabe exatamente como me sinto e como me senti todos os dias desde que fui a uma Tarefa com você e vi o que você faz.

Ele me beijou suavemente, então depois de alguns momentos se afastou e beijou o topo daminha cabeça, uma necessidade inconfundível em seus olhos.

— Vamos voltar para o hotel?

E porque eu não era mais uma mulher estúpida, aceitei, é claro. Nós também encontramos uma loja que vendia camisinhas.

Enquanto ficávamos ali, em Yerevan, o Fundo estava intervindo em Nagorno.

EXPLOSIVA

Finalmente, chegou a notícia de que Yadigar Aghayev fora preso e levado a uma delegacia longe da influência de seu primo, e todos nós respiramos aliviados.

Nós esperávamos que fôssemos enviados de volta para terminar nosso trabalho no vale. Mas após alguns atrasos, as notícias vieram de que não voltaríamos para Nagorno. Outra equipe estava sendo enviada para terminar o serviço – o Fundo estava tomando precauções, sem dúvida pensando que era muito perigoso nos enviar de volta, caso houvesse represálias. Eu esperava que eles encontrassem um trabalho para Maral. Ela era boa no que fazia e muito corajosa. Eles precisavam de pessoas como ela.

Quanto a nós, bem, havia trabalho o bastante para nós no lado armênio da fronteira. Outra equipe estava escalada para chegar do Reino Unido, mas James e Clay organizariam a força-tarefa de moradores locais e começariam os treinamentos. Tudo indicava que ficaríamos em Yerevan por pelo menos mais seis semanas. Secretamente eu estava encantada.

Mas depois disso, Zada e Clay seriam enviados de volta aos EUA para uma licença de um mês e então seriam transferidos para outro país altamente minado, Angola, um país na costa oeste da África Central. James iria também.

Quanto a mim...?

James me pediu para ir com ele. Mas não era a conversa pela qual eu havia esperado.

— Bel, não tenho certeza se é uma boa ideia você trabalhar para o Fundo Halo.

Eu me virei para o meu lado na cama, olhando para ele em surpresa.

— Mas você disse... você disse que era uma boa ideia. Você disse que eu era incrível!

— Eu sei, e não mudei de opinião. Você é incrível. Mas preciso que esteja a salvo mais do que preciso que você tenha um trabalho. Se estiver *comigo*, eu posso cuidar de você. Mas se você for para onde quer que eles lhe mandem, e não for comigo... não acho que conseguiria lidar com isso.

Estava chocada com sua honestidade, depois irritada.

— Espera, você está dizendo que trabalhar em um dos escritórios do Fundo é mais perigoso do que o que *você* faz?

Ele franziu a testa.

— Não, claro que não, mas...

— Não, calma. Você estaria preocupado demais comigo trabalhando em um dos escritórios, mas eu teria que vê-lo ir para as Tarefas todos os dias neutralizando bombas? Dois pesos, duas medidas?

— Você está distorcendo minhas palavras! — ele surtou. — Eu apenas estou dizendo que você está segura *comigo*. Se aceitar um emprego com o Fundo, nós não podemos controlar para onde você será enviada. Apenas venha comigo como... como minha namorada.

Eu sabia que isso era um passo enorme para ele, mas ele havia me transformado e agora tinha que aceitar as consequências. E eu precisava lembrar a mim mesma que, isso não era o mesmo que o meu pai se recusando a me deixar trabalhar.

— James — eu disse gentilmente, me inclinando para tocá-lo. — Eu aprendi tanto vindo para Nagorno. Você me ensinou tanto também. Estou aprendendo a andar pelos meus próprios pés pela primeira vez na vida, mas não estou lá ainda. Se eu for com você somente como uma parasita, nunca serei algo mais, entende?

A raiva dele explodiu rapidamente, a tempestade formando-se em seus olhos.

— Uma 'parasita'? Eu digo 'namorada' e você diz 'parasita'? Legal, Bel. Clássico.

— Não fique ofendido — eu disse, tentando manter a paciência. — Talvez eu tenha escolhido mal minhas palavras...

— Sim, você acha?

— ...Mas o que quis dizer é que estar lá como sua *namorada* sem um papel oficial me torna totalmente dependente de você. Eu posso garantir que meu pai me deserdará. Eu *precisarei* trabalhar, precisarei da renda.

— Eu estarei ganhando — ele disse, uma expressão obstinada em seu rosto. — Nós podemos viver disso.

— Eu não posso viver à *sua custa!* — , eu disse, minha voz aumentando como a dele. — Amira trabalhava como enfermeira...—

Assim que falei o nome dela, eu soube que estava abrindo feridas recém-curadas.

— E olha aonde isso a levou! — ele gritou, saltando da cama gloriosamente nu e caminhando de um lado para o outro no quarto, suas mãos em sua cabeça. — Isso a matou! Eu pedi a ela que esperasse, eu disse a ela que iria junto e ela morreu! Yad quase estuprou você; ele provavelmente teria matado você!

— Não há razão para que isso aconteça novamente! — gritei de volta, frustrada por não estar conseguindo conversar de uma maneira civilizada;

EXPLOSIVA

165

chateada por ele ter mencionado Yad novamente. — Eu cuidarei da papelada e...

— Pelo menos Amira estava fazendo algo importante, não trabalhando em uma porra de um escritório! — ele gritou na minha cara.

Por que nós ferimos aqueles a quem mais amamos?

— Santa Amira! — gritei de volta. — Como poderei viver à altura do pedestal no qual ela está?

— Cale a boca! Só cale a boca! Você não tem o direito de dizer o nome dela! *Nunca!*

Como eu poderia estar gozando de sua paixão há apenas alguns minutos, o suor ainda secando em nossos corpos nus, mas agora estávamos gritando coisas odiosas e ofensivas um ao outro, acumulando os escombros daquelas paredes das quais havíamos passado os últimos dias derrubando?

Ambos dissemos coisas demais e comecei a chorar, desaparecendo para chorar no banheiro.

Eu ainda estava soluçando no chão quando ouvi a voz de Clay no quarto. Eu não podia ouvir o que ele dizia, mas parecia urgente.

Agarrei uma toalha e abri uma fresta da porta.

— O que está havendo?

James se recusou a olhar para mim quando falou:

— Trabalho — ele disse friamente.

Clay pareceu intrigado pela resposta curta de James e virou o rosto para mim, com uma expressão preocupada.

— A polícia recebeu um aviso de que há um carro-bomba do lado de fora do hospital da cidade. Estão limpando a área agora, mas eles não conseguem trazer sua própria equipe de descarte de bombas aqui em menos de uma hora. — Ele esfregou uma mão em seu rosto. — Eles pediram nossa ajuda.

— Como assim? — Engoli em seco, saindo do banheiro, sem ligar por estar mostrando muita pele na frente de Clay.

Ele desviou o olhar respeitosamente quando respondeu:

— James irá avaliar a situação.

Meu coração galopou e então parou.

— Isso não faz sentido algum! Eles têm seu próprio exército, seus próprios especialistas. Eu já vi polícia armada em todo lugar. Por que eles querem James? Como eles sequer sabem sobre ele?

— Eu me perguntei a mesma coisa — ele disse baixo. — Mas essa é uma situação urgente. Eles não podem evacuar o hospital inteiro porque há uma cirurgia acontecendo na ala ao lado da bomba. Eles precisam da nossa ajuda. Precisam da ajuda de James.

Engoli em seco.

— Você quer dizer que eles irão enviá-lo para neutralizar o dispositivo... ele irá vestir o traje antibomba!

Clay assentiu.

— Ai, meu Deus! — murmurei, minhas pernas tremendo. — Não!

— Isso é o que eu faço, Bel — James disse entredentes. — Lide com isso.

EXPLOSIVA

CAPÍTULO 22

JAMES

— *Por que eles querem James? Como eles sequer sabem sobre ele?*

As palavras de Bel ecoaram em minha cabeça enquanto automaticamente comecei a preparar o equipamento na caminhonete.

Clay estava agindo como Número Dois – o que o Exército Britânico chamava de assistente do Operador Antiterrorista. Ele não era treinado para fazê-lo, mas sabia o suficiente para ser útil.

Bel estava certa – esse esquema estava todo errado. *Como* eles sabiam sobre mim? *Como* sabiam que eu tinha todo o equipamento necessário comigo? *Como* sabiam onde me encontrar?

Apesar de todos esses pensamentos tomando conta de mim, o chamado era real: um carro abandonado ao lado do hospital havia sido encontrado pela polícia, cheio de aceleradores ou algum outro tipo de equipamento incendiário. Fios foram vistos e, naquele ponto, a polícia havia chamado o Esquadrão de Bombas local. Até onde sabíamos, eles já estavam lidando com um incidente de minas terrestres a sessenta minutos fora da cidade. Coincidência interessante. Para mim isso soava como uma distração.

Alguém me queria em cena.

Mesmo pensando nisso, tranquei minhas emoções, uma a uma.

Eu não era um psiquiatra, mas havia passado pelas mãos de um número suficiente deles para entender o que estava acontecendo. Emoções estavam ali com um propósito, mas para mim elas eram um recurso dispensável.

Quando você sofreu trauma após trauma, a autopreservação eventualmente aparecia e suas emoções secavam. Algumas pessoas desmoronavam em desespero e tornavam-se inoperantes – isso foi o que aconteceu comigo depois que Amira morreu.

Só recentemente eu havia começado a me perguntar se havia um caminho de volta – talvez meus recursos emocionais se recarregariam e as emoções retornariam. Como em relacionamentos: você conhece alguém, confia nesse alguém e se machuca... quantas vezes você já se envolveu com uma pessoa, mas nunca permitiu que ela chegasse perto demais para te machucar outra vez?

Minha mente e corpo haviam se condicionado ao ambiente, protegendo a si próprios reduzindo o risco emocional. Mas passei a esperar que com o tempo, com Bel, um relacionamento positivo pudesse curar um pouco do dano e permitir um retorno ao funcionamento normal. Seja lá o que isso significasse.

Porém durante aqueles minutos, enquanto Clay dirigia a caminhonete com nossa escolta policial até a área isolada, eu sabia que não havia nada normal para mim. Talvez eu pudesse ainda mostrar algo que lembrasse emoções. Se escolhesse o assunto certo e me empenhasse o suficiente – como quando Bel havia sido atacada. Mas aquilo era uma atuação? Uma memória de como eu costumava ser? Porque eu ainda tinha a habilidade de desligar minhas emoções de acordo com minha vontade. O problema era, elas algum dia se ligariam de volta?

Ah, bem, isso tinha sua serventia.

Uma garoa constante havia se instalado, e eu observava, hipnotizado, aos limpadores passarem pelo para-brisas como ponteiros de um relógio em contagem regressiva: *tique-taque, tique-taque, tique-taque.*

Já estive nessa posição antes, tantas vezes, vezes demais.

Lembrei-me da chuva em um inverno afegão, aquela sensação miserável de acordar em um saco de dormir seco para encontrar o tamborilar da chuva na barraca. Eu sabia que ficaria molhado, mas qual era a alternativa? Dizer não para o sargento das Tropas?

Então eu tinha saído do meu saco de dormir, reclamando porque a lona abaixo de onde eu dormia estava ensopada; checado o relatório de situação na sala de Operações e então quando estivesse no Ponto de Controle de Incidentes, eu puxaria meu equipamento – o traje antibomba.

Ele é pesado, difícil de se ajoelhar, difícil de se deitar. A visão periférica é reduzida para quase nada, mesmo assim, eu ficaria em alerta, observando, procurando o horizonte, os prédios, a sarjeta. Nada se move, nada para ver, exceto as gotas rolando na frente do meu capacete e o carro-bomba em direção do qual eu estava caminhando. Minha única opção era seguir em frente.

EXPLOSIVA

Como isso era diferente agora? Sorri sombriamente para mim mesmo – eu havia escolhido estar aqui. Eu ousei pensar que podia ter uma vida além de toda essa porcaria, toda a dor, toda a humilhação e desespero, mas estive errado.

Eu tinha uma forte premonição de que iria morrer.

E eu não me importava.

Memórias tremularam por mim, implacáveis e pungentes.

No Afeganistão, fazia um frio congelante no inverno e um frio de assar no verão. Independente da miséria, um soldado aceitava o clima e tinha coisas mais importantes com que se preocupar. Eu apenas consideraria as condições se elas pudessem afetar meu trabalho: dedos dormentes enquanto eu tentava manipular os alicates ou a furadeira ou a faca, e mesmo assim tudo que eu faria era ajustar, ajustar, acomodar.

Mas o calor do verão do lado de fora era escaldante, você simplesmente não consegue entendê-lo – mesmo a explosão de calor quando se abre a porta de um forno apenas o imitava por um segundo. Era o tipo de calor que testava os nervos, drenava energia e o colocava em uma fervura lenta e irritável, às vezes resultando em uma explosão. Tudo cheirava a queimado ou ao cheiro sufocante de suor.

Eu me lembrava de tudo.

Enquanto estive lá, atenderia a seis atentados suicidas – o que significa que eu seria chamado depois que algum filho da mãe houvesse explodido a si mesmo junto a qualquer um que, por acaso, estivesse andando por lá.

Seria isso o que eu encontraria perto do hospital?

Tentei me lembrar de que era um carro-bomba, não um homem-bomba – ninguém havia morrido ainda. Mas outras memórias infiltraram-se dentro da minha mente.

Eu me lembrei do cheiro, aquele cheiro pegajoso e metálico de sangue que atinge você assim que chega em cena. E então era o cheiro de queimado. Pedaços de pele queimada estariam presos a todas as superfícies: nas paredes, nos veículos e tudo que aqueles corpos queimados significavam para mim era que eles me ajudavam a determinar a direção da explosão. A humanidade, a perda, eu não podia pensar sobre aquilo. Foquei na tarefa: de onde a bomba se originou? Quanta força ela tinha? Qual evidência eu poderia encontrar?

A tragédia humana significava nada. Vejam! Sem emoções. Qual era o uso de emoções para mim então? Qual era o uso agora?

Em uma zona de guerra, um baque surdo à distância seria seguido por um tremor quase imperceptível no chão. Em algum lugar mais uma atrocidade havia ocorrido.

Eu já deixava a equipe preparada antes de o chamado chegar. Eu agarraria meu kit e seguiria em direção à Sala de Operações. As Ordens de Batalha eram sempre as mesmas: metade da equipe com luvas e sacos plásticos para pegar as provas do local – e os pedaços de corpos para identificar o DNA do fabricante da bomba; a outra metade da Força de Reação Rápida observaria em caso de um segundo homem-bomba em potencial, que quisesse se livrar de mim. Num ataque pessoal.

E pensei sobre as mentiras que nossos políticos nos contavam: 'Vão para o Afeganistão, lutem contra o terrorismo, destruam o comércio de drogas, cacem o Talibã. É melhor lutar contra o inimigo no exterior, impedindo que ele tragam a guerra às nossas fronteiras...'

Mentiras. Tudo mentiras.

Enquanto dirigíamos, mais perto do hospital agora, comecei a observar os poucos veículos que se aproximavam, checando as beiras da estrada, observando cada pedestre pelos quais passávamos.

— James? Você está bem aí, irmão?

As palavras de Clay estouraram minha bolha e esfreguei o rosto.

— Sim.

Ele me deu um olhar preocupado, estacionando enquanto os carros de polícia diminuíam a velocidade atrás de uma barreira erguida às pressas.

— Nós precisamos mover o cordão 50 metros para trás — eu disse imediatamente. — Estamos muito perto.

Enquanto Clay conversava através de um intérprete e a polícia começava a se retirar, observei através da chuva forte e encontrei um Lada russo antigo estacionado em um ângulo torto, metade dentro e metade fora da calçada.

O homem-bomba queria que o carro fosse detectado. Eu me perguntei se ele estava assistindo. Isso significava que era um mecanismo controlado remotamente ou talvez por um cronômetro.

Clay havia insistido em ter contramedidas eletrônicas, um bloqueador de sinal, em nosso kit. Definitivamente não era o padrão para as equipes do Fundo Halo. Mas nenhum de nós trabalharia sem um. Não depois da Times Square.

Nós precisávamos dele agora.

Quando o cordão foi movido para trás, Clay veio me ajudar a colocar o

EXPLOSIVA

traje — um dos trabalhos para o meu Número Dois – colocar os pedaços de meu colete tático no lugar um por um – três vezes o peso da roupa que os removedores de minas usavam.

Mas o peso era familiar, quase reconfortante, e o cheiro de mofo infiltrou por minhas narinas quando ele abaixou o capacete por cima da minha cabeça.

Nós checamos os comunicadores e quando pude ouvi-lo claramente, assim como ele podia me ouvir, comecei a caminhada solitária. Tudo que havia entre mim e o dispositivo era o meu treinamento e 40 kg de roupa tática.

Memórias de Amira tentaram enviar raios de adrenalina por mim, mas as tranquei de volta. Não havia nenhum refém aqui, ninguém que eu amava na linha de frente, só eu e a bomba.

Quanto mais perto eu chegava, mais a antecipação crescia. Eu estava consumido em meu próprio mundinho, minha batalha pessoal.

Vi o que os primeiros policiais em cena já haviam reportado: latas de gasolina e fios saindo para fora, por baixo de um cobertor velho.

Algum policial corajoso ou suicida já havia quebrado a janela, então tudo o que eu tinha que fazer era me esticar e puxar o cobertor para fora.

Usando um anzol e uma linha, fixei o anzol ao cobertor, afastei-me por 20 metros e me ajoelhei, cuidadosamente puxando a linha. O colchão era pesado, ensopado da chuva que caía pela janela quebrada. Eu puxei gentilmente, mas ele estava preso a algo. Puxei mais forte, quase caindo para trás quando ele se soltou. Eu imaginei o som molhado e estalado enquanto ele caía em uma poça, mas tudo que eu podia ouvir era o som pesado da minha respiração.

Andei em direção ao carro e espiei dentro.

Reconheci o dispositivo imediatamente – um MON-100. E eu estava quase certo de que era a mesma mina que havia desaparecido na minha última Tarefa com Yad.

Jesus... 2kg de explosivos pesados, mais um dispositivo incendiário fixado ao tanque de gasolina do carro. Do lado de fora de um hospital.

O filho da puta doentio e seu primo estavam enviando uma baita de uma mensagem.

Eu repassei a informação a Clay e então foquei no trabalho à frente.

Era preciso trabalhar para tirar o detonador do dispositivo. Esse fabricante de bomba não era habilidoso, e não havia nenhuma armadilha aparente, exceto na porta do carro. Eu estava feliz que aquele policial doido havia quebrado apenas a janela e não tentado abrir a porta do carro.

Havia outros problemas também: eu podia ver dois fios de comando dentro do dispositivo e 7.5 metros de fio. Seria um trabalho longo e lento enquanto meus dedos lentamente ficaram dormentes e minhas mãos escorregaram na chuva.

O ângulo era estranho também, inclinado pela janela.

Ouvi um 'pop' distante ao meu lado, seguido do som de armas de fogo automáticas vindas da polícia.

Joguei-me no chão e comecei a engatinhar para longe do carro, algo que era quase impossível com o traje antibomba, e grunhi com o esforço.

A voz de Clay veio pelos comunicadores:

— Atirador furtivo. A polícia o prendeu. Espere pelo meu comando.

Eu me deitei de bruços na estrada molhada e gelada, ouvindo o som da chuva caindo pelo meu capacete, sentindo a água ensopar minhas roupas e descer pela parte de trás do meu pescoço.

Pareceu uma vida inteira antes que Clay me desse o a resposta positiva.

— Atirador neutralizado.

Eu me perguntei se eles o teriam pegado vivo. Informação era mais útil do que um corpo morto.

Enquanto eu me aproximava do carro novamente, eu pude ver um buraco de bala na porta do carro ao lado de onde minha cabeça havia estado. Se a bala tivesse atingido meu traje, ela não teria feito muito estrago, mas eu suspeitava que o atirador estivera mirando na armadilha na porta do carro.

Eu levei 45 minutos para neutralizar o dispositivo pequeno fixado à porta e mesmo depois ele não foi um problema. Eu tive que pegar emprestado um conjunto de pinças hidráulicas da equipe de bombeiros que estava ao meu lado porque as portas estavam trancadas.

Eu continuei a trabalhar.

— Clay, não há nenhum RC[14], mas mantenha o bloqueador ECM[15] por via das dúvidas.

— Entendido.

Finalmente, o detonador estava exposto.

Esfreguei as mãos uma na outra para devolver alguma sensação de volta a elas antes do próximo estágio, o final e mais letal de todos.

A porra da mina antipessoal era velha e esteve enterrada por mais de 15 anos quando a encontrei. Ela estava gravemente corroída. Meus dedos

---

14 RC: sigla para Rádio-controlador.

15 EMC: sigla para Eletromagnetic Compatibility.

EXPLOSIVA

ficaram alaranjados da ferrugem enquanto eu lutava com o metal, começando a suar, apesar da chuva gelada.

Levei mais 40 minutos atacando-a com minha furadeira, faca e pinças antes que ela finalmente se libertasse.

Eu não estou morto.

Uma grande sensação de alívio tomou conta de mim e sinalizei para o Chefe dos Bombeiros Fogo para trazer seus homens para colocarem os dispositivos e explosivos em algum lugar seguro.

Só então senti a exaustão fluir através de mim.

Voltei para o cordão policial, meu corpo inteiro doendo, minha mente girando cada vez mais rápido.

— Bom trabalho, irmão — disse Clay, levantando meu capacete e me ajudando a tirar o traje.

— Ai, meu Deus, James! Você é incrível! Você está bem? — perguntou Bel, sua voz tremendo.

Ela estava em pé ao lado de Zada, e as duas mulheres estavam abraçando uma à outra fortemente, seus rostos molhados com a chuva.

Eu a encarei, incapaz de reconectar minhas emoções. Eu sabia que deveria sentir algo quando olhava para ela. Mas era cedo demais.

Eu ainda estava revivendo os eventos das últimas horas. *Eu podia ter sido morto – o que diabos eu estava pensando? Aquele dispositivo estava a pouco tempo de detonar. E se? E se? E se?*

Assenti para ela, vendo seu rosto se entristecer enquanto continuava a me encarar. Então me virei para me afastar do olhar.

De alguma forma, quando você tem sido um soldado há muito tempo, quando encara a morte com frequência, a coisa nunca acaba, porque acredito que ninguém era realmente capaz de voltar para casa. Não de verdade.

CAPÍTULO 23

ARABELLA

James me deu as costas sem responder e senti a primeira rachadura no meu coração frágil.

— Dê tempo a ele — disse Zada, puxando o meu braço. — Ele sempre têm um momento ruim após uma Tarefa – não consigo imaginar o quão tenso tudo isso foi. Meu bom Alá, quando o atirador começou a atirar... — Ela balançou a cabeça. — Eu ainda estou tremendo.

Eu podia sentir tremores esporádicos passando por ela, sentir seu medo. Agora, eu simplesmente me sentia dormente.

— Eu quero estar lá para ele — eu disse, hesitante, mas soou como se eu estivesse implorando.

— Você não pode — ela disse firmemente. — Eu via a mesma coisa com Amira após um incidente ruim no Pronto-Socorro. Eu passei pelo mesmo quando trabalhei no CTI pediátrico e nós perdemos um dos bebês. É simplesmente horrível, e se você não é parte disso e não esteve lá... — Ela soltou uma longa respiração. — Ele precisa de tempo para processar tudo do seu próprio jeito.

As palavras dela me retalharam: eu *era* parte daquilo; eu *havia* estado lá. Não da forma que ela quis dizer, mas eu havia vivenciado de qualquer forma.

Ela deu de ombros, triste.

— É por isso que tantos médicos e enfermeiras acabam tendo problemas com álcool ou outros vícios. É a pressão. — Ela suspirou. — Pelo menos ele não está bebendo...—

Ela não estava sendo particularmente reconfortante, embora eu soubesse que era seu intuito. Talvez a certeza dela veio do conhecimento de que Clay a amava. Eu não tinha esse tipo de certezas para me confortar.

Enquanto Clay e James estavam respondendo às perguntas da polícia e limpando seu equipamento, Zada e eu fomos nos sentar no banco de trás do carro de polícia que havia nos trazido. O policial o havia deixado de qualquer jeito, então o motor não estava ligado e não havia aquecimento.

Por duas horas, nós nos encolhemos juntas, cochilando entre sobressaltos, até que Clay bateu na janela, fazendo com que nós duas pulássemos.

— Nós acabamos aqui, moças — ele disse, bocejando abertamente, seus olhos vermelhos de cansaço e preocupação. — Nós todos teremos um acompanhante policial de volta para o hotel. — Ele pausou. — Também teremos policiais armados do lado de fora de nossos quartos.

— O quê?

Meus pulmões congelaram-se em medo.

— Eu sei — ele disse. — Mas achamos que esse carro-bomba era uma armadilha para atrair James para fora.

— Ai, meu Deus! Como vocês sabem? Vocês têm certeza?

Ele balançou a cabeça.

— Eu não posso dizer muito agora, mas parece que a equipe do esquadrão antibombas do Exército foi atraída para fora da cidade deliberadamente, e havia o atirador no telhado exatamente no momento certo também. — Seu rosto estava apertado em fúria. — Ele ajudará, vai responder às perguntas da polícia quando recuperar a consciência. Levou uma bala no peito. Poderá levar algum tempo. Enquanto isso, nós não sabemos quem está atrás de nós.

— É Yad ou seu primo louco! — explodi. — Deve ser!

— Há uma boa chance — Clay concordou —, mas até que saibamos com certeza, isso é só especulação. — Ele levantou as mãos para minha expressão furiosa. — Eu sei. Olha, vamos só cair no sono e conversaremos melhor de manhã.

— Certo — eu disse suavemente. — James voltará para o hotel com você?

Clay pareceu desconfortável.

— Sim. Todos nós vamos. Nós precisamos nos manter juntos.

— Então onde ele está?

Sua voz estava solene.

— Harry, você precisa dar a ele muito espaço, okay? Ele acabou de passar pelo tipo mais intenso de situação e pressão o que é difícil para qualquer um entender, até mesmo eu. Ele precisa aliviar a tensão. Eu sinto muito, querida, mas não acho que você deveria estar perto dele nesse momento.

Engoli em seco e olhei para baixo.

— Entendo.

— Eu sinto muito.

— Está certo — eu disse categoricamente. — Não é sua culpa. Não é culpa de ninguém.

Ele apertou minha mão brevemente e então beijou Zada.

— Vejo você de volta na base, amor.

Ele fechou a porta e acenou para o motorista. Eu o observei desaparecer de vista enquanto acelerávamos noite adentro.

— Ele está certo — disse Zada suavemente. — Apenas dê tempo a James. E para constar, o que eu disse na festa, estava falando sério: você faz bem para ele.

Funguei para dentro algumas lágrimas e dei a ela um sorriso sem graça.

Eu me senti como um pedaço de fio que havia sido esticado, tensionado, com meus nervos vibrando, começando a se desgastar – eu não podia aguentar mais ou eu quebraria.

Zada adormeceu na pequena viagem de volta, mas me mantive acordada, apavorada com a ideia de ter perdido James. Eu não podia desistir de nós ainda, mas não ousava ter esperanças.

Clay e Zada disseram que eu tinha que dar tempo a ele. Mas eu não podia permanecer cega diante do fato de que havia me apaixonado por ele. Que coisa estúpida, burra e descuidada para fazer.

E se o que ele precisava era de tempo, eu lhe daria cada segundo da minha vida.

Como prometido por Clay, no hotel, guardas armados nos escoltaram até nossos quartos, fazendo uma busca minuciosa no interior antes que fossemos autorizados a entrar.

O que certamente me mostrou o quão real era a ameaça.

Com um oficial de polícia do lado de fora, fiquei de pé no meio do quarto que estive compartilhando com James, cansaço puxando meu corpo enquanto meu cérebro zunia em círculos vertiginosos.

Ele virá? Ou ficará afastado? Ele virá? Ou ficará afastado?

No final, decidi tomar um banho. Poucas coisas eram tão calmantes e reconfortantes quanto vapor e água quente contra sua pele.

Mas quando desliguei da água quente e saí do banheiro, me dei conta de que não estava mais sozinha.

— James?

Ele estava parado no centro do quarto, olhando para o espaço.

Dei três passos em sua direção antes de parar, quase sentindo o campo

EXPLOSIVA

de força ao redor dele, o isolamento que fazia um perímetro impenetrável.

— James, você está... bem?

Ele assentiu.

— Eu preciso de um banho.

— Oh, okay... eu... okay.

Ele deixou o quarto abruptamente, fechando a porta do banheiro firmemente atrás de si.

Subi na cama, não nua como de costume, mas vestindo uma das camisetas de James. Era velha e desbotada em verde militar, mas a insígnia ainda estava clara para ler: 'Esquadrão de EOD & Busca 321'.

Eu precisava de mais defesas que pele descoberta para encará-lo novamente.

Mas quando ele saiu do banheiro, estava nu, magnífico, lindo, mas completamente distante e fechado.

Ele deslizou para dentro da cama e, sem uma palavra, apagou a luz, rolando para seu lado, longe de mim.

Estava acostumada ao silêncio sendo usado como uma arma – meu pai o fazia o tempo todo. E eu estava acostumada ao silêncio de James sendo usando como um escudo, mantendo todos longe dele. Mas esse silêncio era... ausência. Ele estava aqui fisicamente, mas sua mente estava longe, em algum lugar que eu não podia alcançá-lo.

Estava deitada na cama onde fizemos amor tantas vezes sentindo como se ela houvesse se tornado nosso próprio campo minado: qualquer movimento podia causar uma explosão incendiária; a palavra errada, o toque errado.

Lágrimas vazaram de meus olhos enquanto nos mantínhamos deitados lado a lado e a um milhão de quilômetros de distância. Parecia que alguém estava queimando a terra ao meu redor. Eu queimaria com ela? Ou seria congelada pela frieza do homem que eu amava?

Eu tinha tantas coisas a dizer, mas eu as engoli.

Uma hora se passou, então duas, mas senti que James não estava dormindo também. No final, a necessidade de falar se tornou insuportável.

— Você foi incrível lá fora, incrivelmente corajoso. Estou tão orgulhosa de você.

As palavras saíram quase inaudíveis, mas com sentimento. Elas ficaram penduradas no ar até que desapareceram sem nenhum som.

Ele não respondeu.

Na manhã seguinte, o silêncio continuou crescendo mais e mais opressivo a cada segundo. Ele não me ignorava, mas também não estava comigo.

JANE HARVEY-BERRICK

Clay e Zada lançaram olhares preocupados por cima da mesa de café da manhã enquanto tentavam manter uma conversa leve; não era fácil quando guardas armados pairavam sobre nós, seguindo todos os nossos passos.

A gerência do hotel também não estava entusiasmada com os nossos novos melhores amigos, e os ouvi perguntar a Clay por quanto tempo eles ficariam aqui.

Sua resposta foi curta: *Por quanto tempo fossem necessários.*

Era em momentos como esse que eu via o antigo fuzileiro naval dentro dele. James carregava seu serviço como um peso em seus ombros; Clay usava o seu como um distintivo de honra que ele só mostrava a algumas pessoas quando era preciso.

A manhã foi passada com a polícia, sendo entrevistados através de um intérprete, que fez tudo muito lento e tedioso.

Eu não entendia por que eles pareciam mais interessados no ataque de Yad a mim do que no que havia acontecido na noite anterior. Era horrível repetir a história, ver a desconfiança nos olhos deles.

Naquele ponto, Clay me informou que o dispositivo no carro era um MON-100, idêntico às minas que haviam desparecido em Nagorno. Então por que a polícia estava focando no que aconteceu com Yad? Com certeza a influência de seu primo não podia se estender até a Armênia, não é?

Apreensão passou por mim e pude ver isso espelhado nos olhos de Clay e Zada. James permanecia indiferente e distante.

Mas quando a polícia tentou me questionar pela quarta vez sobre o ataque, ele finalmente se envolveu:— Ela já respondeu às suas perguntas três vezes. A história dela não mudou. É o suficiente. Então que tal nós perguntarmos como uma MON-100 que eu *sei* que retirei do solo em Nagorno foi parar em Yerevan? O atirador já falou?

A polícia estava na defensiva e tão agressiva – quase implicando que James e Clay poderiam estar envolvidos em tráfico de armas – e então passivos e respeitosos quando um General do Exército Armênio mais velho interrompeu e agradeceu a James e Clay pessoalmente.

Depois disso a polícia cedeu, mas nenhum de nós estava feliz em ficar aqui mais tempo, e Clay imediatamente começou a fazer planos para irmos embora no dia seguinte.

Fiquei tão grata quando James interveio com a polícia por mim, e esperava que isso pudesse significar que ele começaria a falar comigo, finalmente, mas não o fez.

Nós não ficamos sozinhos novamente até tarde daquela noite, três

EXPLOSIVA

179

horas depois que eu havia ido para cama sozinha e até então, eu estava quase caindo no sono. Eu precisava de *algo* dele – o silêncio era uma punição.

— Onde você esteve? — perguntei quando mais uma vez ele se enfiou para dentro dos lençóis em completo silêncio.

Ele me lançou um olhar surpreso.

— Você está acordada? Pensei que já estivesse dormindo.— Não. Estava esperando por você.

A expressão em seu rosto não mudou.

Onde você está, James?

Gentilmente segurei seu rosto em minhas mãos, beijando seus lábios com suavidade..

— Onde esteve? — perguntei, batendo com delicadeza no lado de sua cabeça. — Aqui dentro? Em sua mente?

Ele soltou um longo suspiro.

— Eu não acho que é uma boa ideia para...

— Pare aí mesmo! Pare de me excluir! Eu não mereço isso. Por favor! Apenas *converse* comigo.

— Não há nada a dizer.

Eu queria mostrar o quão frustrada aquilo me fazia; eu queria acertar algo, mas sabia que não ajudaria.

— Então eu *vou* falar.

Ele olhou para mim com desconfiança.

— O que você fez na noite passada foi mais do que heroico. Aquilo foi realmente apenas mais um dia de trabalho pra você?

Eu sabia que minha voz estava agitada, mas eu não podia parar.

James apenas olhou para mim e assentiu.

Foi como se ele tivesse desligado suas emoções tão facilmente quanto fechar uma torneira. Não havia nenhum indício da paixão da qual eu sabia que ele era capaz de sentir. Era sinistro e me assustava.

— Bom, foi incrível. *Você é* incrível. E eu entendo, mais ou menos, por que precisa pensar a respeito sozinho — meus lábios tremeram —, mas você não está sozinho. Eu estou com você.

Ele olhou para mim por um bom tempo, procurando por algo em meu rosto. Eu não achava que havia encontrado o que quer que fosse que ele queria, o que quer que fosse que estava procurando, mas pelo menos falou:

— Todo o tempo em Nagorno, você estava contando os dias para poder ir para casa. Mas por quê, Bel? Para o quê você tem que voltar?

Engoli em seco, piscando forte. Eu havia mudado tanto desde que deixei o Reino Unido. Era difícil me lembrar das emoções que eu havia sentido quando meu pai me largou lá. Mesmo assim, sua pergunta me pegou desprevenida. Por que ele havia trazido isso à tona agora?

Bom, pelo menos ele estava falando novamente.

Eu tentei explicar:

— A princípio eu só me sentia perdida. Mas depois de um tempo em Nagorno, comecei a... me encaixar. Eu era útil. Eu te disse que nunca tive um emprego antes, então era bom poder ser capaz de contribuir para algo importante.

— Sim, eu entendo isso, mas por que ir para casa para aquele velho filho da mãe?

— Provavelmente não faz muito sentido pra você, ou para ninguém mais, mas eu preciso ir para casa para enfrentar quem sou. Eu tenho que enfrentar meu pai ou nunca serei capaz de ser forte. Você entende?

Oh, claro, eu tinha um plano. Ir para casa, dizer a meu pai que eu não precisava dele e então provar que eu poderia viver por conta própria. Mas tudo isso significava deixar James até que eu tivesse ajeitado a minha vida. Eu simplesmente não estava certa se meu coração sobreviveria.

Eu podia ver pela sua expressão que ele não entendia o que eu estava tentando explicar.

— Eu pedi a você que viesse comigo, mas não vou implorar. Não novamente. A porta está aberta, mas é você quem tem que caminhar para dentro dela.

— Eu...—

— O que você quer, Bel?

Você.

— Eu quero um amor de todo dia. Eu não quero uma estrela cadente, eu quero um amor que dure.

Ele nem sequer piscou.

— Você não entende? Caras como eu não começam relacionamentos *porque nós não conseguimos.* Você acha que pode me consertar, mas não pode. E se nós fizéssemos toda a coisa do casamento e filhos...

Eu estava pasma, mas ele não percebeu.

— ... e cinco anos mais tarde algo me faça surtar? Eu sou uma bomba-relógio e você não vai querer estar perto de mim quando eu explodir.

— Prendi a respiração enquanto a dor em meu peito crescia cada mais.

— Você vai querer que eu desista disso. Você vai querer que eu tenha um trabalho 'normal'. — E então ele fez uma careta. — Eu não consigo,

EXPLOSIVA
181

e você sabe por quê? Um psiquiatra uma vez me disse que o perigo é viciante. Quanto maior o acontecimento, maior a dose de dopamina, mas então isso deixa de ser novidade, então você continua precisando de doses maiores. Então, não. Eu não posso lhe dar isso. Tudo que tenho é isso: eu.

Ele estava me dando sinais confusos. Possessivo, mas pronto para cair fora ao primeiro sinal de afeição; exigente, no entanto, distante.

Eu estava tão apaixonada por James que não conseguia me lembrar como minha vida havia sido antes dele.

E ele era forte, tão forte, mas não podia vê-lo. Eu sabia que o James verdadeiro estava ali dentro, gritando para ser libertado, mas eu não conseguia alcançá-lo, não conseguia tocá-lo e se não achasse uma maneira de destrancar sua prisão, talvez ele ficasse preso ali dentro para o resto de sua vida.

Talvez ele me entendesse com o tempo.

Nós estávamos indo embora pela manhã em um voo para Paris. Ficaríamos lá por cinco dias para sermos interrogados pela equipe do Fundo Halo. Parte disso envolveria uma reunião com o psiquiatra deles, o que era uma prática comum após uma missão longa ou um incidente, aparentemente. Então haveria alguns dias para relaxarmos e aproveitarmos a cidade. Depois disso, Clay e Zada iriam para casa de licença, antes de se prepararem para Angola em cinco semanas.

Clay e Zada pareciam assumir que eu voltaria para o Reino Unido com James, mas eu não estava certa de tal coisa. Eu não tinha certeza de nada.

Eu me deitei ali, fria e em pânico. Finalmente, levantei cada pedacinho de coragem que eu tinha e me virei para James.

— Faz amor comigo?

Ele hesitou tempo o suficiente para parar meu coração.

— Você tem certeza?

— Não fique comigo porque é fácil, James, porque estou aqui, porque sou conveniente, porque não direi não para você. — Eu respirei fundo, estudando a expressão fechada em seu rosto. — Eu quero que você me escolha. Você entende? Escolha os vivos, não a memória. Você tem que fazer uma escolha. Você tem que decidir. Você tem que me escolher. — Eu pausei e olhei para baixo. — Eu entenderei se você não o fizer.

Ele correu seus dedos ásperos pela minha bochecha, sua boca indo de encontro à minha. Um beijo tímido tornou-se quente e nossos corpos compartilharam emoções que nossos lábios jamais diriam.

Por algumas horas, estávamos juntos novamente.

Quando acordei de manhã, com a incerteza ainda pairando sobre mim, senti a mão de James em meu estômago. Respirei fundo, a essência de nossos corpos e do que fizemos no ar ao nosso redor.

Mas sua mão se afastou e escutei o farfalhar dos lençóis quando ele se levantou.

Um segundo depois, senti quando pousou um beijo suave no meu ombro e eu sorri.

— Então, estava pensando — ele disse —, depois que fizermos nosso depoimento em Paris, não estou realmente interessado em voltar para o Reino Unido. Clay diz que nós podemos ir com ele e Zada. Eu não acharia ruim ver a Califórnia. O que você acha?

Soava maravilhoso, mas meu coração se afundou. Ele não havia ouvido nada do que eu disse ontem à noite?

Ele não me deu a chance de responder, relaxado enquanto ligava a água quente no chuveiro.

Eu me juntei a ele rapidamente, porque queria me lembrar para sempre da sensação dele agora, sua pele quente e sedosa debaixo dos meus dedos. Ele pareceu surpreso, mas não me mandou embora.

Então tive que me apressar a me vestir e terminar de fazer as malas antes de me encontrar com Clay e Zada para o café da manhã.

James não havia pressionado por uma resposta para a sua sugestão, e eu não estava certa se isso era deliberado ou não. Ansiedade era um grande supressor de apetite e remexi o *Pamidorov Dzvadzekh,* um tipo de prato de tomate com ovos mexidos. Era certamente mais atrativo que o outro item tradicional no menu: Hash, um prato de patas de vaca fervidas.

Nós todos escutamos o *whop-whop* das hélices do helicóptero, ao mesmo tempo. Clay franziu a testa enquanto ele olhava para fora da janela.

— É particular, não militar ou policial. Eu diria um diplomata, mas eles provavelmente não ficariam em um hotel duas estrelas.

Eles todos se viraram para mim e meu estômago caiu enquanto o barulho do helicóptero aumentava.

Nós assistimos enquanto ele pousava no jardim ornamental em frente ao hotel, amassando as flores.

Havia apenas uma pessoa que agiria com tanta arrogância.

— Melhor ficar à frente — murmurou Clay, levantando-se e indo para fora.

Nós todos fizemos o mesmo e endireitei meus ombros, sabendo que veria meu pai em breve.

EXPLOSIVA

Ele foi o primeiro a descer do helicóptero, seu cabelo cinza cor de aço e seu casaco tão familiar para mim quanto respirar. Eu sabia que ele estaria vestindo um de seus ternos poderosos, provavelmente com uma gravata vermelha.

Clay olhou para mim, uma pergunta em seus olhos. Eu balancei a cabeça e encarei meus sapatos.

— Williams — rosnou meu pai, estendendo sua mão.

Ele apertou as mãos de Clay, mas ignorou James e Zada, que estavam de pé em um lado, e então fixou seu olhar em mim.

— Bem, Arabella. Os problemas seguem você, até aqui.

Fiquei boquiaberta.

Eu deveria saber que ele me culparia por tudo que havia acontecido. Eu simplesmente não havia esperado ouvir o veredito dado de forma tão brutal e em público. Eu já deveria saber. Eu realmente deveria. Mas, honestamente, imaginei que haveria uma ponta de preocupação pelo que nós havíamos passado – pelo que eu havia passado. Eu estava errada.

— Sua filha sobreviveu a um ataque sério, senhor — disse James, andando à frente, seus braços dobrados sobre o peito; seus olhos glaciais. — Eu tenho certeza de que você está preocupado com o bem-estar dela.

Meu pai usava o silêncio como uma espada. Seu desgosto para comigo aparecia em cada respiração, cada piscar de seus olhos.

Papai simplesmente deu as costas a James sem responder e focou em Clay.

— Eu confio que isso não irá atrasar o trabalho por muito tempo. Eu disse a seus superiores no Fundo que espero que o projeto de Nagorno seja completado a tempo, independente disso.

Os olhos de Clay brilharam de raiva. Levava muito para tirá-lo do sério, mas meu pai tinha uma forma de atingir a todo mundo.

— O Fundo realizará uma avaliação do risco para garantir a segurança de qualquer equipe substituída — Clay disse, seguro. — Essa será sua primeira prioridade. E isso levará tempo.

— Mais atrasos — meu pai cuspiu as palavras. — Uma porra ridícula. Que tipo de show vocês estão comandando? *Me disseram* que eram profissionais.

— Nós somos — disse Clay. — E é por isso que a segurança do pessoal vem em primeiro lugar. Espero ter deixado isso claro, Sr. Forsythe.

Eu vi meu pai se eriçar. Se tinha uma coisa que ele odiava, era não ter seu título usado. Ele encarou Clay, e alguma mensagem silenciosa passou entre eles. Então meu pai voltou-se para mim novamente.

— Sua presença colocou em perigo a equipe e o investimento da minha empresa — ele disse. — Entre no helicóptero, Arabella. Estou te enviando para casa.

Minha humilhação agora estava completa. Eu não tinha forças para lutar contra ele, não aqui, não agora, não enquanto eu ainda estava tão ferida por dentro. Eu precisava ir para casa e escolher meu campo de batalhas. Esperava que James fosse entender. Era uma esperança muito pequenina.

Eu me virei para Clay e Zada.

— Muito obrigada por tudo — eu disse. — Vocês foram incríveis e eu aprendi tanto...

Clay passou os braços em volta de mim, encurvando-se para me abraçar de volta.

— Cuide de você, Harry. Não desapareça.

Mas o olhar de Zada atirou adagas, sua raiva palpável.

Dei um passo para trás, chocada.

Então James pegou meu braço e me virou para encará-lo.

— Bel, não vá. Você não tem que ir com ele.

Sua voz era baixa e ríspida.

Olhei para ele, lágrimas ameaçando cair enquanto eu tentava contê-las.

— James, eu tenho que ir. Por favor! Lembre-se do que eu lhe disse.

Meu pai olhou para seu relógio com impaciência.

— Muito tocante, agora entre na porra do helicóptero.

James saiu sem mais nenhuma palavra. Eu comecei a ir atrás dele, mas meu pai pegou meu braço e me deu um olhar de aviso.

Clay olhou para a frente, mas balançou sua cabeça.

— Está tudo bem...

Realmente não estava.

Os lábios de Zada se curvaram e ela me lançou um olhar duro, minucioso e desdenhoso.

— Você não é digna de tomar o lugar dela. Você nem sequer tentou lutar por ele.

Assenti uma vez, como se estivesse confirmando o que eu havia temido, e virei as costas, minha cabeça erguida. Fingi que entendia. Fingi que não estava arrasada e que ainda tinha um resto de orgulho.

Eu não tinha nenhum, nada. E agora eu não tinha ninguém.

Quando entrei no helicóptero e Yerevan começou a sumir, ficando menor a cada segundo, deixei a primeira lágrima cair.

Por tudo que eu havia perdido. Por tudo que eu havia encontrado.

EXPLOSIVA

CAPÍTULO 24

ARABELLA

Seis meses depois...

A névoa pairava sobre o fosso, tornando o Castelo Roecaster sombrio e misterioso, um Brigadoon[16] moderno. O espírito campestre havia sido destruído por centenas de convidados e a entrada de cascalho estava alinhada com Bentleys, Rollers e uma exibição ridícula de carros esportivos de alta performance. Eu vi a nova Ferrari de Alastair estacionada em um ângulo elegante no gramado de *croquet*.

Olhei para fora da pequena janela, pressionando meu rosto no vidro frio. Lá embaixo, o terreno brilhava com mil lanternas em miniatura e eu podia ouvir os convidados da festa gritando em risada.

Não muito tempo atrás eu teria estado lá embaixo com eles – a mais escandalosa de todos, a mais bêbada, a mais louca.

Eu sinto a falta dele. Eu sinto a falta dele. Eu sinto a falta dele.

Até mesmo rodeada por multidões de convidados, eu nunca havia me sentido tão sozinha. Eu não sabia que sentir falta de alguém podia ser tão doloroso fisicamente, como se metade do meu corpo tivesse sido decepado.

Eu amava James Spears com todo o meu coração e alma e com cada respiração.

Algo que só acontece uma vez em uma vida inteira... se você tiver sorte.

E ele sentia falta de alguém também, mas não era de mim. Nunca seria de mim. Não da mesma forma, nunca. E como eu poderia competir com a ideia de uma mulher como Amira? Alguém que era perfeita – linda, comprometida, uma mártir para a humanidade. Morta salvando vidas.

---

16   Brigadoon é um filme musical americano, de fantasia, que retrata uma cidade fictícia na Escócia, que só aparece para o mundo normal uma vez a cada século. No Brasil recebeu o nome de "A lenda dos beijos roubados".

Eu era só um desperdício de tudo – espaço, vida, o ar que eu respirava.

Se eu compreendesse a intensa dor que estava sentindo, talvez eu pudesse fazer as pazes com isso?

Mas sem amor, qual era o ponto de qualquer coisa?

Se ao menos aquilo pudesse ter sido nosso final feliz – toda a esperança, todo o otimismo. Mas a vida não era assim.

Nós iríamos desafiar as chances, desafiar a todos. Eu achava que entendia o quão difícil seria, mas estava errada. Tão errada.

James sabia. James havia abandonado a escola aos 16 anos, James não havia passado em seus exames GCSEs[17], ele sabia. Minha educação particular cara, meus três anos na universidade, a escola de finalização na Suíça não somava nada comparado com seu conhecimento, seu entendimento das realidades e complexidades brutais da vida.

Os últimos seis meses haviam sido difíceis. Uma palavra tão pequena para tudo que eu havia sentido, tudo que eu havia aguentado.

Voltei para Londres com meu pai, mas não conseguia suportar estar na mesma casa que ele; tão complacente, tão autoritário agora que havia me domado.

A única coisa que me mantinha era a crença de que eu não era imprestável – e eu precisava fazer as coisas certas para James. Pela primeira vez na vida, eu tinha uma direção e um propósito. Eu tinha o *porquê*; eu só precisava trabalhar no *como*.

Lambendo minhas feridas e enjoada de Londres e dos meus amigos falsos e volúveis, fui em direção à casa da minha infância: Castelo Roecaster.

Ali, nos quartos desabitadose nas noites vazias, comecei a formular um plano que podia atingir meus objetivos. A princípio, era tímido e fraco, mas cada dia minha visão tornava-se mais clara, minha ideia mais forte. E comecei a acreditar que eu podia fazer isso. Eu só precisava de uma ajudinha e um pouco de sorte.

Bem, eu não era filha do meu pai por nada. Todos aqueles jantares de negócios intermináveis para os quais ele havia me arrastado, todos aqueles eventos tediosos, todos aqueles imbecis que eu tive que entreter e encantar para ele – eu conhecia pessoas, tinha conexões. E eu planejava explorá-las tão implacavelmente quanto meu pai já havia feito. Mas não com ameaças e intimidação;

---

17   General Certificate of Secondary Education é uma qualificação acadêmica obtida em uma matéria específica, geralmente por estudantes aos 16 anos de idade. Em média os estudantes escolhem 8 matérias, sendo que o mínimo é 6.

com persuasão e sorrisos, com charme... e com a justiça do meu lado.

Estava fazendo isso por James e por todos os homens e mulheres que arriscavam suas vidas, como ele. Eu estava fazendo por mim mesma também.

E se havia algo que eu sabia fazer era como dar uma puta de uma festa.

Respirei fundo e puxei o vestido de cetim azul-gelo por sobre minha cabeça, sentindo o suave roçar do material contra minha pele nua. Então virei para me olhar no espelho. Eu havia escolhido esse vestido porque a cor me lembrava da cor dos olhos de James. Até a milhares de distância, ele estava sempre comigo.

Deixei esse pensamento assentar em meu coração com um sorriso triste.

Sempre comigo, mas para sempre separados.

E eu estava encontrando minha forma de viver com isso. Eu havia encontrado minha causa, minha razão para viver. Eu ficaria bem por conta própria, eu sabia disso agora. Era o presente final de James para mim.

Endireitei minha coluna e saí do quarto, deslizando pelo corredor coberto por um carpete grosso até que alcancei o topo das escadas.

Olhei para baixo da ampla escadaria dupla que emoldurava o saguão de entrada do Castelo Roecaster, a residência ancestral dos Forsythes, absorvendo o brilho dos candelabros de cristal, os buquês vibrantes de gardênias, suas fragrâncias inebriantes flutuando para cima.

E além, eu vi os casacos escarlates dos membros da Caçada, as joias pálidas das mulheres no salão de bailes mais além. Era uma cena que havia sido reencenada por centenas de anos nesse mesmo lugar, apenas a eletricidade dando lugar à cera de abelha, os vestidos das mulheres um pouco mais ousados, os decotes mais profundos, os vestidos moldados a corpos sutilmente bronzeados, dentes mais brancos e cabelos cuidadosamente pintados.

O tilintar dos copos e o som das risadas enchiam as salas vastas. Tudo parecia perfeito, se você ignorasse o ressentimento fervente do meu pai, a superficialidade das amizades, o divertimento forçado e desesperado. Ah, sim, aparência era tudo e eu era uma especialista em fingir.

Pausei no topo da escadaria, permitindo que a multidão corresse seus olhinhos gananciosos em mim de cima a baixo, sorrindo friamente enquanto uma salva de aplausos começou enquanto eu descia, passo a passo.

— Eu digo, Harry, você está absolutamente deliciosa — disse Alastair, abandonando Cordelia, a filha de Lady Marchman, para tomar meu cotovelo e me acompanhar para dentro do salão de baile.

— Você é um querido. — Eu sorri, tirando seu braço com facilidade enquanto agarrava uma taça de champanhe de um garçom. — Dê meus cumprimentos à sua mãe quando a vir.

Ele me olhou boquiaberto enquanto eu passava por ele.

Sinclair, nosso velho mordomo, fez uma reverência quando me viu.

— Tudo está pronto para a apresentação de slides, Lady Arabella.

— Obrigada, Sinclair.

— E se me permite a ousadia, Lady Arabella, estou muito orgulhoso de você.

Lágrimas brotaram em meus olhos. Eu conheço Sinclair a minha vida toda, crescendo com seus olhares silenciosos de desaprovação enquanto ele percorria os muitos quartos do castelo. Ele via tudo, sabia de tudo e selava tudo por trás de seus lábios e um exterior impassível.

Pisquei rapidamente.

— Obrigada — eu disse, minha voz rouca. — Obrigada.

Ele me deu um pequeno sorriso, fez uma reverência e continuou com seus afazeres.

Recolhendo-me, caminhei até o começo do salão, graciosamente cumprimentando e sorrindo para as pessoas que eu havia conhecido a vida inteira, e senti um distanciamento calmo e tranquilo se assentar dentro de mim. Pela primeira vez, eu estava no controle; pela primeira vez, eles iriam me ouvir; pela primeira vez, eu tinha algo digno a ser dito.

Fiz um pequeno sinal para o líder da banda, permitindo que a música se esvanecesse e então peguei uma colher de prata e a bati contra minha taça, chamando a atenção para mim.

— Boa noite — eu disse. — É tão amável todos vocês virem apoiar nosso Baile Anual da Caçada. Especialmente este ano, porque em uma quebra nas tradições, os lucros do leilão beneficente de seus presentes *extremamente* generosos, não irão para a Caçada de Dorsetshire. Nosso maravilhoso Mestre da Caçada, Teddy Throsgrove, concordou em apoiar uma instituição de caridade que se tornou muito próxima do meu coração.

Meu sorriso diminuiu e falei com uma clareza e veemência que surpreenderam até a mim.

— No início deste ano, meu querido pai, Sir Reginald Forsythe, começou seu apoio à instituição de caridade de minas terrestres Fundo Halo. Eu fui sortuda o suficiente para visitar uma de suas operações em uma área remota na fronteira entre a Armênia e o Azerbaijão. Eu não havia ouvido falar de Nagorno Karabakh antes de ir e não consegui encontrá-lo em um

EXPLOSIVA

mapa nem mesmo depois de um mês lá... — *risadas* — Mas... enquanto estava lá, testemunhei atos diários de coragem de mulheres que ganham um salário anual inferior à franquia anual como sócios em um clube de Mayfair.

Ao meu sinal, Sinclair começou a apresentação de slides por trás da minha cabeça: uma fotografia de nosso complexo nas montanhas; um sinal de aviso de uma mina terrestre; as mulheres em seus trajes antibombas com o cansaço gravado em seus rostos; um conjunto de minas incrustradas em terra, prontas para serem destruídas; e então uma demolição que eu havia filmado tremulamente com meu *smartfone* – até aqui, o som era alto o suficiente para fazer as pessoas pularem, assistindo enquanto as fotos se borravam com o solo chovendo na frente da câmera.

— A operação em Nagorno era dirigida por um homem extraordinário, um antigo Fuzileiro Naval americano, Alan Clayton Williams. Embora vocês não reconheçam seu nome, vocês o irão conhecer como o homem que arriscou sua vida e perdeu uma perna no infame Atentado na Times Square, há dois anos.

Um murmúrio de reconhecimento cresceu em uma onda ao redor do salão.

— Eu vim a conhecer Clay e sua esposa Zada muito bem, enquanto trabalhei com eles. As condições eram duras, frias e difíceis. E aqueles de vocês que já me viram entornar Singapore Slings no Annabel's não teriam me reconhecido vagando por cerca de trinta centímetros de lama até um bloco de chuveiros de concreto... — Uma onda de risadas ecoou. — Mas eu fiz isso. Pode ter havido alguns grunhidos a princípio — eu respirei fundo —, porque essas pequenas inconveniências eram nada comparadas ao heroísmo dos meus colegas de trabalho, à pura determinação obstinada de fazer um país melhor para seus filhos. — Eu pausei. — Fez-me sentir humilde.

Encarei o mar de rostos virados para mim, e o olhar irritado do meu pai.

— E é por esta razão que estou honrada e feliz em compartilhar este momento especial com vocês.

Eu me virei para o Mestre da Caçada, um homem baixo e rechonchudo, cujo rosto corado combinava com seu casaco escarlate. Ele sorriu para mim.

— Teddy, seja um querido e diga a essas pessoas adoráveis quanto o nosso pequeno Baile da Caçada arrecadou.

Ele ficou de pé ao meu lado, suado e pigarreou:

— Obrigado, Lady Arabella — ele disse, fazendo uma reverência profunda e lançando um olhar rápido ao meu decote. — É minha absoluta honra e prazer anunciar— e ele remexeu três bolsos até encontrar um pedaço de papel amassado —, que este ano o Baile da Caçada arrecadou

642.073,25 libras para o Fundo Halo. Estou muito feliz que os meus 25 centavos puderam fazer a diferença.

Todos riram e então bateram palmas enquanto ele pegava minha mão e depositava um beijo molhado na parte de trás, e os repórteres convidados acenderam o salão com os flashes de suas câmeras.

Enquanto os aplausos cessavam, segurei minha taça, chamando a atenção da multidão.

— Havia um segundo homem na equipe de Nagorno – um oficial de eliminação de bombas, um homem que treinava os moradores locais para neutralizar dispositivos explosivos como minas antitanques e minas antipessoais. Apesar de eu tê-lo visto trabalhar, ainda é impossível compreender o nível de habilidade, bravura e frieza que é necessário para agir. Um homem que, diariamente, colocava sua vida em risco, como um membro do Exército Britânico e — eu respirei fundo —, como o homem que neutralizou a bomba da Times Square.

Murmúrios de surpresa transformaram-se em um silêncio chocado enquanto ergui as mãos.

— Sim, essa informação me surpreendeu também quando descobri. Ali estava ele, famoso ao redor do mundo por um ato de extremo heroísmo incompreensível e ao invés de fazer turnês de palestras e aparições em programas de TV, continuou seu trabalho diário de fazer o que nenhum de nós conseguiria. Ele é um homem que caminha em direção a uma bomba que ele sabe que pode matá-lo se tiver um lapso de concentração de um segundo, um único momento de desatenção. Todo dia, em condições adversas, ele aceita os desafios mais complicados, os dispositivos mais difíceis de acessar, as armadilhas deliberadamente criadas para mutilar e matar o Oficial Técnico de Munição, ou ATO, no Exército Militar.

Respirei enquanto todos os olhos estavam fixos em mim.

— Ainda assim ele permaneceu anônimo até este momento – embora pessoas do mundo todo gostariam de tê-lo agradecido por seu heroísmo aquele dia. Esse homem merece uma medalha, vocês não acham?

Um rugido de concordância e aplausos surgiu, ecoando pelas paredes de pedra antigas.

— Bom — eu disse, enquanto o rugido cessava —, ele não ganhou uma medalha. Ao invés disso, um grande mal foi feito para esse homem. Enquanto sofria de Estresse Pós-traumático por mais de uma década de serviço honorável para o nosso país, ele foi perseguido pelo Exército Britânico e ganhou o que chamam de 'dispensa administrativa'; para todos os efeitos como uma forma de varrer o problema para debaixo do tapete, esquecido. Era uma maneira vergonhosa de tratar um herói. Todos nós deveríamos nos envergonhar. Uma maneira cruel e triste de se tratar um herói, e eu não sou a única pessoa que pensa assim. — Eu dei um suspiro suave e coloquei a mão sobre o meu coração. — Meu próprio querido pai, Sir Reginald, está fazendo disso sua missão pessoal para garantir que esse engano inadmissível seja corrigido, e que esse homem, esse homem incrível, receba o reconhecimento por sua bravura e sacrifício.

A multidão comeu na palma da minha mão enquanto dúzias de convidados puxaram seus celulares para filmar esse momento tocante, e eu encarei o rosto de granito do meu pai, sabendo que a fúria fervia por debaixo da superfície. Eu também sabia que o havia colocado em xeque em público. Ele não poderia dar para trás agora. Ergui minha taça e mandei um beijo para ele. — Eu te amo, papai. É hora do mundo saber de todo o seu trabalho incansável nos bastidores para corrigir esse erro terrível.

Estendi a mão para o meu pai enquanto ele vinha em minha direção, interpretando perfeitamente o papel do figurão que não queria uma nota de publicidade.

Ah, *tá*.

Eu me virei para a frente novamente, segurando a mão do meu pai para forçá-lo a ficar sob os holofotes.

— Desonrado, dispensado do Exército, não reconhecido, não recompensado – é assim que a Grã-Bretanha trata seus heróis? Eu digo que não! Não! Mil vezes não!

Um grande rugido de 'nãos' encheu o salão, e eu sabia que tinha conseguido.

— Meus queridos amigos, eu sei que em seus corações vocês concordam conosco e desejam se redimir em nome do nosso país. Nós *podemos* fazer a diferença, e nós *vamos* fazer a diferença. Ela começa aqui, hoje, agora. Meu querido pai e eu estamos começando uma petição que será levada ao governo – nós vamos *forçá-los* a ver o erro que cometeram. Estou tão orgulhosa que o primeiro nome na petição será o do meu pai.

Forcei-me a ignorar o pensamento de que James ia querer me matar quando descobrisse.

Entreguei uma caneta tinteiro para meu pai e uma folha de papel, e mais flashes de câmeras captaram o momento enquanto aplausos estrondosos e brindes ecoavam pelos tetos abobadados.

Manter o sorriso preso em seu rosto devia ser doloroso para ele, e aproveitei cada milésimo de segundo de seu desconforto.

O segundo nome era o meu e logo a petição estava percorrendo o salão, que estava cheio de riquinhos como ele. A petição seria difícil de ignorar depois disso.

Mas eu ainda não havia terminado. Eu estava decidida a expor James como o herói que eu sabia que ele era.

— Então, honoráveis amigos, senhoras e senhores, por favor, levantem suas taças em um brinde ao homem mais corajoso que já tive a honra de conhecer...

E ao meu sinal, Sinclair pressionou o mouse para avançar o slide para a última fotografia.

Nela, com o fundo das montanhas silenciosas atrás dele, estava James, com seu belo rosto em relevo, uma mancha de sujeira em sua bochecha ao carregar uma mina antitanque nas mãos.

Era gritante e bonita a sensação de sua solidão e isolamento que sangrava pela fotografia.

Eu me virei para a audiência.

— O Primeiro Sargento James Spears.

Mais aplausos estrondosos e os flashes das câmeras descontrolaram-se.

Meu pai caminhou até mim, um sorriso caloroso em seu rosto frio enquanto ele me abraçava.

— Boa jogada, Arabella — sussurrou em meu ouvido enquanto beijava minha bochecha. — Eu a verei no meu escritório mais tarde.

Ele apertou o topo de meus braços, quase forte o suficiente para ser dolorido.

— Mal posso esperar. — Eu sorri de volta, gelo em meus olhos.

Eu teria visto um brilho de aprovação em sua expressão? Não, provavelmente apenas a luz do combate.

Ele se afastou enquanto um rio de repórteres me cercou, centenas de perguntas fervendo enquanto enfiavam telefones em meu rosto para gravar minhas pérolas de sabedoria.

Eu contei tudo o que sabia sobre James: tudo que eu havia visto por mim mesma e tudo que Clay e Zada haviam me dito. James, ele próprio havia me dito o mínimo, mas estava preparada para preencher o resto para o bem dele. Mas não só por ele – também pelo heroísmo silencioso e não reconhecido de todos os homens e mulheres que trabalhavam no meio da lama e do sangue para neutralizar bombas e fazer do mundo um lugar mais seguro.

A determinação me endureceu, mas tive uma pequena pontada de pre-

EXPLOSIVA　　　　　　　　　　　　　　　　　　　193

ocupação de que James poderia não querer que sua vida virasse de cabeça para baixo novamente ou que fosse atormentada pela minha consciência, mas eu havia convencido a mim mesma que era a coisa certa a fazer – e não dava para voltar atrás agora.

Falar sobre Amira era mais difícil, mas novamente contei aos jornalistas o tipo de heroína que ela havia sido, o quão apaixonados um pelo outro eles foram, e o quão trágico foi o resultado desse amor. Falei sobre o quão tocado meu pai havia ficado e o quão importante ele achava que esse mal feito a James devia ser corrigido. Eles não se cansavam, enchendo-o de perguntas que ele respondia solenemente e com sinceridade sentida, a velha fraude.

Vários dos repórteres enviaram as entrevistas para seus jornais e sites de notícias online de lá mesmo para todos os lugares.

Pela manhã, a história seria conhecida no mundo inteiro. O Fundo Halo me agradeceria – mas não meu pai e, eu suspeitava, James também não. Eu apenas teria que esperar para ver.

Depois que os repórteres terminaram, vários convidados vieram me parabenizar, aquecerem-se por alguns segundos na minha glória refletida, e horas se passaram antes que eu conseguisse ir para o escritório do meu pai. Pela primeira vez eu não estava com medo.

— Bem, Arabella — ele disse quando me sentei serenamente à sua frente, a mesa de carvalho grossa formando uma barricada bem-vinda entre nós. — Foi uma noite interessante.

— Sim, não foi? — respondi, alegremente. — Muito obrigada pelo seu apoio em uma causa tão nobre.

Ele perdeu a pose relaxada tão facilmente quanto uma cobra perde sua pele.

— Você acha que pode foder comigo e se safar disso?

Sorri sombriamente. *Eu havia aprendido com o melhor.* Eu sabia como lutar, e aguardei por isso com ansiedade.

— Eu não sei do que você está falando, papai. Aquelas pessoas lá fora pensam que você é um herói. Eu fiz mais pela sua imagem pública em uma noite do que uma equipe inteira de especialistas jamais poderia fazer. Você deveria estar me agradecendo.

Suas bochechas escureceram-se de raiva.

— Saia!

Eu me levantei lentamente, saboreando o momento em que eu havia finalmente vencido meu pai.

— Com prazer! — Eu sorri. — Boa noite, papai.

CAPÍTULO 25

JAMES

O ar tremia com o calor e embora tudo estivesse coberto em uma fina camada de poeira, as cores da África eram vibrantes e quentes. Os vastos cânions, cidades de ferro e luxuosos e abundantes vales; a riqueza, a pobreza, e acres e acres de campos minados. Três décadas de guerra civil haviam terminado há 17 anos, mas seu legado sobreviveu na forma de milhões de minas terrestres que mutilavam ou matavam milhares todos os anos: sejam bem-vindos à Angola do século XXI.

Outras equipes de desminagem, segundo informações, haviam sido unânimes ao descreverem minha missão atual como 'confins do mundo' ou 'missão menos desejada'.

Mas esse belo país complexo e destruído falou comigo. Aqui eu podia, lentamente, começar a me curar; aqui eu podia começar de novo. Se eu fosse honesto comigo mesmo – um novo hábito, com o qual eu ainda não estava totalmente acostumado – meu despertar havia começado a mais de 6.000 quilômetros de distância em uma montanha remota coberta em neve e gelo, mas continuava aqui.

Os primeiros dois meses depois que Bel partiu com o filho da mãe de seu pai foram os mais brutais. Todo dia, senti-me tentado a tomar um drinque ou três, algo para apagar as sementes de esperança que ela havia me dado durante aqueles poucos dias em Yerevan.

Clay e Zada ficaram comigo, levando-me de volta para os EUA com eles quando estavam de licença porque não confiavam em mim para voltar para Londres sozinho. Eles provavelmente estavam certos quanto a isso.

Ao invés disso, fui para a Califórnia com eles e encontrei a família de Amira novamente. Eles haviam me levado para dentro de sua casa e me mostrado os livros escolares dela e todas as fotografias familiares, desde a infância, e finalmente fiquei em paz com sua morte.

Acho que muito disso tinha a ver com a dignidade silenciosa dos pais dela. Eles me mostraram que havia outras formas de ficar de luto, outras maneiras de respeitar os mortos que não fosse através da raiva e da autodestruição. Amira sabia disso. Claro que ela sabia. Ela tinha me dito desde o começo – ela queria *fazer o bem*. Era como planejou superar seu próprio luto pela perda de seu irmão.

Foi errado de tantas formas que isso havia levado à sua morte na Síria.

E agora estávamos em Angola, na costa oeste da ÁFRICA, a um longo caminho do sul do Equador, vivendo em uma terra perigosa onde as pessoas ainda estavam tentando aceitar uma guerra civil que havia dividido o país. Mesmo 17 anos depois, feridas antigas eram difíceis de curar.

Hoje havia sido um dia longo e difícil. Minha equipe de removedores de minas estava exausta, mas motivada pelo fato de que mais terra havia sido limpa, mais vidas salvas.

Chegando de volta, eu os dispensei e fui para a parte de trás da caminhonete para verificar se todo o equipamento estava funcionando em ordem para amanhã – uma tarefa que eu não confiava a ninguém mais.

Minhas roupas estavam manchadas de suor e marcas brancas de sal tocavam meu boné de beisebol.

Eu ainda estava verificando o inventário quando nosso Sr. Faz Tudo local, cujos pais o chamaram Yamba Asha em homenagem a um jogador de futebol angolano famoso, veio mancando até mim.

Ele havia perdido sua perna em um incidente com uma mina terrestre quando era criança. Ele disse que nunca se acostumou com sua prótese e preferia muletas. O homem foi um achado de sorte para nós, sabendo exatamente como fazer as rodas da cooperação funcionarem.

— *Senhor* James! Chefe quer ver você muito!

— Sim, certo. Estou indo para lá agora. *Obrigado.*

— Sem problemas! — Ele sorriu.

Eu me perguntei o que havia agitado Clay. Ele normalmente não enviava Yamba para me apressar.

Ainda assim, continuei, no ritmo cuidadoso, verificando se todo o equipamento estava guardado corretamente antes de seguir em direção à cabana do comando.

Clay olhou para cima assim que entrei, sua expressão difícil de interpretar.

— Cara, você está de volta! Graças à por... digo, porrada.

Minhas mãos estavam incrustradas com a sujeira da Tarefa do dia e estava cansado demais para fazer brincadeiras. Olhei diretamente para Clay, perguntando-me em que planeta ele estava e se lá era bonito nessa época do ano.

— Sim, 27 minas antitanques, 13 PMAs, sem casualidades, sem problemas, destruídas com uma boa exibiçãozinha de fogos de artifícios. Eu vou começar o relatório e...

Ele abanou uma mão.

— Faça isso mais tarde. Estou com o QG ligando a cada uma hora, durante todo o dia. Eles querem conversar com você, irmão.—

— Eles estão trazendo o caminhão de desminagem *Casspir* que nós pedimos *há dois meses*?

O *Casspir* era um veículo de desminagem armado em aço, com um casco em forma de V para desviar uma explosão de bomba, e podia ser dirigido sobre os campos minados. Ótimo em terreno plano e largo, mas ainda assim ele precisava de pessoal treinado para checar o chão depois, em minha opinião. Mas ele definitivamente economizava tempo.

— Porque — continuei — o campo próximo ao nosso tem milhares de porras de milhas antitanques. Acho que foi uma onde os cubanos usaram uma máquina de colocação de minas, então...

— Não, escuta!

— É sobre Yad?

Eu sabia que o atirador havia morrido devido a seus ferimentos e que Yad havia sido preso, mas as investigações continuavam em Nagorno. Nenhum de nós esperava que alguma ação fosse algum dia ser tomada contra aquele filho da mãe diabólico e ele provavelmente seria solto a qualquer dia.

— Cala a porra da boca, vai! Nah, cara! São boas notícias! — Ele esfregou sua testa. — Potencialmente boas notícias – bem, você terá que decidir isso por você.

O que diabos aquilo significava?

Ele levantou a tela de seu laptop à minha frente e uma manchete de cinco centímetros se destacava.

HERÓI DO BOMBARDEIO
DA TIMES SQUARE IDENTIFICADO

Meus olhos se arregalaram, o cansaço desaparecendo em um instante.

Eu me abaixei para ler o resto da história enquanto meu coração martelava, cheio com o tipo de adrenalina que flui quando é hora de lutar ou correr.

EXPLOSIVA

Estava tudo ali em preto e branco: meu nome, o de Clay, de Amira, até o de Zada.

Tudo, para o mundo ver.

E terminava com um chamado de ação para as pessoas assinarem uma petição para reverter a minha 'dispensa desonrosa' como eles chamavam erroneamente, e até me chamavam para receber uma medalha.

Comecei a perguntar como diabos a Imprensa havia conseguido a história depois de tanto tempo. Mas enquanto eu escaneava até o final da história, respondi à minha própria pergunta:

— Arabella.

Clay assentiu gravemente.

— Aqui diz que o pai dela está por trás disso, mas acho que ambos sabemos a verdade. Eles estão dando cambalhotas no QG do Fundo Halo; eles dizem que sua página de arrecadação de fundos está explodindo com doações — mais de um quarto de milhão de trocados desde que a história saiu essa manhã, o que é incrível e... — Ele pausou. — Como você se sente a respeito?

— Puto — respondi, virando-me e indo em direção ao meu quarto.

Eu não podia acreditar que Bel havia me traído assim. *Eu* decidia a quem dizer, não ela! Eu *sabia* que não deveria ter confiado nela. Estava solitário pra caralho, fraco pra caralho.

E eu havia passado seis meses me forçando a esquecê-la – a esquecer como era a sensação dela embaixo de mim, ao meu redor; a esquecer como os olhos dela brilhavam quando estávamos juntos, como a voz dela soava pecaminosamente rouca quando ela acordava de manhã. Eu havia me forçado a esquecer, treinado a mim mesmo a passar um minuto inteiro sem pensar nela, e então cinco minutos e então uma hora inteira.

Mas agora as memórias todas vieram correndo de volta.

Meu brilho de raiva dissipou-se rapidamente.

A verdade era que eu não sabia o que sentir. Eu era um profissional em manter minhas emoções voltadas para zero, e havia passado os últimos dois anos fechado para interações humanas. Mas Bel tinha se infiltrado dentro da minha pele. Eu disse a mim mesmo que me envolver com ela era uma ideia ruim, que ela nunca enfrentaria seu pai. Mas aqui estava ela, provando-me o contrário. De novo.

Uma sensação estranha flutuava dentro de mim, uma efervescência de leveza, um sentimento que talvez fosse, esperança.

Maldita seja ela.

CAPÍTULO 26

ARABELLA

Desde que eu havia desviado o foco do Baile da Caçada e merecido a raiva subsequente do meu pai, fiquei na casa de Londres. Uma retirada estratégica, também conhecida como covardia abjeta.

Tomei a ofensiva em meu plano para recuperar minha própria vida, começando com uma palavra quieta aqui e ali que culminou com o Mestre da Caçada concordando que a captação de recursos poderia, por uma vez e contra toda a tradição, ser desviada para o Halo.

Eu tinha perdido dez quilos nas semanas anteriores ao Baile, aterrorizada de que alguém pudesse revelar meus planos para papai, o que significaria que ele os impediria. Mas, felizmente, esse não foi o caso, e fui capaz de começar meu segundo projeto: limpar o nome de James, ter a 'dispensa administrativa' retirada de seu registro e seu heroísmo reconhecido.

O que eu não estive esperando era uma ligação da sede do Fundo Halo para pedir para se encontrarem comigo.

No dia seguinte, peguei um voo até o escritório deles em Dumfries, a 130 quilômetros ao sul de Edimburgo, na fronteira escocesa, animada e nervosa. Eu queria desesperadamente essa parte do meu novo começo.

Na pequena recepção da instituição de caridade, fui recebida pelo Diretor de Operações, um homem magro e maltratado pelo tempo, com cabelos grisalhos e olhos castanhos intensos. Obviamente, ex-integrante do Exército. Depois de passar tanto tempo com James e Clay, eu podia identificar os sinais a uma milha de distância.

— Lady Arabella, é muito bom conhecê-la finalmente.

— E eu a você, Sir Graham, mas meus amigos me chamam de Harry.

— *'E o homem que eu amo me chama de Bel'.*

Bani o pensamento imediatamente.

— E eu sou Gray. Chá? Café?

— Um chá seria ótimo, obrigada.

Ele vociferou uma ordem para uma funcionária, que revirou os olhos para ele e sorriu para mim.

— Por favor, venha até o meu escritório. Perdoe a desordem – estamos lidando com uma situação... um problema sério com uma equipe na Síria no momento. — Ele franziu a testa, as linhas tão profundas quanto um campo arado.

— Eu entendo — eu disse baixinho.

E eu entendia. Eu realmente entendia. Estive lá, eu havia vivido isso.

Seus olhos se estreitaram e seu rosto duro se tornou ainda mais sombrio.

— Eu gostaria que você soubesse que o que aconteceu com você ...— Levantei a mão para detê-lo.

— Eu não responsabilizo o Fundo, Gray. Um dia ruim não nega o valor da minha experiência em Nagorno Karabakh ou seu trabalho. Não para mim. Yadigar Aghayev foi preso – sei que ele tem conexões e o resultado não está claro...

Gray deu um sorriso sutil.

— Uma das razões pelas quais eu queria vê-la era dizer pessoalmente que o filho da pu... A pessoa em questão foi formalmente acusada e poderá muito bem viver por anos atrás das grades.

Minhas sobrancelhas se ergueram.

— Sério? Achei que a ligação dele com seu primo policial o tornasse intocável.

— Esse foi o segundo erro dele — disse Gray. — O primeiro foi encostar um dedo miserável em você. — Ele bateu na mesa com a caneta. — Vamos apenas dizer que o governo regional valoriza o potencial de capital que a limpeza das terras minadas irá trazer, mais do que o valor de um oficial corrupto ou seus parentes.

Dei um sorriso de alívio.

— Então ele não pode machucar mais ninguém? O que posso dizer? Obrigada.

Gray sacudiu a cabeça.

— Isso nunca deveria ter acontecido. E eu não teria culpado Spears por matar o filho da puta.

Empalideci ao som do nome de James e Gray recuou rapidamente, mas pelas razões erradas.

— Minhas desculpas, Harry. Não vou mencionar isso novamente. Só saiba que esse caso já foi resolvido.

— Obrigada — eu disse fracamente.

— Agora — disse ele, movendo-se rapidamente. — Um maldito de um bom trabalho que você fez com aquele Baile da Caçada. Nós apreciamos aquele cheque. E três *Gauss* para a equipe de Clay Williams. Excelente!

— Por nada.

— E a publicidade para nós é incrível. Nós tivemos doações que dobraram o dinheiro que você levantou. —

— Oh, meu Deus! Isso é maravilhoso! — eu disse, atordoada e encantada.

— Sim. Então, irei direto ao ponto. Em primeiro lugar, apoiamos totalmente a petição do seu pai em nome do Spears, e temos nossa equipe de relações públicas trabalhando nisso agora. Ele é um homem difícil de se entrar em contato, comunicação ruim como é em Luanda, mas agora ele está ciente da situação.

Estremeci interiormente. Eu podia só imaginar o quão irritado James estaria agora que o divulguei para a mídia mundial. Eu tirei seu direito à privacidade. E mesmo agora, com o dinheiro adicional arrecadado para o Fundo, imaginei se tinha feito a coisa certa.

Gray chamou minha atenção de volta para ele, batendo um documento em sua mesa na minha frente.

— Nós gostaríamos de oferecer a você uma posição remunerada em tempo integral como nossa Diretora de Arrecadação por Eventos. É uma posição de começo próprio, para que você possa trabalhar de casa, com visitas ocasionais ao QG, dependendo da necessidade. O que você diz, Harry? Você é o homem, hum, mulher certa para o trabalho.

Eu estava quase sem palavras, mas todos aqueles meses horríveis na escola de etiqueta foram úteis para alguma coisa.

— Seria uma honra — eu disse, minha voz tremendo.

— Excelente! — ele grunhiu, empurrando os papéis para mim. — Leia o contrato e assine quando estiver pronta. — Ele se inclinou para frente. — Francamente, nós queremos aproveitar toda a publicidade que você encaminhou a nós. Nós precisamos de você, Harry.

Os dias seguintes passaram voando. Se meu pai pensava que seria capaz de escapar de ajudar James, ele estava errado.

Há muito eu havia aprendido o login do e-mail dele, então eu era capaz

EXPLOSIVA

de checar seu calendário, o que significava que podia redirecionar jornalistas para encurralá-lo para onde quer que ele fosse.

Funcionou maravilhosamente, e com cada entrevista e comentário, ele se afundava mais ainda. Nem mesmo ele era estúpido o suficiente para se dar conta de que dar para trás agora lhe causaria danos permanentes.

Enganá-lo em seu próprio jogo era enormemente empoderador.

O que não era de se dizer que eu não estava pronta para cagar nas calças quando a Sra. Danvers me informou com um sorriso diabólico que meu pai havia chegado e desejava me ver.

— Imediatamente, Lady Arabella.

Eu sorri para ela enquanto ela se afastava.

— E que verrugas cresçam em sua vagina.

— Como é? — perguntou boquiaberta.

— Eu disse que espero que você tenha se recuperado da sua angina.

— Eu não tenho angina — ela estalou.

— Oh, me confundi. Eu fico feliz que não tenha.

Quando mantive o sorriso, ela se virou com um olhar perplexo.

Eu sabia que era mesquinho provocar um dos funcionários, mas a vaca velha havia mandado em mim a vida inteira. Eu realmente esperava que ela pegasse verrugas. Muitas delas. Em todo lugar.

Respirei fundo e comecei a caminhada temida até o escritório do meu pai, quando um pensamento chocante ocorreu a mim: *Eu não tenho que fazer o que ele diz mais.*

Liberada por esse pensamento, eu me virei e fui para o meu quarto. Eu tinha trabalho para fazer para o Fundo. Pessoas estavam contando comigo.

Eu me senti assustada, mas maravilhosa.

Vinte minutos depois, a Sra. Danvers estava de volta.

— Lady Arabella, seu pai *ainda* está esperando por você.

— Eu estarei lá embaixo em alguns minutos — eu disse distraidamente, rolando pelos diversos e-mails no meu laptop.

— Agora! — ela estalou.

Eu me virei lentamente, observando-a da cabeça aos pés e depois falei em um tom baixo e autoritário que eu havia aprendido com James. Eu só queria poder infundir o mesmo senso de perigo, uma ameaça silenciosa. Talvez algum dia.

— Como você pode ver, Brown — eu disse claramente, lembrando-me do nome real dela a tempo —, estou ocupada com algo que de fato importa alguma coisa. Você pode dizer ao meu pai que estarei disponível quando tiver acabado em aproximadamente 45 minutos. — Continuei, meu tom ficando mais duro: — Eu não gosto que falem comigo dessa maneira taxativa. Por favor, feche a porta do quarto quando estiver de saída.

Ela ficou boquiaberta, seu rosto ficando duro, e deixou o quarto fechando a porta com um clique firme.

Três minutos depois, meu pai entrou sem bater, espumando de raiva.

— Eu já tive o suficiente dos seus jogos, Arabella.

Olhei para o estranho que chamava de pai.

— Por que isto, papai? Você está jogando por anos: jogos mentais são seu passatempo favorito – depois de fazer dinheiro, claro.

Seu rosto começou a avermelhar.

Eu estava honestamente assustada e meu coração martelava como se eu tivesse corrido, mas eu me recusava a demonstrar. Afinal, sobrevivi ao ataque de Yad, assim como sobrevivi assistir ao homem que eu amava caminhar até um carro-bomba para neutralizá-lo, então eu sabia que era forte. Meu pai havia me tornado resiliente também – eu só não sabia até esse momento. Ele podia bater o pé, rosnar e gritar o quanto quisesse; ele podia até mesmo me bater, mas eu não mudaria nada.

— Sua puta idiota! — ele gritou. — O que você acha que está fazendo? Eu tive que desperdiçar horas com a porra dos jornalistas. Horas! Isso vai parar! AGORA!

Eu dei a ele um sorriso gélido.

— Não vai, papai. Isso realmente não vai parar. Só vai continuar e continuar até que esse erro terrível seja acertado. Você não quer parecer um herói, papai? — provoquei. — Porque ambos sabemos que boa publicidade é só o outro lado da moeda da publicidade ruim. Se você der para trás agora, todos irão vê-lo como o filho da mãe de coração frio que você realmente é.

Por um longo momento, pensei que ele fosse me bater, mas então um sorriso feio se formou em seu rosto e ele cruzou os braços, recostando-se sobre o batente da porta.

— Ah, então é isso. Você fodeu ele, não foi?

E ele deu uma risada alta e maligna.

— Jesus Cristo, Arabella! Você realmente é uma puta burra, apaixonando-se pela porra de um fracassado como Spears.

EXPLOSIVA

— Ele não é um fracassado — eu disse alterada, começando a perder meu controle cuidadoso. — Ele é um herói.

— Ele é o cara das bombinhas, e um pobre ainda por cima. Você realmente é patética. Não poderia pelo menos ter escolhido um oficial? Alguém da sua própria classe, pelo inferno! Deus, você tem os padrões de um mendigo.

— E você tem a moral de um gato vira-latas, então acho que estamos quites — eu disse levantando meu queixo, embora estivesse envergonhada por descer ao seu nível de xingamentos.

Um silêncio gelado nos sobreveio.

— Diga isso novamente e você irá se arrepender — ele disse friamente.

— Eu vou dizer isto: eu amo James e quero o melhor para ele.

Eu certamente não diria ao velho bastardo que meu relacionamento com James já havia sido irrevogavelmente despedaçado. Aquele não era o ponto. Não para nada disso. Nunca havia sido.

Ele pulou para a frente e agarrou meus ombros, chegando o rosto rente ao meu. Perto o suficiente para que eu pudesse ver os minúsculos vasos sanguíneos em seus olhos.

— Você realmente acha que isso é o que você quer, Arabella? — perguntou, me sacudindo com tanta força que achei que meu cérebro fosse espatifar dentro do meu crânio. — Uma vidinha nojenta com um homenzinho miserável?

— Como você ousa?

A expressão do meu pai era a de um tanque prestes a atropelar tudo o que me importava.

Ele me sacudiu novamente e em seguida me jogou como um pedaço de lixo, mas mudou seu tom de valentão para um de razoabilidade divertida.

— Arabella, por que você está disposta a abandonar sua turma, suas roupas, sua pensão de 150 mil libras por ano? Você sabe que sem mim, sem o nome da família, você estaria perdida. — Ele sorriu pensativo. — Todos nós tivemos nossos pequenos casos com as classes dos serviçais. Eles podem ser muito divertidos. Lembro-me de uma cuidadora dos estábulos que tínhamos quando eu estava com quinze anos. Ótima maneira de começar, mas posso te garantir. — sua voz tornou-se ameaçadora novamente —, uma vez que o sexo se torna chato, monótono, ou quando ele se cansar de você, o que acontecer primeiro, você estará de volta aqui, me implorando...

— Eu não vou! Eu não quero nada de você.

JANE HARVEY-BERRICK

Ele bateu a mão contra a parede perto da minha cabeça.

— Você não tem habilidades! Você nunca sobreviveria. Você é uma criança com o corpo de uma mulher, mas não tem cérebro! Nunca sobreviveria no mundo real. Nem consegue ferver água.

Há um ano eu teria concordado com ele, mas não mais. Meu corpo estava tremendo, mas não cederia sem lutar, um pequeno gesto de desacordo.

— Eu discordo e, além disso, o que não sei, sempre posso aprender.

Ele riu, dando-me um sorriso paternal que gelou meu sangue.

— Quatro internatos e uma escola de etiquetas em Genebra iriam discordar — disse ele secamente. — Você é bonita para se olhar, Arabella, mas é bastante imbecil. Mas isso não importa – muitos homens preferem uma esposa estúpida.

Sua expressão se escureceu novamente. Era o temperamento lunático que ele usava com seus inimigos de negócios, enganando-os constantemente com sua instabilidade.

— Mas esse homem! Ele é um soldadinho sem família e sem perspectivas. Ah, sim... — Ele sorriu e eu não pude evitar uma respiração ofegante. — Eu contratei detetives para pesquisar todos os aspectos de sua vida: eu sei tudo, e muito mais do que você, sua pobre vaquinha. Meu Deus! Ele nem se importa com você. Ele ama o fantasma de uma mulher de cor, uma muçulmana, pelo amor de Deus. É degradante até de se pensar a respeito.

E com isso, ele finalmente havia conseguido me ferir, mas não parou:

— Você está realmente disposta a jogar tudo fora por esse homem?

Seu tom era desdenhoso e incrédulo, pensando que já havia ganhado.

Olhei para trás, meus olhos percorrendo a camisa e o terno de três peças, o nó de Windsor em sua gravata de seda. Ele nunca havia me entendido.

Inclinei a cabeça para um lado.

— O que você acha que estou jogando fora, papai?

Ele ergueu os braços, gesticulando para o papel de parede pintado à mão, o aparador georgiano que usava para guardar minhas roupas de baixo, a colcha de seda que fora importada de Xian, na China, por apenas 15 mil libras.

— Você acha que vai ser feliz morando com ele em um apartamento minúsculo porque é tudo o que pode pagar? — ele zombou. — Na porra de Reading, de todos os lugares! Jesus, aquele gueto infestado de pulgas. Isso é o melhor que você pode fazer?

— Por mim tudo bem. Alguma outra coisa que estou jogando fora?

Sua expressão estava desconcertada.

EXPLOSIVA

— Seu nome, sua classe e posição na vida. Sua família.

Contei até cinco. Eu não tinha a paciência para contar mais.

— Eu tenho uma nova família agora. — Eu quis dizer o Fundo, mas ele não precisava saber disso. — Nada mais importa.

Ele riu. Ele realmente riu de mim.

— Ele não é nem um pouco adequado, Arabella.

— Claro que eu entendo que James não seja 'adequado' — eu disse amargamente. — James não é da Classe Alta... não é um de nós. Não ache que ele se importava quando você me deixou em Nagorno; ele não era alguém com quem você teria que se preocupar. Eu poderia ter um discreto caso com ele. É isso que você pensou? Afinal de contas, sou superficial demais, egoísta demais para me importar com alguém que não seja eu mesma. Não é certo, papai querido?

Ele desviou o olhar, já entediado.

— Veja se você sente o mesmo depois de abrir mão de todos os cartões de crédito que eu pago. Eu lhe dou uma semana.

Minhas bochechas ficaram vermelhas, mas ergui a cabeça para o alto.

— Feito.

Enfiei a mão na minha bolsa e os tirei, colocando-os no balcão.

Por um momento, ele não soube o que fazer. Então os pegou, dobrou ao meio e os enfiou no bolso.

Peguei meu telefone e apertei o botão que já estava a postos para solicitar um táxi. Eu sempre soube que esse momento chegaria, de um jeito ou de outro.

James não achava que eu enfrentaria meu pai, mas agora estava fazendo isso. Eu estava realmente fazendo isso. James me deu as ferramentas que eu precisava, mas agora estava usando todas elas sozinha. Bem, quase sozinha.

Peguei minha bolsa, casaco e a bolsa do laptop. Minhas malas já estavam arrumadas e no armário do corredor.

— Estou indo embora agora, papai.

Ele nem olhou para mim quando passei por ele.

O silêncio era sua arma favorita e ele empregou isso sem piedade. Mas isso não podia me ferir mais.

— E a diferença é que — eu disse lenta e claramente —, James me amou quando eu não tinha nada, me amou quando foi preciso, e ele me amou assim como eu sou.

— Saia — disse meu pai.

CAPÍTULO 27

ARABELLA

Meu táxi preto me deixou na casa de Alastair, com vista para o Hyde Park. Eu já havia estado lá muitas vezes antes e sabia que ele não me mandaria embora..

Sua adorável e velha governanta, a Sra. Evans, abriu a porta. Tão diferente de Danvers — porque ela de fato gostava de mim.

— Lady Arabella! Que surpresa adorável. O Sr. Russell-Hyde não me disse que você viria. Deixe-me ajudá-la com suas malas, querida.

— Bom céu, não! — Eu sorri, puxando comigo as duas malas grandes para o hall de entrada. — Alastair pode fazer isso. Eu não quero que você machuque as costas de novo, Sra. E. Ele já está acordado?

— Minha querida, são seis horas da noite!

— E nós dois sabemos que isso não significa necessariamente que Alastair esteja acordado, não é?

Ela me deu um sorriso conspiratório, mas não respondeu.

— Ally! — Eu subi as escadas. — Traga sua bunda magra aqui embaixo e me ajude com minha bagagem!

Alastair apareceu no topo da escada com um roupão listrado, o cabelo amassado em um lado da cabeça, obviamente como se tivesse acabado de acordar.

— Harry, o que você está fazendo aqui quase me matando de susto? — resmungou. — Pensei que a droga da casa estivesse em chamas.

— Eu vou ficar aqui por algumas semanas e preciso que você leve minhas malas para o andar de cima. Não vou entrar nessa armadilha mortal que você chama de elevador.

— Oh, certo! — ele suspirou, descendo as escadas. — Espere, por que você vai ficar comigo? O que há de errado com a sua casa?

— Meu pai está lá — respondi categoricamente.

Ele riu como um cavalo.

— Não ficou muito feliz com o Baile da Caçada, hein? Eu achei que você foi maravilhosa.

— Você é um querido — eu disse, beijando-o na bochecha. — Eu só preciso de um lugar para ficar por um tempo, e você me deve.

— Tudo bem — ele disse bem-humorado. — Suponho que não esteja a fim de uma cutucadinha pelos velhos tempos...

— Foi só uma cutucada, Alastair — eu disse, subindo as escadas enquanto ele ofegava atrás de mim com minhas malas.

— Deus, eu havia me esquecido do quanto você é uma vadia!

— Não reclame, Ally. Posso ficar no quarto azul?

— Sim, tudo bem! — ele suspirou novamente. — O que você gostar. De qualquer forma, o quarto amarelo está sendo redecorado. — Ele fez uma pausa. — Ou pode ser o quarto chinês. Eu não me lembro. O azul está pronto, eu acho.

O quarto azul era o meu favorito quando eu ficava por lá. A bonita cama de dossel estava envolta em cortinas azuis cor de ovo de pato em cada poste, que podiam ser cerradas se quiséssemos; o papel de parede era feito à mão, em imitação do estilo georgiano original que uma vez cobrira as paredes; e o teto era pintado para parecer o amanhecer de um dia de verão, com o azul escuro da noite se desvanecendo em um azul pálido.

Desabei de costas na cama e olhei para o teto. Eu adorava me deitar na cama assim. Parecia tão pacífico.

— A fim de uma rapidinha? — Alastair perguntou novamente com uma expressão esperançosa.

— Não seja bobo. Agora me traga uma taça de espumante e coloque algumas roupas. Espere, coloque algumas roupas e depois me traga uma taça de espumante. Temos trabalho a fazer.

— Eu não gosto do som disso — disse ele sombriamente.

— Ally, você nunca trabalhou um dia em toda a sua vida, mas isso você vai gostar, eu prometo. Vamos fazer uma lista de todos os nossos conhecidos e pensar em maneiras de tirar dinheiro de todos eles.

— Oh, isso soa mais como algo que eu goste — ele disse alegremente. — Espumante no caminho. Ah, e que tal um pouco de pólvora boliviana para nos ajudar?

Balancei a cabeça, nem um pouco tentada.

Ele começou a sair, depois enfiou a cabeça de volta pela porta.

— Hum, Harry?

— O quê?

— Seu amigo soldado, o cara bonito e assustador... ele não vai vir correndo para me bater porque você está morando aqui, não é?

— Provavelmente não! — Sorri sem jeito.

— Certo — disse ele.

Meu bom humor evaporou. Não, James não correria para me resgatar, não dessa vez.

A determinação tomou conta de mim e segurei as lágrimas. Não há mais cavaleiros brancos na minha vida, mas talvez eu pudesse fazer algo por ele.

Não. Nenhum talvez sobre isso. Eu ia fazer isso acontecer.

Alastair voltou com uma garrafa de Moët & Chandon, e começamos a trabalhar, fazendo uma lista de pessoas promissoras às quais poderíamos pedir, persuadir ou pressionar para nos ajudar. Como o pai de Alastair era um Par na Câmara dos Lordes, ele conhecia muitos parlamentares de ambos os lados, assim como na Câmara dos Comuns.

— Você sabe, Harry — disse ele pensativo —, se você quer ser notada, você tem que fazer barulho. Você fez um bom começo no Baile da Caçada, RP impressionante e tudo mais, mas precisa manter a pressão: continue a trazer mais para que eles não consigam se acalmar ou recuar.

— Faz sentido — concordei, folheando a nossa lista.

— Mas o que as pessoas realmente querem ver é o homem do momento. Peça a seu soldado para ir a Londres e conhecer todos da elite – eles vão amar estar relacionados a um herói.

Suspirei.

— Ele não virá — eu disse sombriamente. — Ele odeia todo o barulho e publicidade. Ele não faria isso.

Os olhos de Alastair se arregalaram.

— Então por que estamos tendo todo esse trabalho para ajudá-lo?

Raiva brilhou dentro de mim.

— Porque o que eles fizeram com ele foi *errado* — eu disse bruscamente. — Ele salvou muitas vidas e eles o trataram como se fosse lixo.

— Oh, você realmente quis dizer o que disse no Baile?

Minhas sobrancelhas se levantaram.

— Claro que eu quis dizer o que eu disse! Espere, o que você *achou* que eu quis dizer?

EXPLOSIVA

Ele deu de ombros, desconfortável.

— Bom, nós apenas presumimos que você queria dar-lhe uma mão e depois deixá-lo na mão, por assim dizer.

Fiquei boquiaberta.

— Você realmente pensou isso? E quem é 'nós', a propósito?

Ele se encolheu.

— Bem, vamos lá, Harry! Não se esqueça de que conhecemos você, todos os seus amigos antigos, mesmo que você tenha se esquecido de nós. Foi uma suposição justa. Olha, eu realmente sinto muito, velhinha, mas vamos encarar isso: a Harry que conhecemos e amamos acharia que era uma piada fazer um show como esse.

Minha raiva diminuiu.

Era verdade, tudo o que ele disse era verdade. Eu me senti envergonhada. Juntei alguns fragmentos de orgulho e voltei para o meu laptop.

— Essa é a antiga Harry. Eu mudei desde então.

Alastair deu um tapinha no meu ombro sem jeito.

— Eu posso ver isso. Desculpe, querida.

— Você está perdoado. — Eu suspirei.

Começamos a trabalhar na nossa segunda lista: festeiros influentes.

Eu tinha ido a bailes de arrecadação suficientes para saber que os melhores tinham a mistura perfeita entre o grande, o bom e o infame: de preferência, sangues azuis do Reino Unido com alguma realeza europeia adicionada; banqueiros-idiotas que realmente tinham dinheiro para jogar em volta de outras pessoas endinheiradas, porém aborrecidas; depois, bastava espalhar alguma poeira estelar hollywoodiana com algumas celebridades, somado a algum casal não tão famoso e malcomportado – perturbados, mas não fodidos –, e isso era o equivalente a muito dinheiro e cobertura massiva da Imprensa.

— Sabe de uma coisa... — disse Alastair depois de termos ficado em silêncio confortável por meia hora. — Seu amigo soldado...

— O nome dele é James.

— Sim, bem, seu amigo soldado James é mais conhecido pelo que ele fez em Nova York, correto?

— Sim, e daí?

— Então, por que não entrar em contato com o embaixador dos Estados Unidos? Ele é um cara muito legal, tem uma adega bem decente também.

Olhei por cima do meu laptop, meus olhos se arregalando.

— Oh, meu Deus, Alastair!

— Desculpe, ideia idiota — ele murmurou.

— Não! — eu disse, me levantando e andando de um lado para o outro na sala. — É muito brilhante! Por que não pensei nisso?

Os olhos de Alastair se iluminaram.

— Eu tive mais uma boa ideia?

— Querido, Ally! Você absolutamente teve!

— Maravilha! — Ele sorriu. — Alguma chance de uma trepada, então?

— Nenhuma, mas eu te amo de qualquer maneira.

Dei-lhe um abraço rápido e voltei a trabalhar.

Alastair era o cúmplice perfeito e tramamos até tarde da noite.

Com o advento do Natal, a campanha cresceu e cresceu e até mesmo foram feitas perguntas no Parlamento sobre a forma como os veteranos eram tratados, e uma seção inteira do Tempo de Perguntas do Primeiro--Ministro foi dedicada ao assunto.

A imprensa comentou isso, com uma coluna enorme, particularmente sobre qualquer coisa a ver com os homens e mulheres que trabalham no descarte de bombas.

E as festas que organizei às pressas foram um grande sucesso, levantando muito dinheiro e publicidade máxima para o Fundo Halo. Eles ficaram encantados com o meu trabalho e falaram em me enviar para o exterior como embaixadora deles.

Foi tudo maravilhoso e energizante, mas a única pessoa de quem não tive notícias era James. Clay me mandava um e-mail de vez em quando, e até Zada retornou a única mensagem que mandei para ela. Mas de James, havia apenas silêncio.

Os e-mails de Clay estavam cheios de detalhes fascinantes sobre as Tarefas em Angola, que eu cuidadosamente transformei em Comunicados de Imprensa, no entanto, ele evitava mencionar James. Eu sabia que ele estava trabalhando com Clay, mas isso era tudo. Isso doía. Eu ansiava pelo seu perdão, mas ainda tinha muito a provar.

A voz de Gray soou contida quando atendi seu telefonema, dois dias antes do Natal.

— Sinto muito, Harry, mas Spears não quer nada com a campanha. Tentei falar com ele várias vezes, mas ele está determinado: ele não vai voltar para o Reino Unido para ser seu pônei de show.

EXPLOSIVA

— Ele realmente disse isso? — perguntei, minha voz mais afiada do que eu gostaria.

Gray limpou a garganta.

— Palavras com o mesmo sentido. Até tentei convencer Clay Williams a persuadi-lo, já que ele é o chefe de operações de Spears, mas também não teve sorte. — Ele fez uma pausa. — Acho que você deve esquecer isso, Harry.

Meu queixo levantou-se.

— Não, absolutamente, não. Bem, bem, se ele não vier ao Reino Unido, envie uma equipe de filmagem para Angola para filmá-lo no trabalho.

Gray ficou em silêncio por vários segundos.

— Sim! Essa é uma ótima ideia, Harry. E agora temos alguns fundos extras, podemos nos dar ao luxo de fazer isso. — Ele hesitou. — Você quer fazer parte da equipe que vai?

Eu tremi de desejo, meu coração em guerra com a minha cabeça. Então suspirei.

— Não, será melhor se eu não estiver lá.

— Ok — disse Gray calmamente. — Você decide.

Fiquei acordada naquela noite, cheia de arrependimentos pelo que poderia ter acontecido. Mas, uma semana depois, bem a tempo do Ano Novo, recebi uma mensagem que mudou tudo.

CAPÍTULO 28

JAMES

— Uma porra de equipe de filmagem? Você está zoando comigo?

Clay sorriu.

— Não, senhor! Eu não estou te zoando. Conheça seus novos melhores amigos, Jay e Danny. Eles seguirão você do momento em que você abrir os olhos de manhã até o instante que sua cara feia se deitar no travesseiro à noite.

— Depois de alguns dias, você nem perceberá que estamos aqui — disse Jay, ou talvez fosse Danny.

— Ótimo — rosnei. — Eu estou indo para a privada. Quer me seguir até lá?

Eu saí, deixando Clay fazendo o que ele fazia de melhor: pedir desculpas pelo fato de que ele trabalhava com um desgraçado miserável.

Eu sabia que estava agindo como um idiota, e sabia que a publicidade era ótima para o Fundo, o que significava mais pessoal, melhor equipamento – coisas que tornavam a vida um pouco mais segura para todos. Era o fato de que ela estava por trás disso, a maldita *milady*.

Gastei muita energia não pensando sobre ela, porque quando eu o fazia, ficava com esse sentimento oco dentro do meu peito. Eu estava bem certo de que, se alguma vez caísse morto no trabalho, um cirurgião me abriria e descobriria que um milagre aconteceu — eu estava andando sem coração.

Jesus, que porcaria de começo de dia. Cagar foi a melhor parte.

Mas nos próximos dias, Jay provou estar certo: esqueci que a equipe de filmagem estava lá a maior parte do tempo. Eles tiveram o cuidado de não atrapalhar ou impedir o trabalho, de qualquer maneira. Descobriu-se que ambos eram ex-soldados do Exército, sabiam o suficiente sobre quais ordens deveriam ser seguidas e com as quais você poderia ser mais criativo.

EXPLOSIVA

Clay gostava de tê-los por perto e era bom em explicar o trabalho e os processos. Eles filmaram a vida no complexo, e Yamba os fazia rir como idiotas enquanto contava suas piadas e histórias fantasiosas. Eu posso ter rido também, mas apenas uma vez.

Nós só estávamos nesse local há algumas semanas, então eles conseguiram muitas filmagens das sessões de treinamento, começando na sala de aula, mas rapidamente passando para os campos de treinamento. Era quando a merda ficava séria e as piadas se tornavam mais sombrias.

Zada também montou uma clínica infantil no complexo. Eu não estava muito feliz com isso, não porque o que ela estava fazendo não era importante, mas porque campos minados e crianças não eram uma boa mistura, mas pelo menos Yamba e eu poderíamos dar algumas lições improvisadas de educação sobre o risco de minas.

Não era o suficiente, nunca era o suficiente.

Talvez a pressão estivesse começando a chegar a mim — eu podia sentir isso subindo dentro de mim, uma raiva e fúria tão crescentes porque tudo era demorado a ser feito: cada equipamento a ser solicitado, argumentação, proposta, mesmo agora com a renda extra com a qual o Fundo estava se beneficiando.

Então um dia eu perdi o controle.

A equipe de filmagem estava me filmando o dia todo, mantendo distância enquanto eu ficava mais mal-humorado a cada segundo.

Todos os pesquisadores da equipe de desminagem haviam passado longas horas no calor implacável, sinalizando um enorme campo minado e ainda estávamos na metade do caminho. Levaria semanas para neutralizar tudo o que encontramos até agora.

O suor colava a poeira em nossos corpos, deixando tudo áspero como se estivéssemos usando uma lixa, mas eram meus nervos que estavam sendo desgastados.

Zada estava do lado de fora de sua clínica improvisada, segurando uma menina sorridente com fitas vermelhas no cabelo.

— Essa é Nzingha. Ela foi nomeada como uma princesa guerreira. Ei, bebê, diga olá ao tio James.

Sua voz era suave e feliz, e a menininha acenou de volta, rindo.

Eu parei e encarei, meus olhos fixos em sua pequena mão acenando para mim e então no espaço onde o outro braço dela deveria estar.

Meus olhos viajaram até suas pernas, mas ela não tinha nenhuma.

Encontrei os olhos de Zada, rebaixados com tristeza.

— Ela estava brincando nos campos do lado de fora de sua casa. Sua mãe havia dito a ela para não ir lá, mas ela viu uma borboleta com cores bonitas e a seguiu. James, eu sei ...

Eu me virei furiosamente, meus punhos cerrados, a garganta sufocada de fúria, e caminhei em direção a Jay e Danny que estavam me seguindo como de costume.

— Por que vocês estão me filmando? — Fiquei enraivecido. — Ela mesma é a história! Esta menina! Essas malditas minas terrestres foram lançadas há 35 anos, mas a guerra acabou desde 2002. Que diabos as pessoas têm feito desde então? Nada! É isso! Enquanto as crianças estão sendo mortas ou tendo braços e pernas arrancados. Por que não há mais pessoas aqui ajudando? Por que é deixado para que instituições de caridade resolvam a merda que os exércitos deixam para trás? Quando vamos aprender, porra?

Minha voz subiu para um grito incoerente e percebi que meu rosto estava molhado. Esfreguei a pele em descrença enquanto as lágrimas escorriam pelo meu rosto.

Eu estava chorando? Eu estava realmente chorando.

Virei-me em desgosto, sabendo que tinha acabado de prover ótimas imagens. Eu não culpava Jay e Danny – eles eram sujeitos decentes e homens de família; eles estavam afetados pelo que viram.

Eu me afastei, deixando-os de pé, precisando ficar sozinho.

Agachado nas sombras no chão da minha cabana, apoiei a cabeça em minhas mãos. Todo o pesar e perda finalmente me alcançaram, e não havia mais nada que eu pudesse fazer para controlá-los. Não consegui segurar o choro.

Toda a escuridão se derramou de mim em um fluxo contínuo; toda a desesperança, o desamparo, e não consegui parar.

Meu corpo tremia incontrolavelmente, todas as emoções batendo em mim, de novo e de novo e de novo.

Eu não sabia quanto tempo fiquei agachado no escuro, mas não fiquei surpreso quando minha porta se abriu e Clay entrou. Mesmo com toda a sujeira no chão e o calor no ar, ele se sentou comigo em silêncio, apenas estando lá.

Chorei por tudo o que perdi, ganhei e perdi de novo; por todas as injustiças que deixaram uma criança brincalhona e curiosa com três membros arrancados; por um mundo onde gastamos mais em armas do que gastávamos em ajuda; onde as guerras que haviam terminado há décadas ainda poderiam infligir ferimentos terríveis. E chorei porque eu era neces-

EXPLOSIVA

sário aqui e precisava continuar, só não sabia mais como.

Finalmente, cansado e envergonhado, fiquei sem lágrimas. O emocional estava vazio de novo.

Quase me esqueci que Clay estava lá, mas então ele começou a falar:

— Com cada mina que você neutraliza, você está salvando outra criança como aquela garotinha de uma vida inteira de luta; você está salvando uma mulher como a mãe dela, de uma vida de preocupação de que ela morrerá diante da filha que precisa dela; você está salvando um homem como eu, de bolhas e calosidades porque as próteses não são tão boas quanto os membros de verdade. Com cada mina tirada da equação, você está salvando famílias de perdas e traumas. Cada mina que é eliminada, é uma vitória para os mocinhos. Esse é você, James. Um dos mocinhos. Nunca se esqueça disso.

Ele levantou-se desajeitadamente, sua silhueta alta emoldurada na porta.

— Você não é o único que tem noites escuras, sonhos ruins e dias mais sombrios. Você não seria humano se não fosse. Estou orgulhoso porque conheço você, irmão.

Sentei-me sozinho em minha cabana, ouvindo o mundo além da porta de madeira compensada. Ouvi as vozes de Clay e Zada, conversando com pessoas que visitaram a clínica naquele dia e com as equipes que estiveram na Tarefa comigo. Ouvi Jay e Danny falarem sobre as filmagens que eles tinham e como estavam prontos para ir para casa para começarem a edição; que eles tinham alguns momentos incríveis para mostrar ao mundo. Eu me perguntava friamente se eu era um daqueles 'momentos dourados' sobre os quais os cinegrafistas falavam.

Estava cansado demais para me importar, porque eles estavam certos. Se meu discurso fizesse alguém se sentar e prestar atenção, ou colocar as mãos nos bolsos para fazer uma doação, então o trabalho estaria feito, certo?

Minha cabeça latejava com uma dor maçante, mas eu não podia me dar ao trabalho de me levantar, não queria encarar os outros, não me importava o suficiente para comer, beber ou me mover.

Pensei em Amira, sua força, seus medos, sua tristeza, seus sorrisos. Eu finalmente entendi a escolha que ela havia feito ao voltar para a Síria; finalmente entendi por que ela não pôde esperar que eu fosse com ela. Ela não pôde porque havia tanta necessidade, tanto a ser feito. Eu poderia passar três vidas limpando campos minados em todo o mundo e o trabalho nunca seria totalmente feito, nunca terminaria, nunca terminaria.

Como alguém lidava com isso?

Eu não era um herói, e sabia disso, mas poderia fazer a diferença. Às vezes parecia que havia muito peso contra o trabalho que fazíamos, mas tudo importava.

Sentei-me sozinho, perdido em meus pensamentos.

A noite caiu de repente, como o desligar de um interruptor, e os sons noturnos encheram o ar frio, os grilos cantando e um cachorro latindo por perto.

Pensei sobre a vida e sobre a morte. Foi esse o motivo de eu não ter me matado? Porque ainda havia trabalho a ser feito? Porque eu tinha um propósito? Porque, apesar de tudo, ainda havia um lugar para mim nesse mundo fodido?

E pensei em Bel. Eu entendi, finalmente, por que ela voltou para Londres com o pai. Porque ela sabia e entendia que precisava se consertar primeiro. E pelo que descobri com as menções ocasionais de Clay sobre seu nome, ela conseguiu um trabalho de arrecadação de fundos com o Fundo Halo e estava trazendo muito dinheiro, além de grande publicidade para a instituição de caridade. Eu estava feliz por ela, realmente estava. Eu me surpreendi quando percebi que toda a amargura havia finalmente se dissipado.

E eu sabia que fui um idiota. Mas isso não era novidade.

Com rigidez, me levantei do chão de terra, com os músculos tensos e doloridos, e fui procurar Clay e Zada.

Porque apesar do que dizia a mim mesmo há anos, eu não queria ficar sozinho e precisava dos meus amigos.

EXPLOSIVA

CAPÍTULO 29

ARABELLA

— Isso está realmente acontecendo?

Gray levantou as sobrancelhas e me deu um sorriso paternal.

Nos meses em que trabalhei para ele, aprendi mais sobre o papel positivo dos pais do que em toda a minha vida.

Gray tinha E-X-É-R-C-I-T-O estampado no centro de seu corpo, um oficial de carreira, mas aos 56 anos, ele finalmente havia encontrado seu lugar com Heidi, uma mulher escocesa que o havia transformado de coronel em pai.

Oito anos depois, eles tinham um filho de cinco e uma filha de sete anos, e eu nunca tinha visto crianças mais amadas. Finalmente entendi o que eu estava perdendo todos esses anos. Mas isso não me deixou triste — bem, talvez um pouco —, em vez disso, me deu esperança.

Gray estava me levando para o aeroporto em seu desconfortável Land Rover que chacoalhava de forma alarmante nos buracos e era barulhento como um tanque.

— Sim — disse ele, respondendo-me finalmente. — Está realmente acontecendo e você, Harry, fez acontecer.

Então ele olhou para mim e sorriu.

— Hora de terminar o trabalho agora.

Balancei a cabeça, embora eu não tivesse certeza se conseguiria fazer isso.

— Eu vou tentar — eu disse, finalmente.

— Não, moça — retrucou ele, copiando o sotaque de Heidi e me fazendo rir. — Você será maravilhosa. Estou orgulhoso de você, Harry.

— Oh, meu Deus, não diga coisas assim ou vou ficar uma bagunça antes mesmo de entrar no avião.

Ele piscou para mim e, em seguida, desviou de repente para um lugar de estacionamento na área de embarque.

Enquanto eu tentava desgrudar meus dedos do assento, ele passou os braços em volta de mim em um abraço.

— Você é mais forte do que pensa, Arabella — disse ele.

E dessa vez, não consegui conter uma lágrima perdida.

Gray levou minha mala pelo aeroporto, depois me deixou com outro abraço rápido e uma ordem para ligar para ele e Heidi mais tarde, para que soubessem como eu estava indo.

Ele foi embora com um rugido alto de fumaça de diesel quando acenei para ele.

Eu estava nervosa; não porque eu era uma passageira nervosa, longe disso. Eu adorava entrar em um avião e receber uma taça de champanhe antes de sair e acordar em um novo país pronta para fazer compras.

Bem, essa era a velha Arabella. A nova não podia se dar ao luxo de viajar na Primeira Classe enquanto trabalhava para si mesma e ganhava seu próprio dinheiro, e ela definitivamente não era o tipo de pessoa que esperaria que uma instituição de caridade desembolsasse o suficiente para um assento caro.

Mas quando fui fazer o *check-in* com a minha bagagem, descobri que aquelas adoráveis Milhas Aéreas que eu havia acumulado enquanto ainda tinha o subsídio do papai ainda eram válidas. Quando fiz o *upgrade* para a Classe Executiva, imaginei sua cara.

Eu havia mudado e mil vezes para melhor. Tinha assumido a responsabilidade por mim e pela minha vida, e estava passando meus dias fazendo algo que valeria a pena para os outros. A 'pobre menina rica' ficou no passado. Agora, eu era apenas uma mulher trabalhadora comum, fazendo o meu melhor, nem sempre acertando, mas me esforçando.

Sentei-me em meu assento com um suspiro, chutando meus belos e desconfortáveis sapatos, e contorci os dedos dos pés.

— Negócios ou prazer?

Abri os olhos para ver o homem bonito de terno Armani que estava sentado ao meu lado.

— Definitivamente negócios — eu disse com um sorriso frio.

Ele entendeu a mensagem e me deixou sozinha.

Oito horas depois, abri os olhos novamente para o sol brilhante.

Minha bagagem chegou junto comigo no aeroporto de Dulles – sempre um bônus – e senti uma onda de entusiasmo, uma ânsia para esse dia começar.

EXPLOSIVA

Washington D.C. no outono era linda. As estradas estavam cobertas de árvores com cores vivas, suas folhas em tons de laranja vívido, vermelho e dourado – um sinal de que estávamos chegando no final de mais um ano. Os grandes prédios de pedra e as amplas calçadas me lembraram de Londres enquanto meu táxi se movia em um ritmo majestoso pelo tráfego matinal. Eu tive um vislumbre da Casa Branca, menor do que eu esperava, mas brilhando ao sol.

Turistas passeavam de bermudas em direção ao Lincoln Memorial, e diplomatas de terno tomavam um tempinho para aproveitar os parques e o ar fresco, com o Monumento a Washington apontando para cima como um farol à distância.

Respirei fundo, tentando acalmar meu pulso acelerado. Se tudo corresse bem, amanhã seria o culminar de meses de trabalho, um testemunho do último ano da minha vida. Ou poderia significar uma grande e completa humilhação.

Fechei os olhos com força.

Por favor, faça isso dar certo.

E eu não poderia dizer a você quem eu esperava que estivesse ouvindo.

CAPÍTULO 30

JAMES

— Normalmente há muitos turistas do lado de fora da Casa Branca? — perguntei, olhando através das janelas escuras da limusine. — E equipes de notícias?

Clay me lançou um olhar divertido de descrença.

— Você esteve se escondendo debaixo de uma rocha, James meu homem? Você é notícia das grandes. Imensa. A imprensa foi ludibriada por seu herói da última vez, eles não deixarão você fugir novamente.

Uma consciência desagradável escorria pela minha espinha.

Quando recebi uma carta da Casa Branca, um convite, eu não havia pensado muito sobre o lado da publicidade das coisas. Eu deveria ter pensado. Eu realmente deveria. Sinceramente pensei que todo o absurdo que Bel despertou havia morrido. Certo, sim, havia tido aquela equipe de filmagem seguindo nosso trabalho por algumas semanas, mas não foi só a mim que eles entrevistaram: eles falaram com Clay, Zada, os desminadores e Yamba. Eles até entrevistaram a mãe daquela menininha.

Nzingha, esse era o nome dela, a garotinha – batizada em homenagem a uma princesa guerreira. O nó familiar na garganta apertou quando pensei nela.

Eu sabia que o Fundo regularmente enviava equipes de filmagem em todo o mundo para gravar o trabalho porque era bom para a publicidade — essencial para o público ver a diferença que as doações faziam. Quando Jay e Danny apareceram, supus que fosse um negócio normal.

Ou talvez a verdade fosse que eu não queria pensar em nada dessa merda; só queria ficar sozinho. Mas isso também havia mudado.

Nzingha se tornara uma visitante regular do complexo e mimada até não poder mais quando chegava. Por alguma razão, ela me deu um brilho, o que parecia bizarro, mas ela sempre gritava para eu pegá-la. Eu não podia dizer não para ela.

— Isso vai mudar a sua vida, mano — Clay disse gentilmente. — Todo mundo vai querer conhecer o herói da Times Square.

Balancei a cabeça em negação.

— Quinze minutos de fama, talvez. Mas quando eu desaparecer de volta a Luanda ou Nagorno ou em algum lugar como esses, ninguém vai dar a mínima.

Ele fez uma careta, suas palavras em desacordo com o gesto.

— Talvez, eu acho que é possível.

— E você? — perguntei. — Você estava lá também.

Clay encolheu os ombros.

— Eu já peguei minha medalha de Honra enquanto estava no hospital.

Zada olhou para ele com impaciência.

— Sim, e eu tive que tirá-la do lixo duas vezes.

Olhei para os dois. Eu não sabia. Clay não havia compartilhado esse último detalhe.

— Eu estava tendo um dia ruim — disse ele com um pequeno sorriso quando pegou a mão de sua esposa. — Alguns dias ruins. Mas você chutou minha bunda por mim.

— Sim, eu fiz isso — disse Zada, seu rosto suavizando com amor.

Tive que desviar o olhar.

Os olhos azuis de Bel surgiram em minha mente, mas eu não podia me dar ao luxo de pensar nela agora. Ou em algum dia.

— Talvez eles nos deixem sair pela porta dos fundos — murmurei, olhando para a multidão de jornalistas e público em geral enquanto passávamos em nossa limusine, cortesia do governo dos Estados Unidos. Clay riu alto.

— Cara, você sabe que a Estrela de Bronze por Bravura é a quarta maior condecoração nos EUA, certo? Somente um outro britânico já a recebeu, e isso foi em 1946.

Virei a cabeça, boquiaberto.

— O quê?

Ele bufou, engasgando-se com a própria risada, enquanto Zada revirou os olhos.

— Clay, você está brincando comigo, porque estou prestes a conhecer o presidente e ter mais um adereço preso em mim, e não quero parecer um idiota.

Mas falar com ele não estava me levando a lugar nenhum. Clay estava esparramado no banco de trás, gargalhando e com lágrimas rolando pelo rosto.

Zada estava meio divertida, meio irritada.

— Não, meu marido, que acaba de regredir à adolescência, não está 'brincando' com você, James. A Estrela de Bronze por Bravura é algo importante.

— Caramba — resmunguei. — Ninguém me disse isso.

— Acho que a maioria das pessoas teria pesquisado no Google — Zada apontou, uma sobrancelha levantada sublinhando minha estupidez.

— É por isso que você me fez comprar um terno novo? — perguntei, agora entendendo tudo.

— Meu bom Alá! — ela gritou. — Você está prestes a se encontrar com o presidente dos Estados Unidos! Você não poderia simplesmente vestir jeans!

Eu me inclinei contra o assento de couro estofado. Sim, eu provavelmente deveria ter olhado toda essa porcaria de medalhas antes.

— Amira teria ficado orgulhosa de você — ela disse suavemente.

Quando o riso de Clay se desvaneceu, Zada engoliu em seco e olhou para baixo.

O silêncio encheu a limusine e demorou vários segundos para eu falar:

— Obrigado — eu disse, minha voz rouca.

Alguma vez haveria um momento em que ouvir o nome dela não doesse? Por que essa morte e não outra? Por que o Destino é uma cadela sem propósito? Nunca houve qualquer resposta para isso.

Os pais de Amira haviam escolhido receber sua Medalha de Mérito póstuma em particular. Zada argumentou com eles sobre isso, mas não conseguiu mudar a opinião deles. Eles preferiam chorar em particular. Zada achava que Amira deveria ser celebrada também. E os pais dela não haviam levado em conta que Zada estaria ao lado de Clay quando ele recebesse sua Estrela de Bronze, então a privacidade seria escassa.

Por insistência de Zada, eu também usava todas as minhas medalhas do Exército Britânico. Eu tinha sentimentos mistos sobre isso por causa da forma como fui expulso, mas ganhei essas medalhas com meu suor e sangue e bons amigos – que deveriam estar me comprando uma cerveja –, que pagaram o preço final. Minhas medalhas os honravam.

Quando chegamos à entrada, pude ver os flashes das câmeras antes que a porta da limusine se abrisse; foi como chegar no tapete vermelho em uma estreia de filme de sucesso. Câmeras piscaram em todas as direções e

EXPLOSIVA

223

as pessoas chamavam meu nome como se eu fosse o melhor amigo delas.

Mantive a cabeça baixa, recusando-me a olhar para os fotógrafos enquanto eu ajudava Zada a sair do carro, seguido por Clay, apenas um pouco desajeitado em sua prótese. Clay adorou, acenando para a multidão, com um enorme sorriso no rosto, o outro braço em volta de Zada. Ela se manteve serena e bonita, usando seu lenço colorido, gêmeo do pedaço de seda que eu carregava comigo para todos os lugares.

Clay estava enfatizando seu relacionamento com Zada, a mensagem clara. *Veja, ela é muçulmana; a irmã dela é uma heroína; esta é minha esposa. Lidem com isso.* Eu não tinha interesse algum em fazer uma declaração política, mas não ficaria surpreso se Clay entrasse para a política daqui a alguns anos. Ele seria um dos decentes. Poderia ser o segundo negro a ser presidente.

Houve um breve momento de silêncio quando entramos na Casa Branca e apertamos algumas mãos; nos disseram os nomes dos homens e mulheres que trabalhavam lá, mas eu esqueci quase de imediato.

Fomos deixados em área reservada às visitas por vários minutos, e eu cuidadosamente ignorei o álcool e os doces em miniatura, preferindo me servir de uma xícara de café preto extraforte. Ou ser servido por um cara em um terno de pinguim.

— Obrigado murmurei, então me afastei para olhar as fotografias que estavam na parede para que não tivesse que falar com ninguém. Vir aqui estava começando a parecer um grande erro. O maldito Clay havia me convencido a isso.

Meus olhos foram atraídos para uma série de fotografias que estavam escondidas em um canto sossegado; alguma coisa me chamou a atenção...

Notei uma pequena foto em preto-e-branco do ex-presidente Barack Obama. Eu olhei ainda mais perto, um sorriso atravessando meu rosto.

— Aquele maldito bastardo — eu murmurei.

— Com licença?! — disse uma voz horrorizada.

Olhei para cima para ver uma mulher em um vestido caro olhando para mim com desgosto.

— Oh, desculpe-me. Eu não quis dizer que ele...—

Mas ela fungou e foi embora.

— Fazendo novos amigos? — Clay perguntou com um olhar divertido para a mulher recuando enquanto balançava a cabeça para mim.

— Sim, você me conhece. Ei, olhe isso. Reconhece alguém?

Ele apertou os olhos e riu alto.

Nós dois estávamos olhando para o homem por trás do ombro de Obama, óculos escuros, fone de ouvido no lugar.

— Oh, esse é o seu amigo? — perguntou Zada.

— Sim, ele é — Clay concordou. — Nathaniel John Smith – nosso fantasma favorito. Eu acho que quando ele disse que 'conhecia pessoas', ele realmente conhecia.

Isso certamente explicava como Smith havia sido capaz de mexer os pauzinhos e coletar favores em tantos lugares diferentes.

Meu sorriso diminuiu. Smith havia me levado para a Síria para encontrar Amira, mas cheguei tarde demais para salvá-la. Tarde demais.

— Hey — disse Clay, cutucando o meu lado. — Acabei de ver alguém que você conhece.

— É mesmo? — perguntei, me virando sem muito interesse.

A respiração congelou em meus pulmões e meu coração parou, então começou a galopar para uma nova batida, um ritmo mais rápido.

Do outro lado da sala, Bel estava sorrindo para nós, sua expressão disciplinada em prazer educado, mas eu podia ver a ansiedade em seus olhos.

Ela era uma coluna brilhante de cor que obscurecia o resto do quarto, seu vestido escarlate cobrindo o corpo incrível, seu cabelo um halo de ouro. Eu nem tinha certeza se ela era real.

Todas as emoções trancafiadas transbordaram, me deixando tonto com desejo e necessidade, luxúria e esperança. E amor. Eu sabia o que esse sentimento significava agora: eu amava Bel. Eu a odiava e a amava.

— James — disse Zada calmamente —, dê uma chance a ela. Olhei para ela, surpreso. Ela tinha sido uma das maiores críticas de Bel até Clay dizer a ela para deixar quieto.

— Você está tomando o lado dela depois que ela me expôs? — perguntei, completamente desconcertado com a reviravolta.

— As pessoas têm suas próprias batalhas para lutar — ela disse suavemente. — Eu, de todas as pessoas, deveria ter entendido isso, mas minha família me ama e sempre amou. Eu não entendi pelo o quê ela estava lutando. Eu entendo agora. Então você deveria dar a ela uma chance para explicar.

Clay me cutucou no braço.

— Vá até ela, seu idiota.

— Eu não sei…

Ele me deu um pequeno empurrão, fazendo-me tropeçar e quase derrubar um garçom.

EXPLOSIVA

Praguejei baixinho quando comecei a atravessar a sala, embaralhando-me porque estava tão nervoso que mal conseguia sentir meus pés.

Bel piscou rapidamente, o sorriso rígido ainda preso ao rosto dela.

Eu estava a uma distância pequena quando um General do Exército, de quatro estrelas, a alcançou primeiro, seus olhos roçando seu corpo com mais do que apreciação antes de disfarçar.

Uma perigosa névoa vermelha de raiva desceu sobre mim e cheguei ao lado dela em um segundo.

— Ah, o homem da vez — disse ele. — Primeiro Sargento Spears. Permita-me apresentar-lhe Lady Arabella Forsythe, diretora do Fundo Halo.

— Que gentil — disse Bel, afagando-lhe o braço. — Mas James e eu somos velhos amigos. Você poderia ser um querido e nos desculpar por um momento, General Erikson?

— Claro, Lady Arabella — ele disse suavemente. — Podemos conversar mais tarde. Ele olhou para mim, seus olhos cinzentos de aço. — Um prazer, Spears.

Balancei a cabeça distraidamente enquanto ele se afastava.

— Olá, James — disse Bel, sua voz baixa e rica. — Como você está? Eu não tinha certeza de que estaria aqui hoje. Vou ter que agradecer ao Clay. E Zada.

Com um barulho alto no meu cérebro, tudo se encaixou.

— Isso é por sua causa, não é? — eu a acusei. — Essa merda de medalha. Você foi quem os convenceu a fazer isso!

Ela inclinou a cabeça para um lado, sorrindo.

— Eu realmente não saberia dizer.

— Você é a pessoa que começou a petição no Reino Unido para me restabelecer, não seu pai, certo?

Seus olhos brilharam.

— Meu pai só se importa consigo mesmo.

— Então como ele se envolveu?

— Eu o convenci — ela disse, sua voz perigosamente doce.

O pequeno bloco de gelo que mantinha meu coração congelado começou a derreter.

— Acho que você finalmente o enfrentou.

Ela sorriu feliz.

— Acho que sim.

Nós nos encaramos como um par de idiotas. Eu não tinha ideia do que dizer. Felizmente, Bel tinha:

— James, eu lhe devo um enorme pedido de desculpas. Eu fiz uma bagunça tão grande com tudo e lamento não ter explicado corretamente. Mas tive que aprender a enfrentar meu pai sozinha. Se eu deixasse você fazer isso por mim, eu nunca poderia me olhar no espelho, muito menos encarar você. Por favor, me diga que entende?

Suspirei e desviei o olhar.

— Sim. Demorei um pouco; e Clay estava definitivamente do seu lado. Eu só não queria ouvir; tudo o que podia ouvir, tudo que podia sentir era que você havia ido embora.

Bel assentiu devagar.

— Zada estava bastante aborrecida comigo, para dizer o mínimo. Ela me disse que eu não te merecia, e ela estava certa. E sei que do jeito que saí, como parecia... você pensou que te deixei. James, eu não queria. Mas... nunca serei tão corajosa quanto você, mas tive que tentar ser um pouco.

Dei a ela um pequeno sorriso.

— Pelo que Clay diz, você enfrentou o exército britânico, o governo britânico e o governo americano.

— Pode apostar que eu fiz! — ela disse, se irritando instantaneamente. — Como o exército britânico se atreve a tratá-lo assim? Foi uma violação terrível de seus deveres e responsabilidades. Não é a maneira de tratar um herói. E continuarei lutando e pedindo que você receba o respeito que merece. Se tiver que colocar os americanos em primeiro lugar, que assim seja. — Sua raiva evaporou tão rapidamente quanto havia chegado. — Mas seu amigo espião Smith foi de muita ajuda e agilizou a papelada para mim. Tão simpático. Devo lembrar de lhe enviar uma nota de agradecimento. Eu nunca o conheci, você sabe. Mas gostaria de fazer isso.

Um sorriso relutante se espalhou pelo meu rosto.

— Eu nem sei o que dizer sobre isso.

— Bem — ela disse com cuidado —, você poderia dizer obrigado...

— Obrigado, Bel.

— E você pode me dizer o quão adorável eu fico de vermelho.

Balancei a cabeça. Ela era muito mais do que adorável. Ela era corajosa, inteligente e bonita.

— Você está de tirar o fôlego.

Ela sorriu, seus lábios vermelhos se abriram para mostrar aqueles dentes perfeitamente brancos.

EXPLOSIVA

227

— Obrigada. E eu quis dizer cada palavra, James, você é um herói. Mas mais que isso, você me ensinou muito. Foi por causa de você que finalmente consegui enfrentar meu pai. Então eu agradeço por isso também.

Eu olhei para ela com ironia.

— Pelo que foi dito nos jornais, seu pai tem sido bastante expressivo sobre seu apoio aos ex-membros das forças armadas.

Ela deu um sorriso felino.

— Querido paizinho... Sim, ele preferiu tomar uma posição, não é? Fez maravilhas por sua reputação, que, para ser honesta, estava um pouco desgastada. Ele fez de você uma causa célebre e conquistou para si mesmo muitos novos amigos em lugares úteis. Eu posso ter tido que dar a ele um pequeno empurrão para fazer a coisa certa para variar.

Balancei a cabeça em espanto.

— Você é realmente incrível.

Seu sorriso diminuiu.

— Não, eu simplesmente aprendi a ser tão desonesta e manipuladora quanto ele, meu pai. — Seu sorriso era melancólico. — Mas prometo usar meus novos poderes apenas para o bem. — Ela descansou a mão no meu braço. — Você, James. Você é incrível. Você é corajoso e leal e salva vidas. Você é um bom homem, James Spears. Estou honrada por ter te conhecido.

Meu estômago se sacudiu desconfortavelmente.

— Então por que isso soa como um adeus?

— Oh, você vai me ver por aí enquanto nós dois trabalharmos para o Fundo Halo. — Ela sorriu com força, tirando o braço do meu. — Mas prometi a mim mesma não incomodar você... desse jeito... e não vou. Eu sei que você só vai amar Amira. E ainda tenho algum orgulho depois de tudo. Quem diria?

Ela deu um passo para longe de mim e já estava longe demais.

Sim, eu amei Amira com todo o meu coração, mas Amira tinha ido embora. Ela nunca mais voltaria. A vida continua, é o que dizem. E descobri que meu coração partido estava em duas partes separadas. Uma metade amava Amira e sempre amaria. Mas a outra metade encontrou outra alma quebrada. Alguém nessa vida, nesse mundo, que se importava comigo. Por mais improvável que parecesse, a vergonhosa Lady e o soldado desonrado haviam encontrado paz um com o outro.

— Bel, espere — eu disse com urgência quando vi o Chefe de Estado vindo em minha direção com um olhar determinado em seu rosto. — Bel, não desapareça. Espere por mim! Por favor!

— Pelo que eu devo esperar, James? — ela perguntou baixinho.

— Uma chance — respondi, ignorando os funcionários que estavam tentando me afastar dela e em direção ao presidente. — *Me dê* uma chance, por favor!

Ela piscou rapidamente.

— Já não dissemos tudo um para o outro?

— Não! — eu disse ferozmente. — Eu nunca disse que amo você!

O silêncio se espalhou ao nosso redor, e até o presidente parou com a mão estendida para Clay.

— Você ama Amira — disse ela com cuidado.

— Sim, mas eu também te amo. Muito. E quero viver uma vida ao seu lado. Eu fui um idiota por esperar tanto tempo para dizer isso.

Seus olhos azuis nadavam em lágrimas.

— Eu vou esperar por você, James.

— É tudo o que preciso ouvir.

Eu fui levado embora, olhando por cima do meu ombro quando a vi limpar os olhos.

— Espere por mim! — gritei.

Ela sorriu através das lágrimas e assentiu.

Fiquei distraído durante toda a cerimônia, mesmo quando o presidente amarrou a fita para a Estrela de Bronze por Bravura em volta do meu pescoço e apertou minha mão.

— Obrigado pelo seu serviço, Sargento — disse ele.

Eu quase o corrigi que eu era um Primeiro Sargento, então lembrei que tinha sido expulso do exército britânico e não dava a mínima.

— Obrigado, senhor — murmurei quando ele apertou meu ombro de uma forma paternal que pareceria bem com a imprensa.

Clay recebeu sua Estrela de Bronze, sorrindo e conversando com o Líder do Mundo Livre como se fossem velhos amigos. Ele até puxou a perna da calça para mostrar sua prótese, e os fotógrafos entraram em frenesi.

Eu tive que sorrir. O cara era natural quando se tratava de se mostrar para a multidão. Clay até quebrou o protocolo ao apresentar Zada ao presidente.

Eu podia ver o chefe do Estado-Maior balançando a cabeça, mas ele também sorria. Era difícil sentir raiva de Clay.

Mas mesmo com tudo isso acontecendo e a Conferência de Imprensa que se seguiu, meus olhos estavam na mulher explosiva no vestido verme-

EXPLOSIVA

lho em pé no fundo da sala. Ela estava ao lado de Zada e ambas sorriam. Então Bel olhou para mim e nossos olhos se encontraram. Quando a vi sorrir para mim, pensei que talvez o mundo não fosse um lugar tão ruim. Pela primeira vez, todo o falatório na minha mente foi silenciado.

Depois que o presidente fez um discurso, elogiando a mim e Clay por nossa bravura e serviço ao seu país, eles mostraram a filmagem daqueles tristes minutos na Times Square. Lembrei-me de que havia sido tecnicamente desafiador, mas principalmente me recordei do medo no rosto de Amira, mesmo quando ela implorou a Clay e a mim para nos salvarmos.

Lembrei-me do medo que senti por ela, a determinação de que não seria assim que nossa história terminava – uma história que mal começara. E lembrei-me de Clay dizendo-lhe para rezar com ele. Lembrei-me de cada segundo doloroso, o *tique-taque* na minha cabeça enquanto o tempo se esvaía.

Desviei o olhar quando a câmera deu zoom no rosto aterrorizado de Amira. Em vez disso, fixei meu olhar em Bel. Amira era meu passado e sempre teria um lugar em meu coração, mas Bel era meu futuro. Eu esperava.

As filmagens deixaram de fora, com muito tato, a parte em que a perna de Clay foi arrancada, mas mostraram rapidamente as consequências, quando eu e Amira nos amontoamos sobre ele enquanto os paramédicos corriam em nossa direção.

Houve um breve e respeitoso silêncio, depois o presidente deixou os jornalistas livres com suas perguntas.

Uma mulher na fila da frente, especialmente escolhida para fazer a primeira pergunta, levantou-se e olhou para mim. Seu cabelo era um capacete perfeito de cabelos castanhos, sua maquiagem uma máscara cuidadosa.

— Sargento Spears, quando você desativou o colete-bomba de Amira Soliman, você estava com medo?

Olhei de volta, cuidadoso com minhas palavras.

— Você não tem tempo para se assustar. Você se concentra no trabalho. Emoções não têm lugar... emoções te matam.

Ela piscou, surpresa, e não muito satisfeita com a minha resposta, mas eu já tinha me afastado dela para o próximo questionador.

— James, é verdade que você e Amira eram mais que amigos?

Uma mulher mais velha em um terno de aparência bem cortada fez a pergunta, o microfone esticado na frente dela quando ela se inclinou para frente.

Eu me concentrei nela atentamente. Eu tinha que ter muito cuidado.

No que dizia respeito ao público, Amira trabalhara disfarçada, mas Clay e eu estávamos simplesmente presos à crise, espectadores acidentais. A versão oficial era que eu estava de licença em Nova York e que Clay também estava por ali. Se as pessoas realmente acreditavam ou não, isso era irrelevante.

— Amira Soliman foi uma das mulheres mais corajosas que já conheci — eu disse, falando devagar e claramente enquanto a sala se acalmava e silenciava. — Quando parecia que o tempo estava acabando e que eu não conseguiria neutralizar o dispositivo, ela me implorou e ao Sargento Williams para deixá-la e nos salvarmos. Ela nos implorou para irmos, sabendo que morreria, mas que poderíamos viver. Aquela... conexão entre todos nós naquele dia foi especial, intensa, mais profunda que a amizade. Então, sim, nós éramos mais do que amigos.

E isso foi tudo o que eles conseguiriam tirar de mim sobre Amira.

Quando alguém tentou perguntar sobre a chamada 'dispensa administrativa' do Exército, o Assessor de Imprensa da Casa Branca respondeu com certa objeção e conduziu as perguntas para o trabalho em Nagorno e Angola.

A mulher de terno bem cortado levantou a mão novamente.

— É verdade que você está em um relacionamento com Lady Arabella Forsythe do Fundo Halo?

Dei meu primeiro sorriso de toda a Conferência de Imprensa.

— Um cara teria que ser muito sortudo para que isso acontecesse, mas acho que os sonhos são gratuitos.

O riso encontrou minha não-resposta e, pouco depois disso, foi dado espaço a Clay.

Ele encantou o público e os fez comer na palma de sua mão. Ele fez um apelo apaixonado por mais a ser feito para apoiar os veteranos, e falou sobre como o seu treinamento militar poderia contribuir e ser adaptado à força de trabalho civil e à economia.

Ele falou seriamente, de forma eloquente e comovente.

— Só tenho uma perna, mas esse sacrifício foi para o meu país, por uma causa em que acredito. Todos queremos que o mundo viva em paz. Eu adoraria ver o dia em que caras como eu não sejam necessários. Mas até esse dia, não importa quantas pernas eu tenha ou não, vou servir e proteger o meu país. E usarei minhas habilidades e conhecimento para continuar o trabalho do Fundo Halo. — Ele fez uma pausa. — Vocês sabem, não deveria ter sido necessário o apoio da falecida princesa Diana, para que o

EXPLOSIVA

trabalho de desminar antigas zonas de guerra ganhasse a atenção do público. — E então ele olhou para mim. — Não deveria ser preciso o ato de heroísmo de homens como James Spears ou mulheres como Amira Soliman para levar o trabalho de eliminação de bombas para o conhecimento público, mas acho que sim. Com nossas habilidades e treinamento, acredito que temos o dever de ajudar onde for necessário, em qualquer lugar do mundo que seja necessário. — Ele fez uma pausa, sua expressão séria. — Todos os desminadores que trabalham ao redor do mundo são heróis. James Spears foi treinado por sete anos para se tornar um operador de alto risco, e esteve no exército britânico por 11 anos. Ele ainda arrisca sua vida todos os dias; ele é meu símbolo de um verdadeiro herói.

Desgraçado.

Eu fiz uma careta para ele quando sorriu para mim e fez uma continência de mentirinha. Eu quase retornei uma saudação de dois dedos, mas me lembrei no último momento que a Casa Branca provavelmente não era o lugar para fazer isso.

— Aw — Clay riu, sorrindo para mim. — Ele é tímido! — E a multidão de jornalistas riu com ele.

Sim, definitivamente vou fazê-lo se arrepender disso.

Finalmente, a tortura acabou, e depois de apertar muitas mãos de pessoas que eu não conhecia, fui autorizado a sair.

Bel caminhou em minha direção, com um pequeno sorriso no rosto.

— Então, você se sente sortudo? — ela perguntou, seu sorriso se alargando.

Respondi com mais emoção do que era seguro sentir.

— Bel, eu provavelmente não sou uma boa aposta na vida. Eu tenho um emprego de merda, com um salário pior ainda, e sou um desgraçado miserável na maior parte do tempo, mas — e eu respirei fundo —, se você me der uma chance, prometo que vou passar o resto da minha vida te mostrando o quão sortudo estou me sentindo agora.

Seus lábios se torceram e lágrimas inundaram seus olhos azuis.

— Não chore — eu sussurrei. — Eu não valho a pena.

— Você está errado. — Ela chorou baixinho. — E eu não vejo isso como algo arriscado, James. Eu realmente não vejo.

Ela inclinou a cabeça no meu ombro, seus braços em volta do meu pescoço, acariciando levemente a fita que continha minha nova medalha.

— Então, confie em mim, Bel, eu não vou desapontar você.

Minhas mãos descansaram gentilmente em sua cintura e ficamos ali

JANE HARVEY-BERRICK

enquanto as pessoas ao nosso redor sumiam e circulavam, invisíveis.

— Não tenho certeza se posso fazer você feliz. Mas tenho certeza de que ninguém mais terá a chance de tentar.

— Então vamos fazer isso para sempre, James. Nem um dia a menos.

Suas palavras ecoaram através de mim. 'Para sempre' significava alguns momentos compartilhados e o longo e ecoante silêncio da morte. Depois dessa verdade, acreditei que o segredo para existir era não querer o que você não poderia, ou não deveria ter. Mas agora eu acreditava em mais. E eu faria tudo ao meu alcance para dar a Bel o mundo.

— Para sempre — eu concordei calmamente.

EXPLOSIVA

CAPÍTULO 31

ARABELLA

— Você tem certeza de que quer que eu vá com você? — perguntei.

James se virou para mim, sua expressão grave.

— Bel, eu sempre vou querer você ao meu lado. Mas isso é pedir demais? Porque vou entender se for.

Meu coração se contorceu de amor, então se abriu um pouco mais para esse homem corajoso e quebrado. Com cada palavra e gesto, ele se tornou mais necessário para mim, mais uma parte de mim.

— Eu ficaria honrada em estar ao seu lado — eu disse, e quis dizer isso. — Se estiver tudo bem com Zada.

Zada sorriu tristemente, segurando a mão de Clay com mais firmeza.

— Minha irmã teria gostado de você — disse ela. — Você me lembra dela de alguma forma, exceto por você, sabe, ser branca. — Seu sorriso vacilou. — Vocês duas são um pouco loucas, mas são corajosas. E vocês duas amam James. — Eu o senti assustar-se quando ela disse o nome dele, e me entristeceu que ele nunca houvesse tido certeza do amor de Amira por ele. Eu tinha certeza de que ela o amara; como ela poderia não ter amado?

Zada me deu um sorriso fraco, seus lábios tremendo.

— Você é digna, Harry, você é. Eu sinto muito por ter duvidado de você.

Apertei a mão dela rapidamente, completamente incapaz de responder.

A limusine moveu-se lentamente pelas filas e filas de lápides brancas no cemitério de Arlington. Eu nunca havia estado aqui antes, mas sabia que James, sim – com Amira. Eu estava feliz por poder estar com ele para apoiá-lo nisso hoje.

Eventualmente, o carro parou e todos nós saímos, nossa respiração soltava vapores no ar fresco, enquanto pisávamos nas folhas caídas.

Foi de partir o coração ver as inúmeras fileiras de túmulos brancos que se estendiam pelas colinas, uma leve camada de gelo cobrindo a grama.

Nós saímos do caminho, indo em direção ao nosso destino.

Duas lápides brancas estavam lado a lado, juntas, mas separadas das outras.

Brian Edward Larson
Sargento-mor, fuzileiros navais dos EUA
Iraque, Afeganistão

Uma pequena bandeira, as Estrelas e Listras, flutuava ao lado dele, entre as duas lápides.

Virei-me para ler a segunda quando Zada se ajoelhou, soluçando baixinho quando Clay pousou a mão no ombro dela.

Amira Soliman
Medalha de Mérito
Para o serviço a uma nação grata.

Senti a mão de James deslizar na minha, seus dedos ásperos, sua pele quente apesar da temperatura fria.

— Olá, Larson — ele disse baixinho. — Faz algum tempo. Eu te trouxe algumas cervejas. Eu mesmo não posso beber, porque, você sabe, alcoólatra em recuperação e tudo isso, mas pensei que você gostaria delas.

Ele soltou minha mão, puxou o anel das duas latas despejou a bebida sobre o túmulo.

— Obrigado por fazer o que você fez — disse ele. — Você foi um bastardo durão.

Então ele se virou para a segunda lápide onde Zada ainda chorava baixinho e se ajoelhou ao lado dela.

— Ei, sou eu.

Ele falou para o túmulo silencioso e meu coração apertou dolorosamente.

— Desculpe por ter perdido seu funeral. Eu estava meio que na prisão na época, uma merda no quartel de Colchester. Mas eu gostaria de ter estado aqui. Gostaria de poder ter... dito adeus. — Então ele se levantou e pegou minha mão. — Esta é Bel. Ela é especial para mim. Bem, eu a amo. Eu queria que você a conhecesse. Isso soa estranho, mas sei que você vai entender.

Lágrimas se formaram em meus olhos quando ele inclinou a cabeça, rezando sozinho, um último adeus à mulher que ele amava tanto, a mulher

EXPLOSIVA 235

pela qual ele teria morrido.

Ouvi alguém passar por trás de mim e me virei para ver um homem mais velho e bonito, com cabelos grisalhos enrolados no colarinho de uma jaqueta de couro surrada, usando jeans e óculos escuros de aviador. Eu sabia quem ele era imediatamente, não muito surpresa em vê-lo aqui.

James virou-se abruptamente, depois deu um pequeno sorriso.

— Smith, seu filho da mãe. Deveria saber que você apareceria. Esta é Bel, Arabella Forsythe. Bel, este é Smith, nosso fantasma favorito.

Smith sorriu e pegou minha mão, beijando as costas dela enquanto James revirava os olhos.

— É bom conhecer você, Lady Arabella — disse Smith, sorrindo para mim. Então ele se virou para Clay e Zada. — Bom ver vocês dois também. Fico feliz em ver que estão cuidando um do outro. Ele fez uma pausa. — Sua irmã era uma mulher corajosa, Zada. Clay diz que você é muito parecida com ela.

Zada olhou para cima, com o rosto manchado de lágrimas, expressando os sinais claros de um luto contínuo.

— Eu gostaria de pensar assim — disse ela, enxugando o rosto com os dedos.

Houve um breve silêncio enquanto Smith prestava seus respeitos a Amira e seu amigo, Larson. Então caminhamos juntos de volta à limosine à nossa espera.

— Então, você e Obama? — perguntou Clay.

Um sorriso lento se formou no rosto de Smith enquanto ele sorria.

— Viu a foto, né? Impressionado?

— Nem mesmo um pouquinho — Clay mentiu. — Então, como ele é?

— Eu não achei que você estivesse interessado — brincou Smith.

— Ok! Ok, eu estou interessado — disse Clay, mãos levantadas em rendição.

Smith olhou para ele pensativo.

— Obama... cara legal. Jogador de golfe de merda.

Nós todos esperamos por mais.

— É isso? — perguntou Zada.

Smith apenas piscou e mudou de assunto.

— Estou recrutando, se alguém estiver interessado.

Zada pegou a mão de Clay e franziu a testa para Smith.

— Absolutamente não! — ela retrucou. — Nós já temos empregos, Sr. Smith.

Clay sorriu para a esposa.

— Você a ouviu. Nós já estamos até mesmo com trabalho remunerado, então obrigado, mas não.

Smith deu de ombros e se virou para mim e para James.

— Certeza que eu não posso tentar vocês dois a se juntarem a mim? — ele perguntou, levantando uma sobrancelha. — Muito perigo, não muito dinheiro, mas tenho um nome secreto muito legal para você: Dama e o Vagabundo.

Eu pulei quando James riu alto.

— Não, não estou interessado — disse James. — E ela também não está.

— Ela pode falar por si mesma! — respondi. — E ela concorda. Teremos que recusar com gratidão sua oferta graciosa, Sr. Smith.

— Piedade! — Ele sorriu. — É um desperdício de um bom nome de disfarce. Então ele se virou e se afastou, mãos enfiadas nos bolsos.

— Tenho a sensação de que não será a última vez que veremos o enigmático, Sr. Smith — eu disse.

James sorriu para mim e deu um beijo suave na minha bochecha.

— Eu concordo — ele disse provocativamente. — O cara continua aparecendo como uma doença.

Nós demos uma última olhada nas sepulturas de duas pessoas que eu nunca havia conhecido, mas que nenhum de nós jamais esqueceria; duas pessoas que estavam lá no começo de nossa história e estavam lá para o começo do próximo capítulo. Porque a vida continua. Espancados e feridos, amassados e transformados, seguindo em frente.

O homem ao meu lado precisava de muita cura ainda, e eu esperava poder desempenhar um papel importante nesse processo. Conhecendo-o, conhecendo James, amando James – essas coisas já me mudaram para melhor. O trabalho da minha vida seria tornar a vida dele melhor também.

Se Deus quiser.

Ou como James diria, *Inshallah*[18].

---

18   É uma expressão árabe para "se Deus quiser" ou "se Alá quiser"

EXPLOSIVA

EPÍLOGO

JAMES

Nove meses depois...

Não há certezas na vida. Eu sou a prova disso. Prova viva.

Quando Amira morreu, uma parte minha morreu com ela, mas parece que outra parte foi salva. Eu não sabia o motivo por um bom tempo, mas agora sei.

Eu tenho que viver a melhor vida que posso – por ela, por mim. Arabella, minha Bel, entende isso – e é por isso que ela significa muito para mim. Eu a amo com cada pedaço do meu coração. Uma parte foi enterrada com Amira, mas a vida continua. Eu continuo.

Com essa mulher incrível.

Ela é diferente de Amira e, no entanto, tem a mesma força, a mesma devoção à sua causa. E de alguma forma, eu me tornei a causa de Bel. E ela é minha. Todo o resto? Isso é apenas decoração.

A vida pode ser curta, brutal e cruel. Também pode ser linda. Às vezes é preciso outra pessoa para apontar essa beleza para você. Ou talvez você encontre com eles.

Estou de pé com o brutal sol africano queimando no meu pescoço, olhando para um campo minado sujo em um país poeirento e esquecido, com homens e mulheres me procurando para ajudá-los a tornar suas terras seguras novamente.

Oficialmente, Bel é Diretora de Captação de Recursos de Eventos do Fundo Halo e viaja pelo mundo arrecadando dinheiro para a instituição de caridade. Não oficialmente, ela lidera o programa de Educação Sobre o Risco de Minas aqui enquanto Zada administra uma clínica.

Bem, Zada está relaxando no momento, já que tem carga preciosa a bordo. Sim, Clay finalmente conseguiu colocá-la no caminho da família, e eles estão esperando o nascimento de seu filho em três meses. Eu também estava certo, porque Zada se recusou a ser mandada para casa, embora houvesse concordado em viajar para o melhor hospital da capital de Angola, Luanda, para dar à luz. Fora isso, ela se recusa a sair do lado de Clay.

Dou-lhes dois anos, talvez três, antes de decidirem voltar para os Estados Unidos para viver, e Clay passará para o próximo estágio de sua vida.

Quanto a mim, vou para onde o trabalho me levar, onde quer que eu possa fazer algo de bom.

Faça o bem.

Isso é o que Amira queria, e eu gostaria de pensar que honro o nome dela quando outra mina é neutralizada, quando outro esconderijo de munição é retirado da equação.

Tive a sorte de ter amado duas mulheres na minha vida – isso é mais sorte do que um soldadinho sujo como eu merece.

A Honorável Lady Arabella Elizabeth Roecaster Forsythe se passa por Sra. Spears hoje em dia, a menos que esteja trabalhando com algum doador esnobe que queira suas conexões ilustres com a nobreza britânica. Seu pai a ensinou mais do que ele sabe, mas acho que aprendeu com ela também. Sei que eu aprendi. Todos os dias ela me ensina a ser um homem melhor.

Eliminação de bombas: eu faço um trabalho perigoso em um mundo perigoso, mas não é a soma de quem eu sou. Bel me ensinou isso também. Ela me ensinou muitas coisas. Ela me ensinou que sou digno de ser amado – que sou digno do esforço. Se uma mulher como ela pode me amar, talvez haja algo que vale a pena salvar.

Estamos morando em uma aldeia de cabanas de barro em um deserto sem nome, e ela ainda me quer. Ela não precisa de Paris ou Roma e hotéis cinco estrelas. Sou suficiente. É de tornar qualquer um humilde.

Porque sou amado.

Quem diabos esperava isso? O amor leva algum tempo para nos acostumarmos a ele.

Nossa vida não será fácil – nós não escolhemos um caminho fácil, mas escolhemos juntos e é isso que conta.

Eu e Bel contra o mundo. E sabe de uma coisa? Estou apostando em nós.

O FIM

MAIS LIVROS DE JHB

Séries

∗ *The EOD Series*
Blood, bombs and heartbreak
*Explosivo: Tick Tock (EOD series #1)
Explosiva: Bombshell (EOD series #2)

*Toque Minha Alma (contos)

MAIS SOBRE JHB

"Ame tudo, confie em alguns, não faça mal a ninguém" – esse é um dos meus ditados favoritos. Ah, e – *"seja legal!"* – , é outro. Ou talvez: *"Onde está o chocolate?"*

Me perguntam de onde minhas ideias vêm – elas vêm de todos os lugares. De passeios com meu cachorro na praia, de ouvir conversas em pubs e lojas, onde eu me escondia despercebida com meu caderno. E, claro, as ideias vêm de coisas que vi ou li, lugares em que estive e pessoas que conheci.

Se você já me viu em alguma sessão de autógrafos, sabe que apoio as instituições de caridade militares Felix Fund no Reino Unido e a EOD Warrior Foundation nos EUA. Ambas são instituições de caridade que apoiam os homens e mulheres que trabalham no descarte de bombas e suas famílias.

As vendas de SEMPER FI apoiarão essas instituições de caridade. www.felixfund.org.uk – a instituição britânica de eliminação de bombas. www.eodwarriorfoundation.org – a instituição de caridade de eliminação de bombas dos EUA. www.nowzad.com – ajudando militares e mulheres a resgatar animais abandonados e abandonados em zonas de guerra antigas e atuais.

Esta história tem apresentado fortemente o trabalho do Halo Trust, mas minhas informações sobre desminagem em todo o mundo vêm de duas fontes, nenhuma das quais quer ser nomeada, mas agradeço a ambas sem reservas.

Se você quiser saber mais sobre o trabalho do Halo Trust (Organização de Apoio à Vida em Áreas Perigosas), acesse www.halotrust.org

Me encontre!

E eu realmente gosto de ouvir os leitores, então todos os meus contatos estão abaixo. Por favor, me escrevam.

Facebook - https://www.facebook.com/JHBWrites/

Twitter - https://twitter.com/jharveyberrick

Site - http://janeharveyberrick.co.uk/

Instagram - https://www.instagram.com/jharveyberrick/

Pinterest - https://br.pinterest.com/jharveyberrick/

EXPLOSIVA

AGRADECIMENTOS

Esta história é pessoal de muitas maneiras. Eu tenho amigos entre a comunidade EOD, então é importante para mim por causa disso. Eu me esforcei bastante para acertar os detalhes, embora não tenha experiência militar. Sim, eu tive pessoas às quais poderia pedir mais informações. Mas qualquer erro é meu e só meu, assim como qualquer licença criativa com a história.

Querer escrever, ser uma escritora, é uma lição para toda a vida e uma que ainda estou aprendendo. Mas há várias pessoas que ajudaram a guiar e esculpir este livro. Então vou começar com essas mulheres, todas incríveis em seus próprios direitos, todas diferentes, todas solidárias.

Para J e J. Novamente. Para Danny C.

Para Krista Webster, por ter ajudado quando precisei, e por resolver os problemas da linha do tempo.

Para Kirsten Olsen, amiga, confidente, editora, cujo apoio nunca me falha.

Para o modelo de capa Gergo Jonas, que é muito mais do que um homem bonito, e se tornou um bom amigo também.

Para a modelo de capa Ellie Ruewell, cujo bom humor e grandes sorrisos fizeram a sessão de fotos a melhor diversão.

Para o verdadeiro Alan Clayton Williams, que me pediu para lhe dar uma morte incrível, mas se tornou um herói.

Para a verdadeira Rose Hogg, que é a – primeira vez – de James, a sortuda.

Para Tonya – Maverick – Allen, amiga de viagens e minha líder de torcida pessoal.

Para Sheena Lumsden e Lynda Throsby por muitas coisas, incluindo sua amizade e habilidades organizacionais perversas.

Para todos os blogueiros que dedicam seu tempo à paixão de ler e resenhar livros – muito obrigada pelo seu apoio.

E para meus leitores. Não só vocês têm bom gosto, mas vocês são demais!

Obrigada, Jane's Travelers. Vocês sabem o quanto significam para mim e nunca me decepcionam. Vocês são minhas amigas, aconselhando, apoiando, fazendo-me rir quando preciso, relatando piratarias, e geralmente sendo o melhor grupo de leitores e de amizade que eu poderia querer. Eu amo todas as suas mensagens, e muito obrigada por serem meus olhos e ouvidos em nosso incrível mundo dos livros enquanto eu me escondo na minha caverna de escritora.

EXPLOSIVA

A The Gift Box é uma editora brasileira, com publicações de autores nacionais e internacionais, que surgiu no mercado em janeiro de 2018. Nossos livros estão sempre entre os mais vendidos da Amazon e já receberam diversos destaques em blogs literários e na própria Amazon.

Somos uma empresa jovem, cheia de energia e paixão pela literatura de romance e queremos incentivar cada vez mais a leitura e o crescimento de nossos autores e parceiros.

Acompanhe a The Gift Box nas redes sociais para ficar por dentro de todas as novidades.

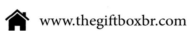 www.thegiftboxbr.com

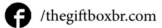 /thegiftboxbr.com

 @thegiftboxbr

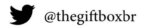 @thegiftboxbr

 bit.ly/TheGiftBoxEditora_Skoob

Impressão e acabamento